BENJAMIN LEBERT

IM ZEICHEN DER ACHT

Roman

Arctis

Originalausgabe
1. Auflage

Umschlaggestaltung: Hauptmann & Kompanie Werbeagentur, Zürich
Satz: Greiner & Reichel, Köln
Druck und Bindung: GGP Media GmbH, Pößneck
Printed in Germany 2020
ISBN 978-3-03880-033-0

www.arctis-verlag.de
www.facebook.com/ArctisVerlag
www.instagram.com/arctis_verlag/

Für Levi und für Claudia,
die eine kleine Kammer mit Licht erfüllten und
einem zaudernden Herzen Kraft verliehen.

ERSTER TEIL

DIE ANNÄHERUNG

I

Er folgte dem Geschöpf durch die Dunkelheit. Hinein in einen Gürtel aus Fichten, wo sich eine abschüssige Waldschneise öffnete. Er lief schnell. Er konnte den unebenen Untergrund kaum erkennen. Er hatte Glück, nicht zu stürzen.

Pauls Schritte und die des Geschöpfes klangen ineinander und er hatte das Gefühl, als würden auch ihre Herzen gemeinsam schlagen. Als gäbe es nichts mehr, was sie beide voneinander trennte, keine Grenzen der Körperlichkeit. Nur der Wald war da, die Heimlichkeit der Nacht.

Plötzlich tauchte ein See hinter den Reihen der hohen Baumstämme auf. Die Mondscherbe, die in kalter Höhe schwebte, warf einen Schimmer aufs Wasser.

Es war der abgeschiedene Flühensee, den selbst viele Einheimische nie zu Gesicht bekamen. Er lag in einem Bergkessel des Schwarzwalds und war von einer mächtigen Hügelkette umzogen. Nadelbäume säumten seine Ufer wie ein Heer von Wächtern.

Auch Paul hatte ihn in den sechzehn Jahren seines Lebens noch nie gesehen. Hatte aber Geschichten gehört, die man sich über ihn erzählte. Manche Menschen behaupteten, dass sich auf seinem Grund die Überreste einer schwarzen Festung verbargen, Heimat eines tyrannischen

Herrschers. Angeblich war die Festung vor Jahrhunderten in einer aus dem nahen Kybfelsen hervorbrechenden Flut versunken. Andere sprachen davon, dass es unter Wasser verborgene Verbindungen gab zu den Karseen, die aus der Eiszeit stammten.

Im Gegensatz zu ihnen war das Wasser des Sees aber nicht sauer und man konnte in den Nächten Fische beobachten, die mit ihren schimmernden Körpern aus der Tiefe hervorschnellten.

Paul achtete nicht auf die Fische.

Seine Sinne waren auf das Geschöpf gerichtet, das jetzt zwischen den Nadelbäumen ans Ufer getreten war und sich langsam umwandte, um nach ihm zu spähen. Er stand noch im Schutz der Nadelbäume und nahm die modrigen Herbstdüfte wahr. Seine Augen sahen von dem Geschöpf nicht mehr als die Dunkelheit, die von ihm ausging und die sich kaum von dem See abhob. Trotzdem wusste der junge Mann genau, wer sich dort vor ihm am schilfigen Ufer befand. Seine Erinnerung beschwor die Farben herauf. Ließ ihn sehen, ohne zu sehen: das aus vielen Flicken gefertigte Gewand des Wesens. Die fratzenhafte Maske mit der langen spitzigen Nase und dem aufgerissenen Mund, aus dem die Zunge hervorkam. Und er sah, was sich unter diesem aus Lindenholz geschnitzten und mit einem Gemisch aus Ölfarben und Leinfirnis bemalten Gesicht verbarg. Ein zweites Gesicht.

Es war das Gesicht einer jungen Frau, die in dem Fastnachtskostüm der Hexe steckte. Er kannte die Frau gut. Sie war eine Referendarin an seiner Schule und nahm seit zwei Monaten an den Unterrichtsstunden teil.

Er kannte sie gut, sie war in seinen Träumen.

Er mochte ihre Augen unter der hohen, ebenmäßigen Stirn. Geheimnis lag darin und etwas Forderndes. Als wäre da ein Hunger, der an ihr nagte. Er mochte, wie sie ihre Haare trug. Den Zopf, der aus einer geflochtenen Partie und einer losen bestand. Und er mochte, wie sich ihre Lippen öffneten, wenn sie vor der Klasse redete. Mit einer Stimme, die jung klang und trotzdem die Festigkeit der angehenden Lehrerin hatte. Oft hatte er sich vorgestellt, wie sie sich dagegen wehrte, aber machtlos war. Hatte sich vorgestellt, wie ihre Stimme die Festigkeit verlor und langsam in ein Stöhnen überging.

Jetzt brauchte es keine Vorstellungen mehr. Keine Erinnerungen und Träume. Jetzt war sie ihm nah. So nah.

Außer ihnen Farne, Riedgras, Moose, Ranken, das Geflecht der Hallimasche, das Holz zum Leuchten brachte. Außer ihnen die Regungen der Nachtkreaturen. Das stille Fluten des Wassers. Außer ihnen nichts. Er wusste, der Moment war gekommen. Endlich. Er trat zwischen den Bäumen hindurch auf sie zu.

Sie hatte ihn hierhergeführt. Er hätte nicht für möglich gehalten, wie leicht es sein würde. Er hatte sie gleich an ihrer Stimme erkannt. An den Worten: *Komm mit mir*. Er war sich sicher: Niemand hatte ihr Verschwinden bemerkt. Ganz leise in der Ferne hörte er noch die Gesänge der Betrunkenen.

Zweimal im Jahr stiegen Bewohner der umliegenden Orte zum Kybfelsen hinauf, um zwischen den Überresten einer abgetragenen Spornburg das Feuer zu entfachen. Im

Frühjahr, um den Winter zu vertreiben, und jetzt in der Nacht zum ersten November. In dieser Nacht sollte jenes Feuer den Toten Funken des Lebens zutragen. In dieser Nacht, so hieß es, war sie einen Spalt weit geöffnet. Die Pforte, die ins Totenreich führte.

Paul hatte auch Funken in die Nacht geschlagen, wie er es schon seit seiner Kindheit tat. Hatte die Scheibe – das handtellergroße Holzstück – auf den Haselnussstock gesteckt, den er zuvor frisch geschnitten hatte. Mit seinem Klappmesser, das einen leopardenfleckigen Griff aus Horn besaß und das er immer bei sich trug. Er hatte die Holzscheibe im Feuer glühend gemacht und dann den Stock mit der Scheibe durch die Luft geschwungen. Er hatte den Vers gesprochen, den er seit dem Kindesalter kannte. Ein altes Ritual. Mit dem Vers wurden die Scheiben geweiht. Die Menschen jubelten jedes Mal, wenn eine Scheibe als Funken über die kleine Rampe ins Tal katapultiert wurde.

Die meisten, die in dieser Nacht zur Ruine gekommen waren, trugen Kostüme der Narrenzünfte. Sie wurden über mehrere Generationen weitervererbt und meist im Frühjahr bei den Umzügen getragen, wenn Hexen und Narren Ort für Ort in der ganzen Gegend einnahmen. Aber häufig auch anlässlich dieser besonderen Herbstnacht.

Paul trug keine Maske. Er mochte das Gefühl, gesehen zu werden. Er mochte das Gefühl, dass die Menschen seinem Blick ausgesetzt waren. Mochte es, ihre Verunsicherung wahrzunehmen. Auch bei der jungen Referendarin war es so, als er sie das erste Mal ansah. Sie hatte dem Blick des Teenagers nicht standgehalten. Sie hatte genau gespürt, dass seine Blicke etwas bloßlegten.

Näher und näher trat er zu ihr ans Ufer heran. Er wusste, jetzt gehörten sie einander. Jetzt würden die Sinne alles freilegen. Schicht um Schicht. Die Holzmaske fiel und die Lippen der Referendarin, deren Vornamen er nicht kannte, die ungestümen, hilflosen Lippen, öffneten sich im Dunkeln.

Das Flickengewand sank herab. Er spürte seinen straffen Schwanz, durch den das Blut jagte. Er riss ihren Slip herunter.

Sie umfing ihn. Mit ihrem Leib. Ihren Brüsten. Mit der Feuchtigkeit ihres Verlangens. Fing ihn ein wie einen Nachtfalter am Ufer des Sees.

»Was ist das?«, sagte sie plötzlich.

»Was meinst du?«, sagte Paul.

»Da ist etwas. Auf dem See. Ein blaues Schimmern.«

Pauls Augen suchten danach, konnten aber nichts entdecken.

Dann hörten sie es. Ein Geräusch im Wasser.

»Sicher nur ein Fisch«, sagte er.

Aber was sich von den Wurzeln des Sees gelöst und aus der Tiefe hervorgekämpft hatte, war kein Fisch. Es kam näher.

Halb schwimmend, halb watend, zog es sich ans Ufer. Die beiden waren wie gebannt. Konnten sich nicht rühren. Und dann sahen sie, wie sich die triefende Kreatur vor ihnen aufrichtete.

Das Geschöpf, das einem Menschen ähnelte. Und doch kein Mensch war.

Paul glaubte das helle, aufgedunsene Fleisch zu sehen, das an den Knochen hing. Er glaubte zu sehen, dass die Kreatur leere Augenhöhlen hatte. Die dürre Hand, die mit einer schmierigen Schicht überzogen war, streckte sich, näherte sich dem Gesicht der Referendarin. Reglos kauerte sie neben Paul auf der schmalen Uferstelle. Paul spürte, wie schnell sich ihr Brustkorb hob und senkte, wie panisch sie atmete. Seine Gedanken erschöpften sich. Spielte ihnen jemand einen Streich? War es auch nur jemand in einem Fastnachtskostüm? Kurz kam ihm sein Klappmesser in den Sinn, das sich in der Tasche seiner Jeans befand. Er wollte danach tasten. Aber er konnte es nicht, konnte es nicht. Er spürte nur noch die Nähe des Sees und glaubte darin zu versinken. Er spürte weiche, wogende Pflanzen, die sich vom Grunde herauf um seine Glieder rankten. Er sah, wie ein spitzer Daumennagel die Wange der jungen Frau aufschlitzte. Blut quoll hervor, rann ihr Gesicht herab.

Gierig leckte sich die Kreatur die Finger nach dem Blut. Ließ die Tropfen in die verzogene Öffnung seines Mundes rinnen.

Mit diesen Tropfen begann es. Sie waren nur der Anfang.

Es ertönten keine Schreie. Mit einem Geräusch wie von zerreißender Seide schoss ein Waldkauz aus den Fichten hervor. Dann senkte sich wieder Stille über den Flühensee, der fließende Bilder davontrug. Unergründliche Bilder der Nacht.

2

Der Sommer hatte sich schon lange von der Erde gelöst. Hatte sein Licht zusammengerafft. Aber die Nadelbäume, die allgegenwärtigen finsteren Nadelbäume des Schwarzwalds, hielten fest an ihrem Grün.

Unter diesen Fichten und Tannen, die schon immer weit hinauf in die Höhe ihrer Träume ragten, ging sie.

Sie kannte den Weg. Kannte ihn gut.

Als Isabell eine freie Anhöhe erreichte, sah sie die bewaldeten Gebiete ringsum, die uralten Hügel und den Himmel wie gewölkter Marmor, in dem Dunkelheit anwuchs.

Unter sich sah sie die Lichter von Hofsgrund leuchten. Funken von Heimat und Hass. Ein Ort von wenigen Hundert Einwohnern, die auf über tausend Metern Höhe unterhalb des Schauinslandgipfels lebten. Ein beliebtes Ziel für Wanderurlauber und Skifahrer. Hofsgrund lag in der Weite schöner Natur. Aber die Weite der Gedanken ließen seine Bewohner nicht gern zu.

Isabell glaubte, unter sich in der Ferne das Schindeldach des Hauses in der Silberbergstraße zu erkennen, in dem sie zusammen mit den anderen Teenagern lebte, den Aufsässigen, den Haltlosen.

Die Betreuerin, die kaum älter war als sie, kam immer wieder vorbei, um nach ihnen zu sehen.

Sie verhielt sich so, als gehörte sie zu ihnen. Als wäre sie eine Freundin. An Tagen, an denen man schwach war, glaubte man ihr.

Es gab sie oft, diese Tage.

Isabell lief über das ausgezehrte Gras einer Wiese und drang tiefer in den Wald vor. Die Blautöne des Abends, die Ranken, Schlinggewächse und Zweige wurden zu einem immer feineren Gespinst. Isabell musste sich beeilen. Die Betreuerin hatte mit strenger Miene deutlich gemacht, wann sie sie zurückerwartete.

Schon einmal war Isabell abgehauen und hatte über einen Tag hier oben im Freien verbracht, bis ein Suchtrupp losmarschiert war und sie zurückgeholt hatte. Sie erinnerte sich gut an diesen Tag hier draußen. An die Geräusche, die nach und nach lauter und intensiver wurden: das Rascheln, das Scharren und Kratzen. Sie erinnerte sich an die Bewegung ungesehener Flügel, und an die leichten Luftströme. An den leise nagenden Hunger. An Pflanzen, die so langsam wuchsen, dass man sich vor ihnen fürchtete. Weil man nicht ahnen konnte, was sie vorhatten. Manche der Pflanzen hatte sie gegessen. Obwohl sie keine Ahnung hatte, welche davon giftig waren. Besonders an eine Pflanze erinnerte sie sich, die länglich und schmal auf einer Lichtung hervorwachsend in den Himmel stach. Hinterher hatte Isabell Bauchkrämpfe bekommen. Weiter geschah nichts. Aber noch immer hatte sie viel zu häufig Bauchkrämpfe. Dann schmeckte sie jedes Mal diese Pflanze auf ihrer Zunge …

Die Zeit war wie in einem Traum dahingeglitten.

Dennoch hatte sie sich zum ersten Mal nach langer Zeit wieder frei gefühlt.

Ja, eigentlich durfte Isabell nicht mehr allein in den Wald. Aber heute gab es eine Ausnahme. Heute war ein besonderes Datum.

Ein Datum, das alle anderen Kinder und Jugendlichen in ihrem Umkreis mit Halloween verbanden. Die alten Kelten hatten sie Samhain genannt, die Nacht zum ersten November, in der angeblich so manche Grenze auf mysteriöse Weise aufgehoben wurde.

Isabell kannte ihren Weg, kannte ihn gut.

Sie ahnte nicht, dass etwas aus erdigen Tiefen hervorkam.

Näher und näher kam.

Die kleine Kapelle St. Margareta lag tief verborgen im Wald. Kein ausgewiesener Weg führte dorthin. Manche Wanderer, die sich aufgemacht hatten, sie zu finden, kehrten abends mit der Geschichte ihres Scheiterns zurück. Der Wald trug die Kapelle im Herzen.

Isabell hatte in der Bücherstube des Heimatmuseums darüber gelesen. Christian Albert, ein alter Mann, den sie jede Woche besuchte, hatte sie einmal dorthin mitgenommen.

Es war nicht so langweilig, wie sie erwartet hatte. In einem Buch stand auch etwas über die Kapelle. Die Häuser, die es hier einmal gegeben hatte, waren schon vor langer Zeit zerstört worden.

Damals, im 19. Jahrhundert, hatte hier der Holzhandel floriert und die Weißtannen waren abgeholzt und zu Masten der holländischen Kriegs- und Handelsschiffe verarbeitet worden. Da war der Wald fast verschwunden und die Lebensgrundlage der Menschen bedroht. Der badische Staat beanspruchte daraufhin die Gebiete für sich, um sie wieder aufzuforsten. Viele Bauern waren gezwungen, ihre Grundstücke aufzugeben.

Aber die kleine Kapelle stemmte sich gegen die Jahrhunderte, blieb bestehen.

Es gab eine Legende aus weit entrückten Zeiten, als die Pest die Täler des Schwarzwalds heimsuchte. Der Legende nach blieben nur die Orte, in denen das Glockenläuten von St. Margareta zu hören war, von der Krankheit verschont.

Als Isabell in die Kapelle trat, schlug ihr eine feuchte Kühle entgegen. Sie zündete eine Opferkerze an. Zaghaft breitete sich ihr Licht aus, kam aber gegen die tiefer werdende Dunkelheit kaum an. Nach und nach verschwanden die Farben der Buntglasscheiben.

Isabell blickte in die Kerzenflamme und hatte das Gefühl, dass sich ihr Körper in die Nacht verflüchtigte. Sie glaubte nur noch aus einem Gesicht zu bestehen, das schwerelos in der modrigen Luft schwebte und Ausschau hielt. Die Augen starr auf die Flamme gerichtet. Für einen kurzen Moment glaubte sie einen Gesang zu hören. Eine Art von Chor. Dann war es wieder still.

Im dünnen Lichtschein der Kerze kniete sie. Mit gefalteten Händen, als würde sie beten. Aber sie betete nicht. Sie versuchte an ihre Mutter zu denken.

Jedes Jahr am Geburtstag der Mutter zündete Isabell hier eine Kerze an. Aber die Bilder, die in ihrem Geist auftauchten, waren nicht die der Mutter. Es waren Bilder anderer Frauen, denen sie flüchtig begegnet war. Frauen, denen sie manchmal heimlich auf der Straße nachlief, weil etwas an ihnen sie an ihre Mutter erinnerte. Die Statur, das gewellte Haar, ein Hauch von Parfüm. Isabell versuchte immer hinauszuzögern, den Frauen ins Gesicht zu sehen, damit das süße Trugbild bestehen blieb. Aber dann tat sie es doch. Diese Frauen waren am Leben und gingen ihrer Wege. Aber ihre Mutter, sie war tot.

Als Isabell wieder hinaus an die Luft kam, stand der Mond am Himmel. Wie eine schimmernde Kerbe, die in die Nacht geschlagen worden war. Sie blieb vor dem Eingang der Kapelle stehen und atmete die kalte Luft. Sie stellte den Kragen ihres Mantels auf, der zu dünn war für diese Jahreszeit. Sie mochte ihn aber, weil sie sich in ihm sexy fühlte und er sich farblich perfekt von ihren blonden Haaren abhob.

Isabell dachte auf einmal an Daniel, dem sie immer begegnete, wenn sie mit dem Fahrrad zum Bauernhof fuhr, um Eier zu kaufen. Er war sechzehn – genauso alt wie sie – und ging in ihre Parallelklasse. Seinem Vater gehörte der Bauernhof. Wenn sie dorthin kam, blickte sie der junge Mann immer so staunend an. Ihre Freundinnen sagten alle, dass er viel zu brav wäre. Langweilig. Aber Isabell mochte sein sanftes Gesicht. Sehr sogar. Es war nicht verriegelt wie die Gesichter anderer Jungs. Es gab vieles preis. Man merkte, dass er aus einer abgesteckten Welt kam, die nach Butterblumen, Heu und Kuhmist roch. Man merkte, dass er sich für Dinge, die in der Erde wurzelten, mehr interessierte als für Bilder, die auf Touchscreens aufschimmerten. Aber genau das gefiel ihr an ihm.

Im Mondlicht stand der Baum, den Isabell schon häufiger betrachtet hatte. Eine Hängebuche, die sich linker Hand neben der Kapelle auf der kleinen Lichtung befand. Ihr düsteres Gewirr aus kleinen und großen Ästen sank ausladend fast bis auf die Erde herab. Für einen kurzen Moment verfing sich ihr Blick in diesem Gewirr.

Dann hörte Isabell plötzlich ein Geräusch.

Zuerst glaubte sie nur den Wind zu hören, der durch den Wald strich. Dann merkte sie, dass es mitnichten der Wind war. Es war ein leise gurgelndes Ächzen wie ein angestrengter Atem, der nicht nachlassen wollte. Das Geräusch kam aus der Tiefe. Aus der Tiefe des stillgelegten, halb zerfallenen Brunnens, der sich auf halber Höhe zwischen Hängebuche und Kapelle befand. Das Geräusch schien in der Verborgenheit des Schachtes anzuschwellen und immer näher zu rücken.

Isabell huschte hinter einen Mauervorsprung der Kapelle.

Ihr Atem ging flach und schnell. Sie lugte zum Brunnen hinüber und sah, was dort aus dem Schacht hervorkam.

Sie sah Hände, einen sich von der Dunkelheit abhebenden Körper, der sich hinaus ins Freie schob. Isabell hörte das Pulsieren ihres Blutes in den Ohren. Ein nacktes Wesen mit wundem, verkohltem Fleisch wälzte sich vom Brunnenrand hinab ins Gras. Isabell wagte nicht, sich zu rühren. Ihre Augen wollten nicht länger hinsehen und taten es dennoch. Sie sah, wie der Körper mühevoll auf der Erde vorwärtskroch. Sie hörte den schwer gehenden Atem, der anders klang als bei einem Menschen. Fast so, als müsste dieses Wesen mühevoll lernen zu atmen. Es raschelte und knackte im Gras, als das Wesen weiterkroch. Es kroch auf die Hängebuche zu und verschwand hinter dem Vorhang der herabhängenden Zweige. Dort blieb es liegen, atmete. Atmete.

Isabell wollte wegrennen. Aber sie konnte es nicht. Etwas fesselte sie an diesen Ort. Was dort in die Schatten geschlüpft war, schien ein unsichtbares Band zu ihr geknüpft zu haben.

Vorsichtig näherte sie sich dem Baum, der im Blau der Nacht wie entrückt schien. Als sie ihn erreicht hatte, blieb sie zaudernd stehen. Immer noch durchströmte Angst ihren Körper. Aber dann fasste sie sich ein Herz. Sie spürte die Berührung feiner Zweigspitzen, als sie unter den hängenden Ästen hindurchschlüpfte.

Dort unter dem Baumstamm im schwachen Licht lag kein flammenverzehrtes Wesen mehr, sondern der Körper einer zusammengekauerten nackten Frau. Mit Locken um das blasse Gesicht. Sie blickte Isabell von der mit Blättern bedeckten Erde herauf an. Ihre zitternden Hände streckten sich in einer Hilfe suchenden Geste nach ihr aus. Dann glaubte Isabell eine Ader auf der hellen Stirn hervortreten zu sehen. Die junge Frau packte ihre Hand und biss ihr heftig ins Fleisch. Isabell schrie auf. Die Frau ließ sofort von ihr ab. Es schien, als wäre sie vor ihrer eigenen Tat erschrocken. Sie sank auf die Erde zurück, machte hilflose Bewegungen, als wollte sie sich am liebsten in der Dunkelheit auflösen. Ihre Finger griffen in das tote Laub, das keinen Halt bot.

Isabell wandte sich ab, wollte jetzt so schnell wie möglich abhauen. Doch sie bewegte sich nicht. Sie hatte das starke Empfinden, sich nicht von dieser Frau lösen zu können. Sie konnte sie nicht zurücklassen.

Allen Naturgesetzen zum Trotz kam es ihr so vor, als würde die Helligkeit des Tages zurückehren, in rötlichen und orangen Farben.

Isabell sah auf die nackte Fremde herab und glaubte sie in ihren Augen wahrzunehmen: die Glut. Dann hörte Isabell die brüchige Stimme der Frau.

»Du musst mir helfen«, sagte sie.

3

Christian Albert saß an seiner Werkbank und ahnte nichts.

Er war damit beschäftigt, eine handtellergroße Holzscheibe zu drechseln, aus der später ein Rad mit fünfzig Zähnen werden sollte. Ein wichtiger Teil der Waagbalkenuhr, die er nach alter Schwarzwälder Tradition rein mechanisch anfertigte. Er baute die Uhren in verschiedenen Formen und Größen. Eine nach der anderen baute er. Mit alten, zerschlissenen Händen, die eine Ruhe besaßen, die für diese Arbeit unumgänglich war. Mit einem Herzen, das Ruhe nicht kannte.

In seiner Jugend hatte er Feinmechaniker gelernt. Seine Jahre in der Fabrik waren erfüllt gewesen von Maschinendröhnen und dem Kreischen, das hervorgerufen wird, wenn Stahl auf Stahl trifft.

Die ungleich leise Arbeit mit nachgiebigem Holz hatte sich zu einem unverzichtbaren Hobby für ihn entwickelt.

Christian Albert hielt sich streng an die alten Bräuche der Uhrmacher, die ihn seit seiner Kindheit faszinierten. Das Holz für seine Uhren schlug er ausschließlich in den Nächten zwischen Weihnachten und Neujahr bei abnehmendem Mond. Die Rohlinge für die Zahnräder lagen vier Wochen in Gülle ein und hingen hinterher draußen in seiner Rauchkammer, zwischen Schinken und Würsten, bis sie schwarz und hart wurden und sich nicht verziehen ließen. Die Maschinen, mit denen er schliff, bohrte und drechselte, hatte er alle selbst aus Holz gebaut. Die meisten wurden mit dem Fuß angetrieben, durch gleichmäßiges Treten.

Christian Albert saß an seiner Werkbank und ahnte nichts …

Die Werkstatt, die er aus Balken eines abgerissenen Bauernhofs gebaut hatte, lag angrenzend an das kleine Forsthaus, das er seit dem Tod seiner Frau bewohnte. Er hatte es schon als Jugendlicher von den Großeltern geerbt. Lange war das Forsthaus ein Rückzugsort für die Ferien gewesen. Nach ihrem Tod hatte er die gemeinsame Hofsgrunder Dachwohnung südlich des Schauinslandgipfels verlassen.

Das Forsthaus, das einige waldverhüllte Kilometer talabwärts des Ortes lag, hatte sich in seinen einzigen Wohnsitz verwandelt. Ein blätterüberwuchertes Zuhause mitten im Wald, am Rande der Zivilisation.

Anfangs hatte er sich in der Abgeschiedenheit unbehaglich gefühlt. Dann gewöhnte er sich daran. Die Arbeit an seinen Uhren half ihm dabei.

Doch nach dem Tod seiner Frau war etwas geschehen. Er konnte das Ticken, das ihm viele Jahre Wohltat gewesen war, plötzlich nicht mehr ertragen. Darum fertigte er nur noch Uhren an, die stumm blieben, deren Zeiger sich nicht bewegten. Christian Albert fertigte Uhren, die die Zeit schweigen ließen. Viele von ihnen schmückten die

Wände des Forsthauses und der Werkstatt. Viele Uhren. Eine Stille.

Er saß an der Werkbank und ahnte nichts …

Draußen vor der mit hauchzarten Spänen bedeckten Fensterscheibe war die Sonne zu Blut geworden. Schwärze lag jetzt über dem herbstlichen Wald. Er sah spärliche Lichter seiner zurückgelassenen Welt, die winzig und fern schimmerten.

Drinnen warf eine Öllampe ihren Schein über die Arbeitsfläche, über die Drille und den Zahnstuhl. Und über das Fell seiner Hündin Nina, die auf dem Boden döste und ab und zu winselnde Laute des Träumens hören ließ.

Während diese Laute mit den vertrauten Geräuschen des Arbeitens in sein Unterbewusstsein drangen, dachte er an seine Frau. Tatjana. Sie hatte ein Augenleiden gehabt. Als sie älter wurde, waren ihre Tage allmählich hinter einem Schleier verschwunden. Er dachte daran, wie ihre zarten Finger an den Wänden der Dachwohnung entlanggefahren waren und nach einem Weg tasteten. Über alle Unregelmäßigkeiten der Oberflächen hatten die Finger Bescheid gewusst. Hatten Kanten erspürt, gefährliche Tücken. Nur ein einziges Mal hatten die Finger ihren Dienst versagt. An dem Tag im März, als er nicht zu Hause war. Unglücklich gestürzt, nannten sie es.

Inzwischen waren mehrere Monate verstrichen.

Er ging zweimal in der Woche zu ihrem Grab auf dem Friedhof am Berghang. Nina ließ er zu Hause. Er nahm seinen Klappstuhl mit, weil er nicht lange stehen konnte. Und eine Decke aus Wolle. Die hatte ihm seine Frau einmal gestrickt, vor über einem halben Jahrhundert. Als junge Frau war das Stricken ihr Halt gewesen, nachdem sie das Kind verloren hatten. Ihr einziges Kind, das zwei Stunden und dreiundzwanzig Minuten nach der Geburt aufgehört hatte zu leben.

Die Decke legte er sich über die Beine, wenn er am Grab saß. Sie ließ ihn die Schwere und Wärme all dieser Jahre an seinen Beinen spüren. Wenn es regnete, spannte er am Grab sitzend seinen Schirm auf.

In letzter Zeit hatte er häufig von seiner Frau geträumt. Er hörte ihre Stimme, die sagte: *Hilf dem Mädchen!* Anfangs hatte er geglaubt, sie meinte das Kind, das sie verloren hatten. Aber inzwischen war er sich nicht mehr sicher.

Christian Albert wusste nicht, wer gemeint sein könnte.

Er grübelte darüber nach, als ihn Nina aus seinen Gedanken riss. Sie hatte sich plötzlich vom Boden erhoben. Ihr großer Kopf mit den tiefgründigen Augen und der langen Schnauze war auf die geschlossene Tür gerichtet. Die Nase witterte etwas. Die steil aufgerichteten Ohren lauschten nach draußen in die Dunkelheit. Christian Albert lächelte, als er sie ansah. Er hatte seine Mischlingshündin sehr gern, in deren Dasein all die Widersprüche des Lebens zum Ausdruck kamen. Aber auch die Fähigkeit, sich von diesen in keiner Weise beeinträchtigen zu lassen.

Dann lächelte Christian Albert nicht mehr. Als er die Schritte hörte, die sich der Werkstatt näherten. Die Schritte und das schwerfällige Atmen.

Der alte Mann stand auf und löschte leise das Licht der Öllampe. Damit er durch das Fenster vielleicht besser sehen konnte, was draußen vor sich ging. Diese Hoffnung schwand schnell.

Draußen war nur das dunkle Tuch der Nacht zu erkennen.

Zaghaft öffnete er das Fenster einen Spalt weit. Kalte Luft brach in Wirbeln herein.

Unterdessen kamen die Schritte näher. Jemand hatte das leicht zugängliche Grundstück betreten. Hielt sich draußen im Garten auf, vor der Tür. Das Atmen klang unnatürlich laut. Kurzzeitig sah er einen Lichtschimmer unter dem Türspalt. Ein merkwürdig warmer Farbton war es, wie die Abendglut der Sonne. Dabei hatte die sich schon lange im Dunkeln verflüchtigt.

Nina, die regungslos geblieben war, setzte sich in Bewegung, auf dem schmalen Raum der Werkstatt, der ihr zur Verfügung stand. Hechelnd trottete sie auf die Tür zu, kehrte zu ihm zurück, um sich aufs Neue der Tür zu nähern. Ein paar Mal ging das so. Sie bellte aber nicht. Kein Winseln, keine Anzeichen von Angst. Nur ihre Unruhe war zu spüren. Wie eine angespannte Erwartung.

In der Frühlingsnacht, als sich der heruntergekommene Kerl Zutritt zum Grundstück verschafft hatte, um sich volllaufen zu lassen, hatte Nina gebellt, als hätte sie versucht, den Hasen im Mond zu verjagen, der manchmal dort oben zu sehen war. Nun gab sie keinen Ton von sich.

Dann klopfte es an der Tür, nicht sehr laut. Eine Stimme war zu hören, nicht sehr laut.

»Herr Albert, bitte machen Sie auf!«

Christian Albert kannte die Stimme. Sie gehörte Isabell aus der WG, wo die Jugendlichen wohnten. Die es schwer hatten oder es anderen schwer machten, je nachdem, wie man es betrachtete.

Isabell hatte es ihm eigentlich nie schwer gemacht. Höflich war sie. Still. Er teilte gern die Stille mit ihr. Nie hätte er gedacht, dass darin etwas gedeihen könnte, das ihn in Gefahr brachte.

Isabell kam einmal pro Woche zu ihm. Sie ging ihm zur Hand, wo es nötig war. Half ihm, Besorgungen zu machen. Sie kochten zusammen. Manchmal spielten sie Karten. Er hatte ihr Cego beigebracht, ein badisches Spiel, das er seit seiner Kindheit kannte und früher mit seiner Frau gespielt hatte. Eigentlich konnte man es nicht zu zweit spielen, man brauchte mehrere Leute dazu. Aber er hatte sich eine leichtere Version ausgedacht, bei der man nur einen Mitspieler benötigte. Isabells Lieblingskarte war der Stieß, der höchste Trumpf. Herr Albert mochte ihr Lächeln, das erschien, wenn sie die Karte sah. Ein Lächeln, das einen schief sitzenden Zahn zeigte.

Isabells Betreuerin hatte das so veranlasst. Sie fand, diese Besuche würden ihr guttun. *In Kontakt kommen mit dem Leben*, nannte sie es. Aber er war ein alter Mann. In seiner Nähe kam man viel eher in Kontakt mit dem Tod, dachte er.

Isabell war noch nie so spät und unangekündigt zu ihm gekommen.

Er öffnete die Tür der Werkstatt. Christian Albert sah, dass sie nicht allein war. Jemand war bei ihr, dort draußen. Eine schmale Gestalt.

»Bitte!«, sagte er, weil die beiden ihre Münder nicht aufbekamen. Zögerlich bat er sie, über seine Schwelle zu treten.

Er konnte die Person, die Isabell in die Werkstatt brachte, nicht gleich erkennen. Erst als das Licht der Öllampe wieder entzündet war, sah er, dass es sich um eine junge Frau handelte, kaum älter als Isabell. Sie schien sich kaum auf den Beinen halten zu können. Isabell stützte den zierlichen, schwankenden Körper. Ihr Haar war lockig und sie besaß eine geheimnisvolle Schönheit, die wie die Erinnerung an ein unwiederbringliches Glück war. Aber die Augen, die Augen der jungen Frau wirkten, als hätten sie in einen Abgrund gestarrt.

Sie trug einen dünnen Mantel. Er wusste, dass er Isabell gehörte. Darunter schien die Frau nackt zu sein. Er sah versehrte Haut, einen pechschwarzen Bauchnabel. Er vernahm den Anflug eines modrigen Geruchs, der ihn an die Nonnengruft erinnerte, die er einmal bei einer Führung durch Freiburgs verborgene Gewölbekeller erlebt hatte. Er sah die schmutzigen Füße der Frau und ihre Hände, die nach Halt tasteten. Mit blutverkrusteten Nägeln. Nina, die sonst freudig über Isabell herfiel, um ihr das Gesicht abzuschlecken, blieb zurück. Den Ausdruck in ihrem Hundegesicht hatte er noch nie gesehen. Er glaubte Ehrfurcht zu erkennen, obwohl er sich nicht sicher war, ob eine Hündin dergleichen empfinden konnte. Zaghaft näherte sich Nina jetzt der Frau, leckte an ihren Fingern, wie um einen Schmerz zu lindern. Erst allmählich konnte Christian Albert seine Gedanken ordnen.

»Was soll das?«, sagte er zu Isabell. »Wen bringst du mir da an?«

Isabell erzählte ihm, dass sie die Frau in diesem Zustand im Wald aufgefunden hatte. Dass ihr etwas Schlimmes zugestoßen sein musste. Dass sie verwirrt war. Nicht einmal ihren Namen wollte sie nennen.

»Sie scheint vor irgendwas Angst zu haben«, sagte Isabell. »Jemand – etwas – ist hinter ihr her.«

»Wer, wer ist hinter Ihnen her?«, fragte Christian Albert die Frau. Sie antwortete nicht. Sie blickte ihn an, blickte ihn nur an …

Er machte Isabell Vorwürfe, dass sie das arme Geschöpf ausgerechnet hierhergebracht hatte. Zu ihm. Dass er mit dieser Sache nichts zu tun haben wollte. Dann fing er wieder einen Blick seiner Hündin auf. Christian Albert kannte ihn und konnte sich ihm selten widersetzen. Ein Blick, der wie eine stille Bitte war. Sein Groll fand keine Worte mehr. Er lächelte. Der alte Mann wurde sanft und gefasst. Sein Verstand arbeitete. Er sagte, er würde einen Arzt rufen und die Polizei verständigen. Die Frau geriet in sichtbare Unruhe. Mit eindringlicher Stimme sagte sie: »Keine Fährte legen, nein. Keine Fährte.«

Mehr brachte er nicht aus ihr heraus.

Auf einmal dachte er an die Heimatvertriebenen aus dem Krieg.

Ein paar wenige von ihnen waren damals mit schrundigen Füßen ohne Hab und Gut in dem kleinen Schwarzwaldort aufgetaucht, in dem er aufgewachsen war.

Unter ihnen befand sich ein Mädchen, fünf Jahre alt. Er selbst war noch ein Baby. Aber die Zeit, in der er zärtlich ihren Namen aussprechen sollte, war schon näher gerückt: Tatjana.

Christian Albert sah die blasse Frau an, die barfüßig in seiner Werkstatt stand. Er gab nach und führte die beiden hinaus ins Freie. Nina folgte ihnen. Angstvoll spähte die Unbekannte, die von Isabell untergehakt wurde, um sich. Der Mond gespensterte in den Bäumen.

Sie betraten das kleine Forsthaus, das aus einem einzigen lang gezogenen Raum bestand, der in Küche, Schlaf- und Wohnbereich unterteilt war. Er ließ Isabell für die Fremde aus einer Kommode ein Baumwollkleid heraussuchen, das seiner Frau gehört hatte. Das einzige Kleidungsstück seiner verstorbenen Liebe, das er behalten hatte. Ihr Lilienduft haftete noch schwach daran. Das Kleid war zu eng für die junge Frau, das heißt an gewissen Stellen. Ihre Brustwarzen zeichneten sich unter dem Stoff ab. Er versuchte es zu ignorieren. Immerhin hatte sie jetzt etwas, das ihren Körper bekleidete. Sie bekam noch Hausschuhe und er gab ihr seine Strickjacke, damit sie es wärmer hatte.

Isabell verabschiedete sich mit dem Versprechen, schon am nächsten Tag nach der Schule wiederzukommen, um nach ihr zu sehen. Es war sehr spät geworden. Schon lange wurde Isabell in der WG zurückerwartet. Dann waren Nina und er mit der Unbekannten allein.

Sie saß auf dem Bett. Vorsichtig näherte sich ihr die Hündin und begann an ihren Fingern zu schnuppern. Die junge Frau überließ Nina ruhig ihre Hand. Dann begann sie die Hündin mit einem Finger unter dem Kinn zu kraulen.

»Sie sollten etwas essen«, sagte Christian Albert. »Sie müssen wieder zu Kräften kommen.«

Der alte Mann besaß keinen Kühlschrank. Eine Klapptür im Boden öffnete einen winzigen kühlen Stauraum für Lebensmittel, den er mäusesicher gemacht hatte. Eine kleine Leiter führte hinab. Er sah nach, was er noch dahatte. Er war nicht geübt darin, Gäste zu bewirten, und tat sich generell mit dem Kochen schwer. Welches Essen serviert man jemandem, der offensichtlich etwas Schlimmes widerfahren war?

Er entschied sich für Schwarzbrot mit Bibiliskäse, einem Schwarzwälder Weichkäse, der aus Magerquark und süßer Sahne bestand und mit Schnittlauch, Zwiebeln und Gewürzen verfeinert war. Er presste den Quark durch ein Haarsieb, damit er locker wurde. Wie es Tatjana immer getan hatte. Dazu gab es Sauerkraut, das er mit reichlich Butter kochte. Bald breitete sich der markante schwere Geruch des erhitzten Krauts im Forsthaus aus. Aber die Unbekannte brachte kaum einen Bissen herunter. Sie sah vor sich hin, mit Augen, die geöffnet waren und doch finsteren Träumen ausgesetzt schienen.

Er überließ ihr sein Bett. Nina blieb bei ihr im Forsthaus. Er richtete sich eine Schlafstätte in der Werkstatt her.

Nahm ein Buch alter Schwarzwälder Sagen mit, das schon abgegriffen war, so gern las er darin.

Seine sehnigen Finger schlugen in der Nacht viele Seiten auf, denn er konnte keinen Schlaf finden. Lesen konnte er allerdings auch nicht. Die Buchstaben entwichen ihm und er fand sich in der Leere wieder, die zwischen den Zeilen lag.

Seine Gedanken gingen Wege, die ihn in Unruhe versetzten. Woher kam die Frau? War es richtig, ihr Unterschlupf zu geben? Was hatten diese Worte zu bedeuten? *Keine Fährte legen.* Eine merkwürdige Formulierung. Wie aus der Zeit gefallen.

Als gegen Morgen hin doch ein leichter Schlaf über ihn fiel, hörte er wieder die Stimme seiner Frau.

Beschütze das Mädchen! Schweißnass schreckte er hoch. Er spürte, dass etwas näher kam, immer näher. Etwas, dem er nicht gewachsen war.

Wovor? Wovor nur sollte er dieses Mädchen beschützen?

4

Fäden von Sonnenlicht drangen durch die Bäume, als er sich ans Werk machte. Das Licht des Nachmittags hatte etwas Vergängliches und war von der Farbe überreifer Aprikosen. Er selbst fühlte im Gegensatz dazu den Beginn. Den Beginn, der wie das Aufspringen einer Klinge war.

Eine Nacht und ein halber Tag waren nun hier am See verstrichen. Das Blut und Fleisch der beiden jungen Menschen hatte ihn genährt. Er spürte, wie seine Kraft zurückkehrte. Lebenskraft. Wie innere Ströme entstanden, die ihn versorgten. Wie sich Sehnen und Nerven verbanden, in diesem Körper, in dem ein zorniger Wille herrschte, der auf ein einziges unauslöschliches Ziel ausgerichtet war. Und aus dem Inneren des Körpers drang der Name hervor auf seine Zunge. Der Name, der über so viele Jahre versunken gewesen war. Ein Name der Dunkelheit: Nachtweih. Tristan Nachtweih.

Bilder kehrten zurück aus der Erinnerung. Die Schlachtfelder, auf denen er gekämpft hatte, die roten Ströme, die in die Ritzen der Erde sickerten, wo sie – so sagten die Menschen einst – die Glut neuer Tage hervorbrachten. Tristan spürte diese Glut. Und wie sie auf ihn übergriff.

Auch ein besonderes Bild kehrte zu ihm zurück. Das

Bild einer Frau, mit der sein Schicksal untrennbar verknüpft war.

Tristan wusste, dass auch sie bereits zurückgekehrt war. Er spürte ihre Nähe. Obwohl er nicht bestimmen konnte, wo sie sich genau befand. Noch nicht. Er spürte ihre Nähe wie den sanften Duft einer Blume. Er würde sie bald finden. Er kannte seine Aufgabe.

Er hatte es gut angestellt. Hatte die beiden Leichen erst einmal liegen gelassen, damit der Geruch andere Tiere anlockte. Ein Fuchs, der in den kargen Weiten des Herbstes herumstreifte, war vorsichtig herangekommen. Aber seine Vorsicht hatte ihn nicht bewahrt. Er hatte ihm das Genick gebrochen. Und als Tristan Nachtweih die Zähne in das rohe Fleisch schlug, war er in einen Zustand verfallen, der an die stärksten Gefühle heranreichte, die er je empfunden hatte. Dann sank er in einen Schlaf, tief und unbekannt. Hinterher nahm er das Klappmesser zur Hand. Er hatte es in der Hose des jungen Mannes gefunden, die aus einem blauen, sehr robusten Stoff bestand. Er hatte noch nie zuvor eine solche Beinbekleidung gesehen. Aber er wunderte sich nicht darüber. Alles hatte eine Selbstverständlichkeit für ihn. Als wären die gewaltigen Veränderungen, die diese neue Zeit mit sich brachte, für seine Augen, die immer schärfer zu sehen begannen, nur wie der kaum merkliche Wechsel eines Lichteinfalls.

Er fühlte sich sicher. Spürte, wie ihn Energie durchpulste und wie seine Sinne sogar in Regionen vordrangen, die er vorher nie erahnt hatte. Er registrierte sie: die Lebensimpulse dort draußen in der Weite. Er erlebte ein Gefühl der Erhabenheit über sie. Sogar ein Gefühl dafür, sie beeinflussen zu können, sie für seine Zwecke nutzbar zu machen. Und vor allem spürte er, wie sie ihm die Richtung vorgab: seine Aufgabe.

Der Tag ging zur Neige. Farben schwanden, Dunkelheit kam.

Es war so weit. Er nahm die Menschenhäute, die er zuvor an Ästen getrocknet hatte, und wickelte sie um sich wie eine schützende Hülle. Er spürte ihr Gewicht, das geringe Gewicht, das vom Leben übrig bleibt. Er watete in den See, tauchte in sein Dunkel. Als er wenig später aus dem Wasser hervorkam, trug er einen Mantel, der eine intensive blaue Farbe besaß.

Weich und geschmeidig fiel der Mantel um seinen schlanken Leib.

Tristan stieg die Anhöhen hinauf bis zu einer Kalksteinnase, die wie der Bug eines versteinerten Schiffes aus dem Wald herausragte. Von dort schaute er hinab ins Tal, wo die Lichter des Freiburger Stadtteils Günterstal glommen. Mit seinen überfeinen Sinnen hörte er die Stimmen von dort unten wie einen säuselnden Wind in seinen Ohren. Spürte die Rastlosigkeit menschlicher Herzschläge. Seine Augen weiteten sich, waren auf der Suche. Bis seine Blicke Einlass fanden in Häuser und Träume. Und dann wurden sie fündig. Verborgen in einer Gasse war das Schaufenster eines winzigen Geschäftes. Tristan lächelte. Wie die anderen Läden hatte das Geschäft bereits geschlossen, aber ein schummriges Licht brannte darin. Und seine Sinne registrierten einen Mann, der dort drinnen hinter einer Theke saß. In seinem Rücken staubige Glasregale, welche die ganze hintere Seite des Ladens einnahmen. Er gefiel ihm gut, dieser Laden. Es gefiel ihm, was es dort zu finden gab. Und ihm gefiel der Mann, der dort saß mit seinen schweißnassen groben Händen. Und seinen Gedanken nachhing. Die haltlos und düster waren. So düster und verabscheuungswürdig.

Tristan Nachtweih lächelte.

5

Die erste Nacht nach ihrer Rückkehr glitt dahin wie ein dunkler Strom. Sie schlief.
Kurzzeitig glaubte sie zurückzusinken in den Schlaf des Todes. In dem das Wort »ich« verschwand, so leise. Und nur ein Funken von Bewusstsein dorthin strebte, wo Taumel war, Stimmen und Lichter. Manchmal – so schien es ihr – war aus diesem Funken für eine kleine Weile ein neues Leben hervorgegangen. Ein Pfad hatte sich geöffnet, den sie nicht kannte.

Sie selbst war eine Fremde gewesen auf diesem Pfad. Bis das fremde Gesicht zum eigenen geworden war. Nach und nach hatte sich das Gesicht von Neuem aufgelöst und war verschwunden. Dann herrschte wieder der Schlaf. Während sie zu ihr drangen. Die Geräusche der Welt, der sie nicht mehr angehörte. Die immer nah zu sein schien und doch nicht zu erreichen. Sie erinnerte sich an das Stampfen von Maschinen, an den Klang zerstörerischer Waffen, der sich unterschied vom Klang der Schwerter, die sie einst selbst gekannt und geführt hatte.

Weitaus mächtiger klangen sie als die durch die Luft schnellenden Bolzen einer Armbrust. Stärker als die von den Katapulten geschleuderten Flammenkugeln und die Feuer schleudernden Pechkränze. Lauter als die knallenden Schüsse des Sturmkolbens und der Aufprall der Sturmtöpfe, die mit Schwarzpulver, Schwefel, Salpeter, zerbrochenem Glas und Blei gefüllt waren.

Nur die Schreie klangen, wie sie immer geklungen hatten.

Nach und nach hatte sie das Rauschen wahrgenommen, das sich ausbreitete. Sie erinnerte sich daran, das stechende Gleißen von Farben zu spüren. Und die gewaltige, um sich greifende Gier der Menschen. Nach Bildern, die unerschöpflich waren und die Nerven zischen ließen.

Und plötzlich war da diese Stimme, die lauter wurde. Eine Stimme, die sie zurückrief. Und mit ihr kam die Erinnerung an den Körper, dem sie angehört hatte, einst. Der Körper einer jungen Frau. Sie begann ihn wieder zu fühlen, in ihn einzukehren. Zurück kamen aber auch die Bilder, wie ihr die Männer die Fesseln abnahmen, nur um ihr die Kleider vom Leib zu reißen. Sie spürte erneut, wie eine unerbittliche Hand sie aus dem rückwärtigen Teil der Kapelle geschleift hatte, die Marthas Versteck gewesen war. Sah erneut, wie ein Vorhang zurückgezogen wurde und die Instrumente auftauchten. Der Schemel, auf den man sie gezwungen hatte, war hart. Aber als ihre Hände auf dem mit Blech beschlagenen Tisch lagen, unter der eisernen Zwinge und die Gelenke mit Eisenfesseln fixiert wurden und der Schmerz seinen Anfang nahm, war das Holz des Schemels unter ihren Pobacken die einzige Berührung, die erträglich war. Sie versuchte sich darauf zu konzentrieren, aber der Schmerz, der rasende, war das einzig herrschende Empfinden für sie gewesen. Hinterher gab es keinen Schemel mehr, als sie nackt und keuchend an der Säule stand, die Handgelenke mit festen Schnüren an einem eisernen Haken gefesselt, und die Peitsche aus Haselruten auf sie einschlug und das Blut ihren Rücken hinabrann.

Und dann kam das Empfinden des kleinen, ungeborenen Wesens, das in diesem ihrem Körper herangewachsen war und den Flammen überlassen wurde. Sie spürte die Flammen, ihre Gier, die jene der Menschen weit übertraf. Und sie spürte das ferne Gefühl einer Liebe, die in Raserei überging und den Feind heraufbeschwor, dem sie jetzt entgegentreten musste. Die Nacht erstickte das Feuer. Sie hatte den Himmel gesehen und wie er in sieben Scherben zerfiel, die auf sie niederstürzten. Und aus den Scherben gingen tierähnliche Kreaturen hervor. Wahre Bestien. Eine jede sah anders aus. Und sie bemerkte, wie sie sich auch in eine solche Kreatur verwandelte. Sie war das achte dieser Geschöpfe. Die Bestien fielen übereinander her, um sich zu zerfleischen.

Als der Schlaf des Todes endete, hatte sie die Aufgabe gespürt, die ihr vor so langer Zeit aufgetragen wurde, die eingeschrieben worden war in ihr Herz. Und sie wusste, dass er angebrochen war. Der Moment, in dem diese Aufgabe erfüllt werden musste.

Der nächtliche Schlaf, den sie jetzt im Forsthaus des alten Mannes erlebte, war anders. Die Bilder waren nicht so durchdringend. Die Schwärze war nicht so tief. Alles schien näher, greifbarer. Sogar der Frieden.

Sie genoss die Wärme des Holzofens, die der alte Mann ihr beschert hatte – bevor er hinausgegangen war, um in der Werkstatt zu schlafen.

Als sie die Augen öffnete, sah sie die Hündin, die an ihrem Bett gewacht hatte, den Kopf zwischen die Vorderbeine gelegt. Sie hatte ihre Gegenwart die ganze Nacht über gespürt. Das Tier schien wahrzunehmen, woher sie gekommen war. Obwohl es die Gefahr witterte, die mit ihrem Erscheinen einherging, hatte das Tier keine Angst vor ihr. Die Gefilde des Todes schienen vertraut für die Hündin.

Als wehten von dort beständig Gerüche zu ihr herüber wie aus dem tiefen Wald, der das Forsthaus umschloss.

Der Hunger, den die junge – in Wahrheit kein bisschen junge – Frau verspürte, war schrecklich. Weil er nicht ohne Weiteres gestillt werden konnte und nichts anderes fand, hatte sie das Gefühl, er hätte schon begonnen, ihre Seele zu verzehren.

Sie musste achtgeben, nicht über das Tier herzufallen. Sie nahm das Zirkulieren des Hundeblutes wahr. Spürte ihre eigene Not, die Gier. Sie gierte nach klaren Strömen der Natur. Nicht nach einer Speise, der die Lebendigkeit schon mundgerecht entzogen worden war. Wie bei dem Essen, das ihr der alte Mann gestern serviert hatte. Als sie aus dem Bett kroch, hatte sie Mühe, sich auf den Beinen zu halten.

Sie blickte aus dem Fenster und sah einen neuen Tag anbrechen. Zum allerersten Mal nach einer schier grenzenlosen Zeit. Ihr Körper war fast nicht stark genug für dieses Glück.

Sie stieß das Fenster auf. Atmete, atmete die herbe Luft des Herbstes. Waldland verlor sich in rauchblauer Ferne. Nebel hob sich aus Tälern und Mulden, wallte über die Baumwipfel. Das Leben dort draußen ging auf leisen Sohlen. Nur eine Krähe wollte Gehör finden. Es war schön. So schön.

Christian Albert trat mit den langsamen Schritten seiner Jahre ins Forsthaus. Nina kam schwanzwedelnd auf ihn zu und schob in einer Geste des Vertrauens ihre Nase zwischen seine Knie. Der alte Mann nahm den großen Kopf zwischen seine Hände und kraulte sie mit seinen Daumen hinter den flauschigen Ohren.

Er gab der Hündin zu fressen. Zündete Holz im Brennraum des Küchenofens an, die Flammen drängten gegen das Sichtglas.

Der alte Mann sagte nichts zu ihr, lächelte sie aber an. Er wirkte groß. Das war auffallend. Alles in dieser Zeit, in der sie sich wiederfand, schien größer, ausufernder zu sein als die Dinge, die sie kannte. Sauberer, reiner zudem. Kaum Unrat, keine Allgegenwärtigkeit einer Seuche, die auf der Lauer lag.

Anfangs waren ihr die Gerüche etwas schwächer, abgemilderter erschienen.

Dann bemerkte sie, dass es nicht so war. Etwas lag in der Atmosphäre. Wie Staub. Wie Unheil. Ihre Sinne waren wach. Legten weite Strecken zurück, öffneten Türen. Sie war überrascht, wie viel sie ausmachen konnte. Sie urteilte nicht. Ihre Aufgabe war es nicht, zu urteilen. Ihre Aufgabe war es zu handeln. In der kurzen Zeitspanne, die ihr zur Verfügung stand. Sonst würde es sie bald nicht mehr geben. Eine Welt, über die man urteilen konnte.

Sie wunderte sich darüber, wie leicht es ihr fiel, sich in dieser neuen Gegenwart einzufinden, die mitnichten mit der zu vergleichen war, die sie einmal gekannt hatte. Es war, als wäre sie nur aus einer kurzen Ohnmacht erwacht und bräuchte ein paar wenige Atemzüge, um sich wieder zu orientieren. Ja, beinahe schien es, als gehörte sie hierher. Beinahe.

Häufig allerdings schwand ihr der Blick. Sie spürte, dass sie noch lange nicht genug Kraft besaß, um ihre Sinne in hohem Maß zu fordern. Um zu sehen, was zu sehen war. Um zu tun, was getan werden musste.

»Wie heißt du?«, sagte der alte Mann plötzlich, als er eine Pfanne vom Haken an der Wand nahm. »Willst du's mir nicht doch verraten?«

Aus dem tiefen Rauschen in ihrem Kopf hervor drang der Name. Sie hörte, wie er über ihre Lippen kam. Der Name, den sie getragen hatte in einer längst versunkenen Zeit.

»Martha von Falkenstein.«

»Gut, Martha von Falkenstein«, sagte er. »Und ich heiße Christian.«

Er deutete auf die Hündin. Sie hatte ihre Mahlzeit verschlungen und anschließend inbrünstig eine ganze Schüssel Wasser getrunken. Nach der kulinarischen Ablenkung wirkte sie nun wieder ganz aufmerksam und beobachtete die beiden, während sich ein langer Speichelfaden aus ihrem Mundwinkel zog.

»Und die Dame, die heute Nacht bei dir geblieben ist, heißt Nina.«

Er ließ Butter in der Pfanne unter der Hitze des Ofens zerlaufen. Er hatte einen Karton aus der Speisekammer mitgebracht und ihn auf der Arbeitsfläche abgestellt. Sechs rohe Eier waren darin. Als er nicht hinsah, griff sich Martha zwei von ihnen, zerbiss die Schale und verschlang sie. Die Augen des alten Mannes fanden schnell zu ihr zurück.

Er sah die Eierschalen, die noch an ihren Händen hafteten, und das glitschige Eiweiß, das um ihren Mund herumhing und Fäden ziehend von ihren Fingerspitzen herabtropfte.

Mit dem Blick auf Nina, die Eireste vom Boden aufleckte, sagte Christian Albert: »Ihr beide scheint ja viel gemeinsam zu haben.«

Nach dem Frühstück musste sich Martha wieder hinlegen. Sie schaffte es nicht, auf den Beinen zu bleiben. Der alte Mann holte mehrere Decken und sorgte damit für etwas mehr Wärme. Dann zog er sich zurück, um sie nicht zu stören. Sagte, er wolle hinübergehen in die Werkstatt.

Er zog seine Jacke an. Als er die Tür des Forsthauses öffnete, blickte er sich nach Martha um. Und nach seiner Hündin.

»Willst du mitkommen, Nina?«

Normalerweise begann die Hündin, noch bevor er überhaupt fragte, mit dem Schwanz zu wedeln und freudig zu bellen. Und dann drängte sie sich an ihm vorbei, um als Erstes ins Freie zu kommen. Normalerweise. Jetzt tat sie nichts dergleichen. Sie lag auf dem Boden vor dem Bett und ließ die junge Frau nicht aus dem Blick.

»Abgemacht. Du bleibst hier und gibst auf Martha acht.«

Martha blieb auf dem Bett liegen. Die Zeit verrann.

Sie hörte, wie draußen ein feiner Regen fiel.

Dann war alles still. Zu still.

Beunruhigende Gedanken kamen.

Sie musste sich sättigen. Das Frühstück war nur ein Anflug von Leben gewesen.

Lange nicht ausreichend.

Sie würde stark sein müssen. Aber sie war weit davon entfernt.

Das war ihr bewusst. Sie musste etwas zu sich nehmen. Eine Speise, die den entscheidenden Anstoß gab, eine entfachende Wirkung besaß. Und ihr die Kraft verlieh, die vonnöten war.

Sie spürte seine Anwesenheit. Des Mannes, der keine Gnade kannte …

Einmal kam es ihr so vor, als befände er sich in unmittelbarer Nähe des Forsthauses. Als lauerte er bereits dort draußen im Dunst des Tages.

Die ersten acht Tage. Das war der Zeitraum, in dem er ihr etwas antun konnte. Diese acht Tage musste sie überstehen. Dann war sie in Sicherheit. Zumindest vorerst.

Sie wusste nicht, ob er schon begonnen hatte. Begonnen damit, die Menschen auszuwählen, die ihm beistehen würden. Die an seiner Seite kämpfen würden. Die Zeit lief.

Sie wusste nicht, ob er es schon an sich gebracht hatte. Sein Schwert. Beim Gedanken daran spürte sie Verzweiflung.

Er würde auch versuchen, das zweite Schwert in seine Gewalt zu bringen. *Ihr* Schwert. Aber es war nicht zurückgekehrt in diese Welt. Noch nicht.

Sie sah sie beide vor sich, die Schwerter.

Zwei Schwerter, geschmiedet in einer klösterlichen Werkstatt. Vor acht Jahrhunderten unter dem Frühlingsmond. Kurz bevor sich der gewaltige, lärmende Menschenzug nach zermürbendem Warten endlich auf den Weg machte ins Unbekannte. Um das Land zurückzugewinnen, das heilig genannt wurde, Heiligkeit verleihen sollte – dort, wo in Wahrheit nur der Tod wartete.

Zu dem Zug zählten damals der Bischof Thomas Olivier und seine Berater, Ritter und Knappen, vereinzelte Kinder, die mehr oder minder geordneten Reihen des Fußvolks, Bogenschützen und Speerwerfer. Der Tross: Zimmerleute und Schmiede, Händler mit Karren, Bader und Wundärzte, in deren Wagen nicht nur Tinkturen verborgen waren, sondern auch die Reize leichter Mädchen. Dazu die Gaukler, Spielleute und Sänger.

Inmitten dieser unaufhaltsam vorwärtsdrängenden Masse befanden sich eine Frau und ein Mann, die nicht voneinanderwichen. Beide trugen sie je ein Schwert. Die Schwerter gehörten zusammen, wie ansonsten nur Liebe die Wesen und Dinge zusammenfinden lässt.

Das Schwert des Mannes hieß *Xanas*.

Aurin hieß das Schwert der Frau.

Getauft wurden sie viele Wochen später in einem fernen Land unter einer sengenden Sonne, die den Kriegern eine Schicht Haut nach der anderen abzog. Getauft wurden die Schwerter in Blut. Martha erinnerte sich gut daran.

Marthas Gedanken fanden keinen Halt mehr, erschöpften sich. Sie war zu müde, um sie anzutreiben. Zu schwach, um ihnen nachzufolgen. Dabei musste sie sich konzentrieren. Die Konzentration darauf richten, wo es in dieser neuen Gegenwart erscheinen würde.

Aurin, das Schwert.

Sie sah ein Mädchen vor sich mit Haaren, die die Farbe des Abendrots hatten. Das Mädchen war Keth, ihre Schwester. Gewesen. Damals.

Martha hatte Keth das Schwert gegeben, bevor sie sich in einer Kapelle namens St. Margareta versteckte. Bevor man sie dort fand und schließlich ein verkohlter Körper den Brunnenschacht hinabgeworfen worden war.

Keth arbeitete den ganzen Tag auf einer Abraumhalde vor den Felsen, in denen die Bergleute in der feuchten Dunkelheit enger Stollen nach Bleiglanz gruben. Sie arbeitete gemeinsam mit den anderen Kläubern, entweder Kinder, gebrechliche Männer oder alte Weiber. Den ganzen Tag behaute sie das zutage geförderte Gestein, trennte taubes vom silberhaltigen. Aber wenn der Abend kam, stahl Keth sich fort. Tief in den Wald.

Dort hielt sich ein Köhler auf, den sie liebte. Schon aus der Ferne hörte sie die Klänge, die er seinem Instrument entlockte. Eine Hillebille, die verbreitet war unter den Köhlern. Sie verständigten sich damit. Wenn er sie küsste, hinterließ er Schwärze auf ihrer Haut. Diesem Köhler übergab Keth eines Abends Marthas Schwert, das ihr eine Bürde war und Quelle der Angst. Der Köhler hatte das Schwert später in seinem Kohlenmeiler versenkt.

Das alles sah Martha nun. Sie sah es mit tief geschlossenen Augen, während sie noch immer die Nähe ihres Widersachers spürte. Bevor *er* es an sich nahm, musste das Schwert zu ihr zurückfinden. Sie hatte eine vage Idee, wie es möglich war. Aus ihrem Traum versuchte sie kleine Fundstücke mitzunehmen in die Wirklichkeit.

Die Zeit lief.

6

Sie tauchten auf. Im schummrigen Licht des Ladens. Im schummrigen Licht seiner Gedanken: all die Schülerinnen. Mit ihren weichen, geschmeidigen Körpern und den erhitzten Gesichtern. Mit der Unschuld in den Augen und dem, was ihre Unschuld langsam zu verzehren begann: die Lust. Sie konnten sich nicht dagegen wehren.

Vor seinem inneren Auge sah er die Mädchen. Sah ihre Beine unter den flatternden Röcken, die manchmal ein weißes Höschen sehen ließen. Ein Zittern überkam ihn bei dem Gedanken.

Aus dem Wirbel aus Körpern löste sich kurzzeitig das Bild eines bestimmten Mädchens heraus. Er glaubte sich zu erinnern, dass ihr Name mit dem Buchstaben L anfing. Sie war einmal mit dem Fahrrad bei Rot über die Straße gefahren. Er hatte sie zurechtgewiesen. Wie es seine Pflicht war. Als Polizist. Als guter, guter Polizist. So hatten sie sich kennengelernt. Er begleitete sie dann auf ihrem Schulweg. Zu ihrer Sicherheit. Ein paar Mal ging das so. Er wartete auf sie – an der Ecke der Straße. Er war gewissenhaft. Es war einfach. Die Mädchen zwirbelten ihre Haare. Sie mochten ihn, den Polizisten. Groß, athletisch, fünfundzwanzig Jahre alt. Sie mochten ihn sehr. Dann sah er den Ausdruck im

Gesicht des Mädchens vor sich, als er seine Hose geöffnet hatte. Er hatte sie nicht angerührt. Natürlich nicht. Er war ja nicht dumm. Er musste vorsichtig sein. Durfte sich in seinem ehrenwerten Dienst zum Schutz der Bevölkerung keinen klitzekleinen Fehler erlauben. Der Ausdruck in ihrem Gesicht aber reichte ihm. Das war mehr als genug.

Er mochte diese Abende. Wenn er freihatte und für sich war. Er mochte es, im Laden in der Seitenstraße in dem gottverlassenen Günterstal zu sitzen und sich forttragen zu lassen von den Gedanken. Er mochte die Utensilien fürs Angeln. Noch viel lieber aber mochte er die Vielzahl der Waffen, die hier zu kaufen waren. Die Gewehre für die Jagd. Die Revolver zur Selbstverteidigung. Die Langmesser. *Tobi's Angel- und Waffenshop* hieß der Laden. Mit falschem Apostroph. Er erinnerte sich daran, wie er es ein paarmal zur Sprache brachte. Vergeblich. Seitdem er existierte, gehörte der Apostroph dem Laden an wie ein unter die Haut gelangter Splitter, der nie herauswachsen würde.

Der Laden gehörte seinem Bruder. Der Bruder und er wohnten in dem gelben, sehr schmalen Haus an der Straßenecke, das sie geerbt hatten. Auf zwei Etagen. Mehr gab es nicht. Er wohnte oben unter dem Dach. Der Bruder und seine träge Schlampe von Frau wohnten im Erdgeschoss, wo der Laden war.

Abends lag das Erdgeschoss meistens verlassen. Weg waren sie. Getrennt, versteht sich. Sein Bruder zog mit Leuten los in die Freiburger Innenstadt, um zu saufen. Und die Schlampe von Frau zog los zu ihrer Schwester, wo sie Chips in sich hineinstopften, während der Fernseher lief und sie darüber lästerten, wie schrecklich sein Bruder war.

Er saß hinter der staubigen Ladentheke. In seinem Rücken erhoben sich die glasgeschützten Regale mit den teureren Stücken darin bis zur Decke. Er saß und beobachtete, wie sich draußen Dämmerung in Nacht verwandelte. Er hatte, was er brauchte. Fein gefertigte Utensilien, die den Tod brachten und Gedanken an junge flatternde Vögel, die ihn die Hitze des Lebens spüren ließen.

Seine Finger begannen an seinem Hosenschlitz zu reiben, als plötzlich ein bläuliches Licht im Halbdunkel des Ladens erschien. Und dann sah er einen Mann auftauchen, der einen sonderbaren Mantel trug. Unbemerkt hatte sich dieser Mann Zutritt verschafft. Der Laden war bereits seit über einer Stunde geschlossen und der Polizist hatte das Rollgitter heruntergelassen. Hatte er vergessen, die rückwärtige Tür zum Hinterhof zuzusperren? Hatte er es einem Eindringling leicht gemacht? Er war noch nie so scheißnachlässig gewesen.

»Schöne Waffen«, sagte der Fremde mit schmeichlerischer Stimme. Aber er sah die Regale nicht an. Er sah *ihn* an.

Der Polizist, der die Gefahr spürte, zauderte nicht lange. Er schwang seinen großen, muskulösen Körper aus dem Stuhl und sprang über die Theke, wollte den Kerl packen. Er war geübt darin, Menschen bewegungsunfähig zu machen. Meistens ging es so schnell, dass sie es gar nicht mitbekamen. Schon waren sie überwältigt. Zappelten in ihrer Hilflosigkeit. Doch gerade als er zuschlagen wollte, stieß ihm der Mann unterhalb der rechten Schulter ein Messer ins Fleisch. Der Polizist spürte den Schmerz, das hervorquellende Blut. Sein Sichtfeld begann kurzzeitig zu zittern. Er stürzte zu Boden.

Er war es nicht gewohnt, die Kontrolle zu verlieren oder jemandem ausgeliefert zu sein. Er spürte sogar etwas, das ihm nur vom Hörensagen bekannt war. Etwas, das rasend schnell von Ort zu Ort zog, von Körper zu Körper. Es nannte sich Angst.

»Schöne Waffen«, wiederholte der Unbekannte mit dem seltsamen Mantel. »Schöne Vögel.«

»Wovon zum Teufel reden Sie?«

Dumpf nahm er zur Kenntnis, wie sich der Mann zu ihm herabneigte. Wie sich seine Lippen dicht an seinem Ohr öffneten: »Du weißt sehr genau, was ich meine. Herrlich, wie sie herumflattern. In den Straßen und Himmeln. Hier im Laden. Da drin in deinem Kopf.«

Ein spitzer Fingernagel berührte seine Schläfe. Nein, das konnte kein Einbruch sein! Das musste jemand sein, der eine Tochter hatte. Ein Vater, der vielleicht etwas mitbekommen hatte und nun hier war, um sich zu rächen. Der Polizist war vorsichtig gewesen. Aber vielleicht nicht vorsichtig genug. Mit großer Anstrengung gelang es ihm, sich zu rühren. Seine Hand tastete nach der Pistole, die er im Halfter am Gürtel trug.

Aber dann riss ihn der Unbekannte in die Höhe und schleuderte ihn über die Theke gegen die Glasvitrinen. Der Polizist registrierte den klirrenden Lärm, als das Glas zerbarst. Wusste aber zunächst nicht, dass er selbst durch die Scheibe gekracht war. Aber dann spürte er die Splitter, die sich in seinen Rücken gebohrt hatten. Wo seine Pistole war, wusste er nicht.

Er sank neben der Theke zu Boden.

Von dort herauf sah er den Fremden an. Sein Verstand war noch wach, obwohl sein Körper schwächer wurde und er nur mit Mühe die Augen offen hielt. Die Haut des Fremden, die sein markantes Gesicht überzog, war so dünn, dass man die darunterliegenden Knochen erahnen konnte. Aber von diesem Mann schien eine dunkle Kraft auszuströmen, wie Licht von einer Lampe. Er war dieser Kraft nicht gewachsen. Sie kam aus einer Quelle, tief wie Hass, schwarz wie Nacht. Und plötzlich rührte sich in ihm ein Gefühl, das noch stärker war als das Gefühl seiner Hilflosigkeit: Bewunderung für dieses Wesen. Für seine Stärke und Gnadenlosigkeit, die unaufhaltsam schienen. Er hatte so etwas vorher noch nie erlebt.

»Ich weiß, wozu du fähig bist«, hörte er die Stimme des Mannes sagen. »Weiß, worauf du aus bist. Mir gefallen sie, deine Träume. Darum, nur darum lasse ich dich leben. Eine kleine Weile. Bis die Zeit reif ist.«

Er rammte das Messer, das einen Griff aus Horn hatte und an dessen Klinge schmieriges Blut haftete, ins Holz der Theke. Dort blieb es stecken und zitterte noch sacht für wenige Sekunden. Die Augen des Fremden! Diese Augen, die ihn anstarrten! Es schien, als würden sie etwas freisetzen wollen. Etwas, das tief unter seiner Haut verborgen lag.

Er lag noch immer auf dem Boden und spürte plötzlich keinen Schmerz mehr. Er spürte nur noch das Glück, das aus bösen Taten entsprang und niemals versiegend durch Jahrhunderte strömte.

»Wer bist du?«, fragte der Polizist.

»Du brauchst meinen Namen nicht zu wissen. Ich bin hier, um etwas zu holen.«

Der schmale Zeigefinger mit dem spitzen Nagel deutete auf die Vitrine über der Theke. Dort, wo das Glas großflächig gesplittert war, lag ein Schwert, das waagerecht in einem aus Holz gefertigten Ständer ruhte. Ein zweischneidiges, scharf geschliffenes Langschwert. Es gehörte dem Bruder des Polizisten und stand nicht zum Verkauf. Es sollte im Laden nur zur Schau gestellt werden. Sein Bruder hatte ein Faible fürs Mittelalter. Er hatte das Schwert extra von einem Schmied anfertigen lassen, es hatte ein halbes Vermögen gekostet.

Die dürre, ausgezehrte Hand des Fremden näherte sich dem Schwert und schloss sich um seinen Griff. Er nahm das Schwert, hielt es ins Licht und sah es mit einem prüfenden Blick an.

Dann entfernte sich der Fremde von der Theke und der Polizist sah den sich bauschenden Mantel. Das ist kein gewöhnlicher Mensch, dachte er. Er dachte es mit Stolz. Mit Stolz dachte er daran, diesem Fremden begegnet zu sein.

Dann entwich er aus seinem Blickfeld. Verschwand in dem umfassenden Dunkel, das über den Polizisten hereinbrach.

7

Christian Alberts Gedanken kamen nicht zur Ruhe. Er spürte, dass Martha in Gefahr schwebte, wusste aber nicht, wer oder was sie bedrohte.

Er wusste nicht, was er tun sollte. Was konnte er – der alte Mann – auch tun? Für sie sorgen, ja, das konnte er. Aber würde er sie auch beschützen können?

Möglicherweise hatte sich die junge Frau etwas zuschulden kommen lassen. Vielleicht sogar etwas Schlimmes, etwas, das kaum zu verzeihen war.

War es dann überhaupt richtig, sie zu beschützen? Er glaubte es.

Aber Glaube, das war im Leben nur ein anderes Wort für Hoffnung.

Er hoffte, dass Isabell bald kommen würde. Er hoffte es sehr. Es war nach vierzehn Uhr. Die Schule war bestimmt schon zu Ende, dachte er. Inzwischen waren anderthalb Tage verstrichen. Aber Isabell kam nicht. Kam nicht …

Immerhin war Nina an seiner Seite. Sie schien die junge Frau zu mögen. Mehr noch: Sie schien ein intensives Zutrauen zu ihr gefasst zu haben. Die Hündin war ein Trost. Vielleicht der letzte, der ihm geblieben war. Sie war groß und kräftig. Und hatte einen Beschützerinstinkt. Aber würde sie es aufnehmen können mit dem, was womöglich dort draußen lauerte? Und würde er es können? Er dachte an vorgestern Abend, als Isabell und die junge Frau an der Tür seiner Werkstatt geklopft hatten. Ihm war der Lichtschimmer aufgefallen, der durch den Türspalt drang. Manchmal, wenn er die junge Frau ansah, die sich Martha nannte, hatte er das sonderbare Gefühl, dass ihr ganzer Körper von der Farbe dieses Lichts durchdrungen war. Auch in ihren Augen war sie hin und wieder zu sehen. Er überlegte, woran sie ihn erinnerte. Ihm fiel sein Besuch vor vielen Jahren in einer Kupfergießerei ein. Ja, das war ein sehr ähnliches Farbempfinden gewesen. Warm, intensiv, geheimnisvoll.

Die junge Frau schlief. Beinahe die ganze Zeit über schlief sie.

Und sie schien kaum etwas essen zu wollen.

Christian Albert versuchte sich abzulenken. Versuchte darüber nachzudenken, wie es Martha so angenehm wie möglich haben konnte in seinem Forsthaus.

Er wollte sie nicht allein lassen. Er wusste nicht, was passieren würde, wenn er hinaus ins Freie ging. Aber noch war es Tag, Sonnenstrahlen brachen durch die Wolkendecke. Manche Baumwipfel schienen wie goldbestäubt. Das gefährliche Dunkel war noch fern. Also wagte er es.

Er nahm ein fast leeres Marmeladenglas vom Regalbrett, wusch es aus, zog seinen Mantel an und verließ das Forsthaus. Nina blieb bei der jungen Frau.

Christian Albert wollte Tannen- und Fichtennadeln sammeln im Wald. Er wollte sie später ins warme Wasser geben, wenn Martha ein Bad nahm. Wie er es ihr vorgeschlagen hatte. Er hoffte, dass die Nadeln der schwachen Frau Kraft spenden würden. Immerhin trotzten die

Nadeln mit ihrer wachsüberzogenen Haut aller Härte der Jahreszeiten. Im Forsthaus gab es – dort, wo die Küchenzeile endete – eine alte frei stehende Badewanne. Zwei geschickt in den Ecken platzierte Spiegel fingen Tageslicht für sie ein.

Als er sich auf den Weg machte, dachte Christian Albert an seine Kindheit und daran, wie sein Vater mit ihm Streifzüge durch den Wald unternommen hatte.

Er erinnerte sich, dass sein Vater das Gesicht einer satten Frucht gehabt hatte. Ein Gesicht, von dem immer ein Glanz ausging – selbst dort, wo sich die Schatten der Bäume vertieften. Er hatte immer von der Natur geschwärmt, hatte ihm im Wald das tote Holz gezeigt, und wie es Raum schuf für neues Leben. Bevor er sein einziges Kind bekam, hatte sein Vater im Zweiten Weltkrieg an der Front gekämpft. Erst Jahre später hatte Christian Albert erfahren, was für ein flammender Nationalsozialist er gewesen war.

Später? Ein gefährliches Wort. Ein dienlicher Trick der Erinnerung.

Nein, nicht später. Schon der Junge hatte es gewusst. Es brauchte nicht viel dazu. Nicht viel, nein.

Aber der Junge hatte den Vater nie mit Fragen behelligt. Er war immer nur darauf aus gewesen, die Geschichte zu hören von der unbezwingbaren Natur, die sich überall Raum schuf. Davon, wie sich der Tod Raum schuf, hatte er nichts wissen wollen.

Manche Schwarzwälder erzählten gern eine Sage, wenn ein Mensch verloren ging. Die alte Sage vom Irrkraut, das an manchen Stellen im Wald wuchs. Wer darauftritt, verirrt sich heillos. Aber das Irrkraut, es war nicht schuld daran, dass Christian Albert nicht mehr zurückkehrte.

Martha von Falkenstein sollte an diesem Abend nicht in den Genuss eines Bades aus Tannen- und Fichtennadeln kommen.

8

Die ersten Schulstunden am Morgen nach ihrer rätselhaften Begegnung mit der Frau fanden ohne Isabell statt.

Das größte Glück für sie, normalerweise. Doch diesmal konnte sie sich nicht freuen.

Bei Tagesanbruch des ersten Novembers – als der Nebel wie ein wogendes Meer zwischen den Hügeln lag – fuhr die Betreuerin sie mit ihrem klapprigen Motorrad von Hofsgrund zu einem Arzt in Günterstal. Der Arzt erneuerte den Verband, den die Betreuerin ihr am Abend zuvor angelegt hatte, als sie die Bisswunde an der Hand bemerkte.

Und der Arzt gab ihr noch eine Spritze, die scheißwehtat.

Isabell war am Abend nach dem Vorfall im Wald sehr spät zurückgekehrt in die ›Sozialpädagogische Wohngruppe für auffällige Jugendliche‹, wie sie offiziell hieß. Eine bescheuert gestelzte Formulierung, wie Isabell fand.

Sie hatte erwartet, dass die Betreuerin ausflippen würde. Aber das tat sie nicht. Sie war gefasst und schien einfach in großer Sorge zu sein. Das war alles. Sie sagte, dass sie viermal versucht hätte, Isabell auf dem Handy zu erreichen. Kein Netz, lautete ihre Meldung. Sie hatte extra auf Isabells Rückkehr gewartet, obwohl sie an diesem Abend eigentlich freihatte. Dabei wusste jeder in der WG, dass sie schnell loswollte, um mit ihrem neuen Freund zu bumsen. Sie tat immer wohlerzogen, aber in Wahrheit war sie kein bisschen anders als die fünf Jugendlichen, um die sie sich kümmerte.

Und mit ihren dreiundzwanzig war sie ja auch nicht so viel älter.

Isabell hatte behauptet, die Bisswunde stamme von einem herumstreunenden Hund.

Warum sie nicht erzählte, was ihr im Wald widerfahren war? Keiner würde so eine Geschichte glauben. Wenn man erst mal ein auffälliger Jugendlicher war, konnte es schnell gehen. Ohne dass man etwas machen konnte, wurde einem eine Psychose oder sonst was angedichtet. Nein danke, keinen Bock. Isabell kannte das alles zu Genüge. Kannte es gut.

Die Betreuerin schien die Geschichte vom herumstreunenden Hund zu glauben. Und nachdem der Arzt und sie zufriedengestellt waren, wurde sie von ihr zur vierten Stunde in die Schule gefahren.

Das Referat war verheerend. Isabell hatte schon Wochen vorher kein gutes Gefühl gehabt, als herauskam, mit wem sie es halten sollte. Der Loszettel hatte ihr eine Mitschülerin zur Seite gestellt, die sie nicht mochte. Eine klebrigsüße Fotze.

Die Mitschülerin heimste immer Blicke und Einser ein und war entsetzt, als sich das Referat mit dem Titel *Ist der Mensch determiniert?* als ziemlich determiniert erwies und sie dafür eine Fünf minus bekamen.

Jedes Zweierteam bekam eine gemeinsame Note. Die Fünf minus war mit Sicherheit die schlechteste Note, die diese Tussi jemals bekommen hatte. Hinterher rastete sie natürlich aus und gab Isabell an allem Schuld. Womit sie recht hatte.

Aber das war Isabell egal. Sie freute sich sogar ein bisschen. Aber nur kurz. Dann fühlte sie wieder, was sie an diesem Tag die ganze Zeit über gespürt hatte: wie schlecht es ihr ging, wie schwer es ihr fiel, dem Tag zu begegnen. Immer wieder sah sie vor ihrem inneren Auge das verkohlte Wesen, das in der Nacht aus dem Schacht des Brunnens hervorgekommen war. Die junge Frau. Und wie in unwegsamen Gebieten eines Traums suchte ihr Verstand nach Antworten.

Isabells Schule, das Bartholomä-Herder-Gymnasium, befand sich zwei Kilometer von Hofsgrund entfernt, in der nächsten größeren Ortschaft. Als sie nach dem Unterricht zurück in ihre WG ging, war sie allein. Sie wollte für sich sein.

Normalerweise fuhr sie mit dem Fahrrad. Aber jetzt wollte sie zu Fuß gehen. Isabell genoss die kühle Luft. Genoss den Herbsthimmel, der weiß und leer für jegliche Sehnsucht war. Kahle feine Baumzweige stachen in das Weiß. Sie kam an dem steinernen Brunnen im Ortskern vorbei, an dem sie an den drückenden Sommertagen häufiger verweilte, um sich an seinem klaren Wasser zu erfrischen. Da tauchte wieder das Bild auf. Das Bild des zerfallenen Brunnens tief im Wald neben der Kapelle. Und das des schwarzen Wesens. Sie versuchte die Bilderwelt in ihrem Kopf zu unterbrechen.

Dies war ein anderer Ort. Und er war schön. Sie betrachtete den Brunnenrand und das Moos, das durch sein morsches Rund wuchs. Obwohl es Herbst war, stieß der glashelle Strahl wie an den sonnendurchfluteten Tagen auf das zerklüftete Gestein hinab.

Plötzlich bemerkte sie eine alte Frau, die, über den Brunnen geneigt, ein Wäschestück auswusch. Sie wollte der Frau zulächeln, aber dann bemerkte Isabell, dass sie glasige, weltferne Augen hatte und eine bedrohliche Ausstrahlung besaß. Trotz des kühlen Wetters war sie nur spärlich bekleidet. Das Kleid, das sie anhatte – ein Nachthemd? –, war zerschlissen. Man sah die tief herabhängenden Brüste. Die Haut hing faltig von ihren dürren Armen. Isabell wollte sich schnell wieder auf den Weg machen, doch dann fing die alte Frau plötzlich an zu sprechen, während sie weiterwusch.

»Ich wasche die Wäsche der vergangenen Tage. Sie wird nicht sauber, nein.«

Als Isabell nicht auf die Worte reagierte, redete die Frau weiter, ohne sie anzusehen.

»Er hieß Paul, der junge Mann. War in deiner Schule. Und es gab noch eine junge Frau, war in deiner Schule. Weiß auch, wohin sie verschwunden sind.«

Jetzt sah die alte Frau auf und heftete ihren kühlen Blick auf Isabell. »Ich weiß auch, wer als Nächstes verschwinden wird.«

Isabell setzte sich schnell in Bewegung, aber sie kam nicht umhin, sich noch einmal nach der Frau umzudrehen. Dann sah sie es. Sah, dass aus dem Wäschestück ein tiefes Rot ins Wasser des Brunnens rann. Ein Rot, das aussah wie Blut.

An diesem Nachmittag machte sich Isabell nicht – wie sie es versprochen hatte – auf den Weg zu Christian Albert und der Unbekannten, die er beherbergte. Sie konnte nicht. Sie fühlte sich dem nicht gewachsen. Vielleicht würde sie es am nächsten Tag schaffen, wenn sowieso wieder ein Besuch bei dem alten Mann verabredet war.

Zoe, eine dunkelhäutige WG-Mitbewohnerin, um deren Schönheit sie sie beneidete, hatte Gras. Sie rauchten es auf dem Balkon, an der kühlen Luft. Fynn, der düstere Fynn, der Einzige in der Wohngruppe, den sie nicht ausstehen konnte, war Gott sei Dank nicht da. Von unten drangen Stimmen herauf. Im Erdgeschoss des Hauses befand sich ein alter badischer Gasthof, von wo ständig Gerüche schwerer, leckerer Speisen kamen.

Es hatte ihn schon gegeben, als Hofsgrund in der Nazizeit in die Schlagzeilen geriet. Eine englische Schulklasse war bei ihrem Wanderurlaub in einen plötzlichen Schneesturm geraten. Einige Todesopfer waren bei dem Unglück zu beklagen gewesen. Medienwirksam feierte die Nazipropaganda die Bürger des kleinen Ortes, die »unnachgiebig« versucht hatten, die englischen Kinder zu retten. In der Stube des Gasthofs hingen allerlei alte Artikel darüber an den Wänden. Als würde der finster dreinblickende Gastwirt sehnsüchtig und ein wenig neidvoll an diese »gute alte« Zeit denken.

Isabell genoss es, zu spüren, wie das Gras ihre Sinne erfasste. Ein anderer Mitbewohner, der an MS erkrankt war und im Rollstuhl saß, erzählte unterdessen, dass Hasch das lästige Zucken seiner Beine reduzierte.

Auch am darauffolgenden Tag vermied es Isabell, Christian Albert in seinem Forsthaus aufzusuchen. Da er kein Telefon besaß, konnte sie sich nicht einmal bei ihm dafür entschuldigen.

An diesem Tag bekam sie in der Schule Bauchkrämpfe. Nach der dritten Stunde ging sie ins Sekretariat des Gymnasiums und ließ sich befreien.

Den übrigen Nachmittag und Abend verbrachte sie weitestgehend in ihrem Zimmer und sah Serienfolgen, was sie ansonsten sehr selten tat.

Nur einmal erschien sie kurz in der Küche und blinzelte mit fahlem Gesicht der Tafel entgegen, auf der die einzelnen Tagestermine der WG-Bewohner vermerkt waren. Und sah mit schwerfälligen Blicken auf das Foto von Greta Thunberg, das die Betreuerin an der Wand aufgehängt hatte. Sicher um ihnen wieder und wieder vor Augen zu führen, was eine einzelne Person zuwege bringen konnte. Dass es möglich war, eine bessere Welt zu formen. Aber in fast allen Fällen, dachte Isabell, war die Vergangenheit zu finster. Zu finster für die Zukunft und stärker als sie. Sie nahm sich einen Joghurt aus dem Kühlschrank, der schon ein paar Tage abgelaufen war. Als sie ihn ausgelöffelt hatte, verschwand sie auf den Balkon, um eine zu rauchen. Und sich in den feinen bläulichen Dunst zu hüllen, der dem in ihrem Kopf entsprach.

Wieder kam ihr der junge Mann in den Sinn, dem

sie immer auf dem Bauernhof begegnete. Sie spürte den Wunsch, mit ihm zu sprechen. Ohne zu wissen, was sie ihm hätte sagen können. Ohne zu wissen, wie er ihr hätte weiterhelfen können.

Später sollten die Mitbewohner erzählen, Isabell habe an diesem Abend geistesabwesend gewirkt, versunken. Sie gaben an, dass das allerdings häufiger vorgekommen sei und sie sich nichts Besonderes dabei gedacht hätten.

Wovon sie nicht berichten konnten, war der Traum, der Isabell in jener Nacht heimsuchte. Sie träumte von der Kapelle im nächtlichen Wald. Sie sah die nackte Unbekannte vor sich, die aus dem verfallenen Brunnen gekrochen war und sich dann in eine hübsche junge Frau verwandelt hatte, mit Locken und weißer nackter Haut. Im Traum schimmerte ihre weiße Haut in der Dunkelheit. Und sie hörte die Stimme der Frau: *Komm zu mir!* Isabell versuchte sie zu erreichen. Der Weg schien endlos weit. Als sie ankam, war die geheimnisvolle Fremde nicht mehr da.

Stattdessen sah sie das Gesicht. Das Gesicht, das sie kannte und schon seit so langer Zeit entbehrte. Es gehörte ihrer Mutter.

»Hab keine Angst!«, sagte die Mutter. »Hilf der jungen Frau!« Und es lag eine große Dringlichkeit in ihrer Stimme.

Ja, davon wusste später niemand zu berichten. Aber es wurde viel geredet und gemutmaßt. Später. Als nichts mehr zu ändern war.

9

Tristan stand in der Dunkelheit. Er blickte auf die aus Holz gezimmerten Gebilde dort vor ihm, mitten im Wald: ein recht kleines Haus und daneben ein zweites, das sogar noch kleiner war. Er lächelte beim Gedanken daran, wie angreifbar diese Häuschen waren. Wie verloren. Genauso verloren wie Martha.

Er hatte sie gefunden, endlich. Hatte ihre Nähe die ganze Zeit über gespürt, sie aber nicht lokalisieren können. Doch mit jedem Tropfen Leben, von dem er gekostet hatte, waren seine Sinne wachsamer geworden. Sie hatten ihn hierhergeführt. Zunächst hatte er eine Kraft gespürt, die ihn nicht näher zu diesen beiden Häusern vordringen ließ. Etwas wirkte dort. Etwas hielt ihn zurück. Er kannte die Kraft. In seiner Erinnerung lebte sie. Ein Hauch von Licht, der aus der Vergangenheit zu ihm drang. Aber jetzt, jetzt gab es nichts mehr, was ihn zurückhalten würde.

Erst wenn sie die ersten acht Tage überstanden hätte, wäre Martha in Sicherheit. Vorerst. Er kannte seinen Auftrag. Die unabänderliche Bahn, auf der sie beide dem Schicksal entgegensteuerten. Nach genau acht Tagen würde er sie nicht mehr töten können. Bis die Berufenen erwählt sein und sich im entscheidenden Kampf gegenüberstehen würden.

Aber es waren noch lange keine acht Tage verstrichen. Er wusste, dass sie noch schwach war. So schwach. Er würde leichtes Spiel haben. Noch ehe sie überhaupt auf die Beine kam, würde die Entscheidung bereits gefallen sein.

Auch der alte Mann hatte es ihm leicht gemacht. Seinem Dasein ein Ende zu setzen war genauso einfach gewesen, wie gebratenes Biberfleisch zu essen. Er hatte dieses Fleisch gerngehabt. Damals, in jener Zeit, die jetzt tief verborgen unter dem Sedimentgestein lag.

Plötzlich bemerkte Tristan die Teenagerin, die sich den beiden kleinen Häusern näherte. Er spürte ihren Herzschlag. Roch ihren Schweiß aus ihren Körperporen und ihre Angst. Es stellte sich als keine Herausforderung dar, sich in der neuen Zeit zu orientieren. Es war ein Gefühl, als könnte er mühelos auf die Kenntnisse einer fremden Sprache zurückgreifen. Deutlich nahm er wahr, was sich in den Köpfen der Menschen zutrug. Und was er entdeckte, gefiel ihm. Mochten die Klänge und Geräusche auch andere sein, er spürte, wie wirksam sie immer noch war. Die Stimme der Gewalt.

Auch in diesem Augenblick hätte er wieder auf sie hören können. Die junge Frau, die jetzt an die Tür des größeren Holzhauses pochte, war ihm schutzlos ausgeliefert. Aber er wollte sich Zeit lassen. Nichts eilte ihn. Er wollte es genießen.

Er dachte an sein Schwert *Xanas* und daran, dass es bald wieder zu ihm finden würde. Er erinnerte sich daran, welches Glück er dabei empfunden hatte, es in seinen Händen zu halten. Wie es sich angefühlt hatte, wenn sich seine Finger um den Griff schlossen.

Oft hatte er die Klinge behutsam über seine Handfläche gleiten lassen, um Krümmung und Schärfe zu erspüren. In manchen Nächten hatte er das in der Scheide steckende Schwert an sich gepresst. Er wusste noch genau, wie das Holz der Schwertscheide gerochen und wie es ihn an seine Kindheit erinnert hatte. An seine Lehrstunden im Umgang mit einer solchen Waffe im Hof der Vorburg, als er Knappe seines Herrn gewesen war, des Grafen von Staufen. *Xanas* war leicht, elastisch und besaß eine Balance, die einen sanften Vorwärtsschub auslöste. Im Kampf vibrierte das Schwert auf kaum merkliche Weise wie eine Stimmgabel.

Jetzt hielt er das Schwert in Händen, das er im Angel- und Waffenladen an sich genommen hatte. Es war aus einem stabilen, brauchbaren Material gefertigt und hatte eine gute Länge. Allerdings lag es schwer in der Hand. Wenn es auf festen Widerstand traf, begann der Griff zu zittern. Der Schwerpunkt des Schwertes lag viel zu weit von der Parierstange entfernt.

Aber diese Schwächen nahm er ohne Widerwillen hin.

Er hatte beide Klingenseiten mit feuchten flachen Kieselsandsteinen nachgeschärft, wie er es manchmal als Junge getan hatte. Und das Schwert hatte schon bewiesen, zu welchen Taten es fähig war. Auch jetzt würde es seine Funktion erfüllen.

Martha war schwach. Viel zu schwach. Verloren war sie. Noch bevor sie überhaupt in der Lage war, Kraft zu sammeln, um sich ihm entgegenzustellen. Bald würde er auch ihr Schwert besitzen. Wieder zusammenführen, was zusammengehörte. *Aurin* und *Xanas*. Denn beide Schwerter waren vonnöten, um es zu besiegeln. Das Ende.

Bei diesem Gedanken lächelte er wieder, doch mit einem Mal spürte er ihn zurückkehren. Den Hauch von Licht, der aus einer fernen Zeit zu ihm drang. Er dachte an den heißen Nachtwind, der über das Deck der zweimastigen Naos strich, die an einer verborgenen Bucht angelegt hatte. Er dachte daran, wie sie nebeneinander im Bauch des Schiffes lagen. In der Nacht, bevor die Belagerung von Damiette begann. Und wie aus der Kriegerin, die unerschrocken Seite an Seite mit ihm gekämpft hatte, auf einmal wieder die Frau hervorging. Wie ihre Haare herabfielen, wie sie ihre faustgroßen festen Brüste entblößte, wie sich ihre Lippen öffneten. Sehnsucht kam über ihn und das grausame Empfinden der Schuld. Aber er würde sich diesem Gefühl widersetzen. Sie hatte den Schwur gebrochen. Nicht er war der Verräter gewesen, sondern *sie*. Er würde es zurückdrängen, das Licht. Er, Tristan Nachtweih, würde keine Gnade zeigen.

10

Kannst du mich hören? Ich spreche in die
Dunkelheit.
Es ist schwer, in die Dunkelheit zu sprechen.
Es ist schwer zu sprechen, wenn man vergeblich auf
eine Antwort wartet.
Mama, werde ich bei dir sein?

Sie klang nah. Die Stimme im Traum, die zu Isabell gesprochen und gesagt hatte, sie solle die Frau aufsuchen. So nah wie noch nie. Da hätte ich es schon ahnen können, dachte sie.

Isabell war aus dem Fenster geklettert. Und gelaufen in den nächtlichen Wald. Bis zum Forsthaus. Durch das Geflecht von schwarzen Ästen und den samtig blauen Dunst sah sie die Sterne schimmern.

Kein Licht war dort. Weder in der Werkstatt noch im Forsthaus. Von drinnen war Ninas Bellen zu hören, noch bevor Isabell pochen konnte an der Forsthaustür. Lange öffnete niemand. Sie blies sich Wärme in die Hände. Sie sah sich nach allen Seiten um. Die Schwärze erschöpfte ihre Augen. Aber sie hatte das Gefühl, da wäre etwas. Hinter ihr zwischen dichten Baumreihen. Etwas, das sie unaufhörlich beobachtete.

Manchmal glaubte sie sogar, etwas Blaues aufschimmern zu sehen, nicht weit entfernt.

Die Tür wurde geöffnet. Die Hündin sprang auf Isabell zu. Ihre Vorderpfoten landeten unterhalb ihrer Kehle. Isabell stürzte rücklings zu Boden. Das Gesicht der Hündin war über ihr.

Sie hörte das Knurren. Speichel tropfte auf sie herab.

So böse hatte sie Nina noch nie erlebt. Sie hatte offenbar mit einem Angreifer gerechnet. Als sie bemerkte, wen sie da zu Fall gebracht hatte, ließ sie von Isabell ab. Sie bellte aber weiter tief in die Nacht hinein. Ein Bellen, das zwischen den Bäumen widerhallte.

Isabell lag noch auf der kalten, harten Erde, als sie die Frau in der Tür stehen sah. Die Frau, die zwei Nächte zuvor aus dem Schlund des Brunnens gekrochen war. Sie machte eine Handbewegung und Nina kam zu ihr und trottete zurück ins Forsthaus. Sie half Isabell auf und schloss hastig die Tür hinter ihnen. Isabell sah, wie sie die Tür verriegelte.

»Gott sei Dank bist du da«, sagte sie. Die Stimme der Fremden klang einsam und verloren. Wie eine Stimme, die sich durch unbekannte Räume tastet.

Martha von Falkenstein erzählte ihr von Christian Alberts Verschwinden und sagte: »Ich habe es versucht. Ich habe versucht zu sehen, was mit ihm passiert ist, aber es ist mir nicht gelungen. Die Angst hat meinen Blick getrübt.«

Isabell wusste nicht, was diese Formulierung bedeuten sollte: *Ich habe versucht zu sehen.* Sie fragte danach, aber Martha antwortete nicht. Was Isabell anging, brauchte sie sich keine Mühe zu geben. Sie sieht mich, dachte Isabell. Sieht mich ganz genau. Sie kann bis in den letzten dunklen Winkel schauen, dort, wo die Träume sind.

Dann sprach sie plötzlich von einer Aufgabe, die Isabell erfüllen sollte, bevor etwas Schreckliches geschähe. Denn sie selbst sei zu schwach dazu.

In Isabells Kopf verzweigten sich die Gedanken. Sie überkam das mulmige Gefühl, dass die Unbekannte selbst für das Verschwinden des alten Mannes verantwortlich sein könnte. Aber etwas in ihr verriet ihr, dass es nicht so war. Eine Art innere Stimme.

Warum hast du mich diesem Schicksal ausgeliefert, Mama? Damit ich bei dir bin?

Martha drückte ihr etwas in die Hand. Als sich Isabells Finger öffneten, sah sie eine Locke von Marthas Haaren, die mit einer feinen grünen Faser zusammengebunden war, auf ihrem Handteller liegen. Einer Brennnesselfaser, wie sie vermutete. Sie kannte diese Fasern aus ihrer Kindheit. Sie sah die Hände ihrer Mutter vor sich. Sah, wie sie ihr gezeigt hatte, damit Blümchen zusammenzubinden.

Außerdem lag in Isabells Hand ein Lederbeutel, in dem sich Kohlestücke befanden. Und darunter waren zwei Steine, an denen außen feine Ornamente waren, die rötlich durchschienen.

»Blutsteine«, erklärte Martha von Falkenstein. »Eisenglanz. Einst wurde das Gestein in den Felsen dieser Gegend abgebaut.«

»Was soll ich tun?«, fragte Isabell.

»Du brauchst nur loszulaufen und deine Füße tragen dich die Windungen des Waldes entlang bis zu einer Lichtung, wo sich früher einmal ein Kohlenmeiler befunden hat. In einer Zeit, so fern, dass sie fast nicht mehr wahr ist. Aber nur fast. Wenn du auf dieser Lichtung die zwei Blutsteine aneinanderreibst, werden sie schnell Funken schlagen. Damit entzündest du die Holzkohle und legst die Haarlocke hinein in die Flammen. Du wirst ein Spiegelbild sehen, dein eigenes. Und dann erscheint es. Das hoffe ich zumindest.«

»Was erscheint?«, fragte Isabell.

»Das Schwert.«

Auf einmal senkte Nina ihren großen Kopf. Das Fell sträubte sich ihr im Nacken und zwischen den Schulterblättern. Die dunklen Lefzen zogen sich zurück und zeigten zwei Reihen spitzer Zähne. Ninas Blick war starr auf die verriegelte Forsthaustür gerichtet. Sie stieß ein Knurren aus. Dann fing sie an zu bellen, dunkel, heiser, drohend. Sie näherte sich der Tür. Einmal, zweimal. Und dann gab sie kein Gebell mehr von sich, sondern etwas, das wie ein Wimmern klang.

Ein dumpfer Schlag ertönte, als etwas Schweres gegen die Forsthaustür prallte, sich entfernte und wieder zuschlug. Die Tür zitterte in ihrem Rahmen. Durch den oberen Spalt drang ein kühler Luftzug in den Raum. Eine Stimme war von draußen zu hören.

»Habe ich dich endlich gefunden«, drang die Stimme durch die Tür. »Endlich. Es hat ein wenig gedauert. Zu lange für meinen Geschmack.«

Erneut ein schwerer Schlag gegen die Holztür.

»Ein guter Unterschlupf, hat eine besondere Stimmung von … Liebe. Hat es mir nicht leicht gemacht, euch einen kleinen Besuch abzustatten. Sie hat mich sogar – wie soll man sagen – außen vor gelassen. Doch Gewalt hilft. Besonders gegen die Krankheit der Liebe. Du weißt doch wohl, wovon ich spreche?«

Wieder schlug, wer da draußen war, mit unglaublicher Wucht gegen die Tür. Sie hielt der Wucht kaum mehr stand. Nach innen gebogen hing sie noch in den Türangeln. Und hinter ihr war nun ein Mann zu erkennen, seine bedrohlichen, erbarmungslosen Augen. Und die Klinge eines Schwertes, mit dem er um sich schlug, die Holz splittern ließ. Und so fand er unweigerlich seinen Weg ins Innere. Zu den beiden Frauen. Kurzzeitig löste sich vor Isabells Augen die Physiognomie des Angreifers auf und sie hatte das Gefühl, eine Bestie vor sich zu sehen, die sie gleich zerreißen würde.

Die Tür brach, ächzte, gab nach.

In einer Ecke lehnte eine Gartenharke an der Wand. Martha machte taumelnde Schritte dorthin und packte die Harke. War aber kaum in der Lage, sie zu heben, so kraftlos war sie.

Isabell wollte ihr helfen, konnte es aber nicht. Ihre Glieder waren wie erstarrt. Nur ihre Augen bewegten sich und sahen das Schreckliche.

Der Mann zwängte sich zu ihnen herein. Mit ihm fegte ein Windstoß Blätter durch die Öffnung. Er trug einen Mantel. Aus einem Material, das sie nicht kannte und dennoch erschaudern ließ. Ohne Isabell eines Blickes zu würdigen, bewegte er sich auf die in die Enge getriebene Martha zu. Zweimal ließ er das Schwert langsam in seiner Hand kreisen wie ein aufblitzendes Todesrad.

»Du hast schon mal besser ausgesehen«, sagte er zu ihr, als würden sie sich kennen. »Aber es ist lange her. Du weißt, dass die Erinnerung trügt.«

Er holte aus, die Klinge schnitt durch die Luft. Als Nächstes glaubte sie das Geräusch zu hören. Das Geräusch von spritzendem Blut. Stattdessen hörte sie ein Jaulen, das aus Ninas Kehle kam. Die Hündin stürzte sich auf den Angreifer. Und dann kam es doch.

Das Geräusch. Der Mann hatte mit einem Schwerthieb Ninas rechtes Ohr abgetrennt, es fiel zu Boden. Aber Nina, das so mutige Tier, gab nicht auf. Sie stürzte sich auf den Mann, biss zu, sprang zurück. Sie kämpfte. Kämpfte den aussichtslosen Kampf.

Das war der Moment, in dem Isabell spürte, wie sich die Erstarrung löste und Leben in ihren Körper zurückkehrte. Sie packte Martha am Arm und zog sie mit in Richtung der Tür im Boden, wo die Speisekammer war. Isabell wusste, dass es dort unten einen Geheimgang gab, der hinausführte ins Freie. Christian Albert hatte ihn ihr einmal stolz gezeigt. Sie riss die Tür auf. Als sie hastig hindurchgeschlüpft waren, versuchte Isabell in der Dunkelheit die Tür zu verriegeln. Ihre Finger zitterten und es dauerte entsetzlich lange, bis sie es schaffte. Die beiden stürzten hastig die schmale Treppe hinab. Und über sich hörte Isabell, wie der Mann an der Tür rüttelte. Hörte seine wütende Stimme. Dann ließ ein Schwerthieb das Holz bersten.

Mühsam krochen die beiden durch einen kurzen unterirdischen Tunnel, flüchteten hinaus in die Nacht. Martha stürzte erschöpft zu Boden. Isabell half ihr auf.

»Wer ist dieser Mann?«, wollte sie wissen.

Martha blickte sie nicht an. Ihr Blick verlor sich in der Ferne, als sie sagte: »Er ist leider mehr als nur ein Mann, er ist ein Monster, das sich aufs Töten versteht.«

»Wie meinst du das?«

»Er ist so etwas wie ein Diener.«

»Diener? Von wem?«

»Ein Diener des Untergangs.« Sie verstand diese Worte nicht. Sie hoffte, mehr zu erfahren. Doch Martha drängte Isabell, sie zu verlassen.

»Vergiss deine Aufgabe nicht! Es ist wichtig. Nicht nur *wir* sind in Gefahr.«

Es schien so, als wäre jeglicher Widerstand zwecklos. Isabell griff in ihre Manteltasche. Für einen Moment fürchtete sie, die Utensilien, die Martha ihr ausgehändigt hatte, im Forsthaus vergessen zu haben. Aber sie waren noch da.

»Geh jetzt, lauf!«, rief ihr Martha noch zu, ehe Isabell zwischen den dunklen Baumstämmen verschwand.

II

Martha von Falkenstein hatte sich nur kurzzeitig auf den Beinen halten können. Dann sackte sie zurück auf die kalte Erde. Die Nacht senkte sich auf ihre Lider und sie spürte das Bedürfnis, die Augen zu schließen. Kein Bild sollte mehr in sie eindringen. Kein Aufschimmern von Hoffnung, von Angst.

Sie sehnte sich in die Weite zurück, aus der sie gekommen war.

Aber dann dachte sie an Nina, die Hündin. Daran, wie unerschrocken sie gewesen war. Wie sie gekämpft hatte.

Jeder noch so kleine Lebensfunke war von der ersten Sekunde an gefährdet. Er musste verteidigt werden. Dieser Gedanke ließ sie das Gefühl ihrer Verantwortung spüren, stärkte aber auch ihren Mut. Gerade *sie* würde kämpfen müssen.

Sie würde sich diesem Kampf stellen.

Sie würde nicht aufgeben. Niemals.

Die Beine steif hinter sich herschleifend, kroch Martha auf den Ellbogen vorwärts. Endlich gelang es ihr, sich aufzurichten. Wie einen plötzlichen Windhauch spürte sie erneut die Nähe ihres Widersachers. Sie war sich jetzt sicher: Tristan Nachtweih hatte das Forsthaus verlassen und war hinter ihr her. Wenn sie nicht sofort zu Kräften kam, war das Ende besiegelt. Das Ende. Sie schlüpfte zwischen den Baumstämmen hindurch, musste immer wieder innehalten, um nicht zu stürzen. Sie spürte, dass er näher kam, aber ihre Sinne schienen betäubt von Dunkelheit. Doch dann streute sie vor sich her die Blüten der Arnikawurzel aus. Zart waren sie. Strohig. Gelb. Sie hatte sie vor achthundert Jahren hier im Schwarzwald gepflückt. Kurz bevor sie ihre Heimat verlassen hatte und mit einem Schwert in den Krieg gezogen war. Diese Blüten, die sie aus ihren Träumen zurückgeholt hatte, bildeten jetzt einen Schutzschild für sie.

Als Tristan in seinem schauererregenden Mantel unweit von ihr auftauchte, waren es *seine* Sinne, die keinen Weg mehr zu ihr fanden. Er konnte sie nicht mehr wahrnehmen. Er war nur wenige Schritte von ihr entfernt. Martha rührte sich nicht. Sie sah die schimmernde Klinge. Stahl ohne Seele und trotzdem von einem Willen durchdrungen. Dem Willen des Mannes, der auf ein einziges Ziel ausgerichtet war.

Ein zweites Mal bemerkte sie, was ihr schon bei seinem Eindringen ins Forsthaus aufgefallen war. Es war nicht *Xanas*, das er in Händen hielt. Es war ein anderes Schwert. Aber *Xanas*, das ahnte sie, würde nicht mehr lange auf sich warten lassen.

Sie erinnerte sich gut an *Xanas'* Anblick. Einem Pulverhändler aus dem fahrenden Volk war es gelungen, mit seinem von Hunden – Vorfahren von Rottweilern – gezogenen Karren in ferne östliche Gebiete vorzudringen. Von seiner weiten Reise hatte er eine besondere Kunde mit sich zurück in den Schwarzwald gebracht. Die Kunde vom japanischen Katana-Schwert. Tristan war angetan von diesen Schilderungen. Und so wurde die Waffe, die er in Auftrag gab, eine Verbindung aus japanischem Samuraischwert und orientalischem Säbel. Die Heiden sollten – das war seine Absicht – ihre eigene Todesklinge zu spüren bekommen. *Xanas* besaß deshalb eine leicht schräg abgesetzte Spitze und einen nach unten gewölbten Säbelgriff, der entgegengesetzt zur Klinge gekrümmt war. Es fehlte jegliche Art von Parierstange und Stichblatt. Lange Zeit war dieses Schwert ein Symbol für Martha gewesen. Für ein Gefühl, von dem nichts zurückgeblieben war. Sie fröstelte beim Gedanken an *Xanas* – benannt nach einer versunkenen schwarzen Festung in den Wäldern. Das Schicksal von Tristan Nachtweihs Familie war angeblich seit Generationen mit ihr verbunden.

Noch immer standen sich Martha und ihr Widersacher gegenüber zwischen den aufragenden Bäumen. Tristans Augen suchten nach ihr, entdeckten sie aber dank ihres Schutzschildes nicht. Die Klinge bewegte sich, gab seiner Suche Ausdruck. Doch sie fand keinen Zielpunkt.

Sie horchte auf ihn. Hörte sein Wutschnauben. Dann schien er etwas zu bemerken in der Ferne. Und machte sich mit einem Mal auf und davon. Sie wusste genau, was ihn so plötzlich in Aufruhr versetzt hatte. Sie wusste genau, wohin er wollte. Aber sie konnte nichts tun, um ihn aufzuhalten.

12

Isabell hatte zu rennen begonnen. Sie hatte das Gefühl, dass sich unter ihren Schritten der Weg entfaltete. Der Weg durch die umfassende Schwärze.

Ob Zweige an ihren Kleidern zerrten, ob der Weg auf- oder absteigend war, über Wurzeln oder durch Dorngestrüpp führte, sie wusste es nicht. Auch nicht, wie lange sie gelaufen war. Als sie eine Lichtung erreichte, spürte sie, dass dies der richtige Ort war. Und es ereilte sie das Gefühl, dass nicht *sie* sich aufgemacht hatte, ihn zu finden, sondern dass der Ort selbst zu ihr gelangt war.

Hier hockte sie sich hin und rieb die Steine aneinander, entzündete das Feuer. Legte Marthas Haarsträhne hinein. Die Flammen flüsterten unter der sternenfunkelnden Wölbung des Himmels und manchmal sank ein vom Feuer verzehrtes Kohlestück wie Flittergold tiefer in die Glut. Als sie in das Feuer blickte, schmeckte sie die sonderbare längliche Pflanze auf ihrer Zunge, die sie wenige Monate zuvor bei ihrer »Auszeit« im Wald gegessen hatte.

Und es kamen die Bauchkrämpfe, die sie so oft heimsuchten – aber intensiver als jemals zuvor.

Isabell kämpfte gegen den Schmerz an. Sie spürte, wie wichtig es war, nicht aufzugeben. Spürte eine Verantwortung, die sie nicht zuordnen konnte. Die sie ängstigte und der sie sich dennoch nicht entziehen konnte. Sie hielt sich an die Anweisung. Sie tat alles, was Martha von Falkenstein ihr aufgetragen hatte. Fast alles.

Bevor der Fremde gewaltsam ins Forsthaus eingedrungen war, hatte ihr Martha noch eine weitere Gabe überreicht: getrocknete Arnikablüten, die, wie sie meinte, eine besondere Wirkung entfalten konnten. Isabell sollte sie auf ihrem Weg zur Lichtung verstreuen, als Schutzschild. Um unsichtbar zu sein. Aber sie hatte vergessen, die gelblichen Blüten zu streuen.

Sie starrte ins Feuer, wartete darauf, dass etwas geschehen würde. Doch es geschah nichts. Es erschien kein Spiegelbild, es erschien auch kein Schwert in den Flammen. Stattdessen näherte sich ein anderes Schwert. Sie spürte es erst spät. Zu spät. Sie spürte es, als das bläulich schimmernde Licht über ihren Rücken fiel. Sie wusste sofort, wessen Klinge es war.

»Hast du gefunden, was du suchst?«, sagte der Mann, der in Christian Alberts Forsthaus eingedrungen war. Wie ein lauerndes Wesen, das immer näher herankam.

»Ja, habe ich«, sagte sie kurzerhand, ohne sich umzudrehen, erstaunt über ihre eigene Kühnheit.

»Wo ist es?«, zischte die Stimme. Sie klang plötzlich nicht mehr weich und einschmeichelnd. Sondern wie die Stimme der Nacht selbst.

»Wo hast du *Aurin* versteckt?«

Für wenige Momente überkam sie eine sonderbare Ruhe, während sie spürte, dass der Mann schon fast bei ihr war. Das Pochen in ihren Schläfen nahm ab. Der Frieden einer Gewissheit drang zu ihr durch.

Mama, kannst du mich hören? Ich spreche in die Dunkelheit.
Es ist schwer, in die Dunkelheit zu sprechen.

Blutstropfen rannen von der Klinge des Mannes herab und tropften auf ihr Haar. Dann kam die Panik.

Isabell stürzte davon. Sie rannte so schnell wie noch nie zuvor in ihrem Leben. Doch es nützte ihr nichts.

13

Martha tastete sich voran. Wind kam auf und stöhnte in den dunklen Gefilden. Sie spürte ihre schlaffen Glieder und dass sie kaum imstande war, sich aufrecht zu halten. Sie spürte ihren Hunger, der ihr ganzes Wesen erfasste. Der Duft eines Tieres drang zu ihr und sie versuchte ihm zu folgen. Sie wusste, dass dieses Tier bedeutsam war. Ihr helfen konnte. Es bedurfte eines besonderen Trunkes. Der den entscheidenden Impuls gab und ihr Kraft schenken würde. Sodass sie gewappnet war. Ein Trunk, der das Leben endgültig in ihr freisetzen und sie zur alten Stärke zurückführen würde. Aber sie war zu schwach, um das Tier genau lokalisieren zu können. Sie folgte der schwachen Fährte, lief in südliche Richtung. Folgte dem auf- und absteigenden Pfad zwischen den Bäumen. Manchmal gaben ihr die Knie nach. Sie stürzte und schlitzte sich die Haut an einem scharfkantigen Stein auf. Wieder und wieder entglitt ihr der Weg. Sie fand sich liegend zwischen Gestrüpp und Nesseln wieder. Weit über ihr die flimmernden Sternenpünktchen des Orion.

Auf einmal hörte sie eine kleine Stimme, die sang. Ein Liedchen zitterte durch die Luft:

Picture you upon my knee,
Just tea for two and two for tea
Just me for you
And you for me alone.

Plötzlich sah sie in einem geheimnisvollen Schimmer einen Jungen näher kommen, der fortfuhr, sein Lied zu singen. Als er nur noch wenige Schritte entfernt war, bemerkte sie, dass er ein löchriges kurzärmeliges Hemd und eine kurze Hose und verblichene Socken trug und dass seine Schuhe kaum noch zusammenhielten. Sie sah seine dünnen nackten Beine. Sie sah, dass er blaue, von Kälte gezeichnete Lippen hatte. Sein Gesicht sah weiß und wächsern aus. In der rechten Hand hielt er eine kleine verdorrte Orange.

Sie erhob sich. Der Junge hörte auf zu singen. Seine Augen ruhten einsam auf ihr.

»Wer bist du?«, fragte sie.

»Ich bin fast wie du«, erwiderte er. »Fast wie du. Ich bin zurückgekommen. Ich gehöre nicht hierher. Aber ich bin schon länger wieder hier als du. Ich bin auf der Wanderung. Ich singe das Lied. Es beruhigt mich. Es hat mich schon damals beruhigt, als der Schnee kam. Aber es hat mir nichts genützt.«

»Damals?«, fragte Martha.

»Ich bin fast wie du«, wiederholte er. »Ich gehöre nicht hierher. Ich komme aus England. Ich bin Schüler der Strand School in London-Brixton. Ich bin zwölf Jahre alt. Aber das ist nicht jetzt. Nicht jetzt, nein. Das ist damals. Ich habe meinen Vater überredet, dass ich mitkommen darf. Zehn Tage Osterferien im Schwarzwald. Eine Wanderung mit unserem Deutschlehrer. Das war das Ziel gewesen. Aber am Ende, am Ende haben wir ein anderes Ziel gefunden. Der Lehrer hat auf niemanden gehört. Nicht auf die Wirtin, die vor dem plötzlichen Wintereinbruch gewarnt hat. Nicht auf die Holzfäller auf unserem Weg. ›Weitergehen!‹, hat er immer gerufen. Obwohl er die Gegend nicht kannte, nicht den Schauinsland und die steile Kappler Wand. Aber der Winter, der nur schlafen war und noch nicht vertrieben, hat nicht auf unseren Lehrer gehört. Wir waren siebenundzwanzig, als wir losmarschiert sind. Fünf sind nicht zurückgekehrt. Ich bin einer von denen, die es nicht geschafft haben. Aber den Proviant, unseren Proviant, den jeder von uns mitnehmen durfte – eine Orange nämlich –, habe ich behalten. Die konnte mir der Schneesturm nicht nehmen. Der Schnee und auch der Tod nicht … Ich bin zwölf Jahre alt. Ich friere nicht mehr. Ich bin auf der Wanderung. Ich bin fast wie du.«

Eine seltsame Stille entstand. Der Junge warf die Orange über sich in die Luft wie einen Jonglierball und fing sie wieder auf. Die beiden sahen einander an; zwei Seelen, die an die Nacht verloren waren. Martha wollte etwas sagen, aber es waren keine Worte in ihr.

»Du brauchst Hilfe«, sagte der Junge. »Ich weiß, was zu tun ist. Komm!«

Sein kleines Lied summend ging der Junge voraus und Martha folgte ihm so schnell sie konnte auf dem Weg, ein ausgefranstes Band, das in Windungen durch die Dunkelheit führte.

Dann stieg der Weg beständig an und sie erreichten den nördlichen Kopf des Kybfelsens, wo sich die spärlichen

Überreste der Spornburg befanden, die der Wald widerwillig zu erkennen gab.

Der Junge lächelte Martha an, winkte noch einmal kurz und verschwand zwischen den Mauerresten. Sein Liedchen nahm er mit sich. Martha sah ihm nach, sah, wie er die Orange noch zweimal hoch in die Luft warf. Dann war er fort.

Sie wendete sich um, ging ein paar Schritte voraus und entdeckte die Spuren eines überwachsenen, vermoosten Turmstumpfes. Plötzlich spürte sie die Anwesenheit zweier Wesen, die kaum sichtbar waren in der Dunkelheit, sich aber unmittelbar vor ihr befanden: eine Rothirschkuh und ihr Kalb, das geduckt zwischen den Hinterläufen des Muttertiers nach Milch saugte. Martha bemerkte, dass das Kalb ein männliches Tier und schon recht groß war, sicherlich über sechs Monate alt. Die weiße Jugendfleckung schien bereits verschwunden zu sein. Die beiden Tiere registrierten Marthas Anwesenheit zuerst nicht, aber dann drückte sich das Kalb plötzlich flach auf den Boden. Martha spürte, wie es das Atmen einstellte. Wie es reflexartig alle Körperöffnungen schloss, sodass es beinahe geruchlos war. Nur noch das Herzklopfen zeugte von seiner Anwesenheit. Das Muttertier blickte in ihre Richtung und stampfte mehrmals drohend mit seinen Vorderläufen auf den Boden. Dann schienen die beiden zu spüren, dass von Martha keine Gefahr ausging. Das Stampfen hörte auf. Das Kalb erhob sich. Die beiden liefen nicht weg. Sie verweilten ruhig an Ort und Stelle.

Instinktiv ließ sich Martha auf die Erde herabsinken und kroch langsam auf die Hirschkuh zu. Als sie bei ihr war, näherten sich ihre Lippen den Zitzen des Tieres, öffneten sich. Dann trank sie die Milch. Sie spürte den Geschmack in ihrem Mund, welcher der Geschmack der Wildnis war, und wie die Milch ihren Rachen hinabsank. Sie spürte, wie ihr Körper mehr und mehr erstarkte. Gieriger und gieriger trank sie, bis sich der Geschmack von Blut in die Milch mischte und die Hirschkuh schließlich zurücksprang und sich, gefolgt von ihrem Jungtier, davonmachte.

Aber das machte nichts. Sie hatte Kraft geschöpft. Martha von Falkensteins Leben, ihr neues Leben, hatte nun endgültig begonnen. Und sie würde es zu nutzen wissen.

14

Umschlossen von aufragenden Bäumen lag der Flühensee unter dem verstreuten Silber der Milchstraße. Das Ruderboot, in dem die beiden Brüder saßen, schaukelte auf der Weite des Wassers.

Ihre Stirnlampen ließen die Temperamente der beiden erahnen. Der eine Strahl war ein sanftes Strömen in die Nacht; der zweite glich einem Suchscheinwerfer, der nicht zur Ruhe kam.

»Ist es schon so weit?«, fragte Balder, der erst vor Kurzem fünfzehn geworden war. »Wollen wir nachsehen?«

»Du musst Geduld haben«, sagte Daniel, der anderthalb Jahre älter war. »Es geht nicht so schnell.«

»Aber vielleicht doch.«

Aber vielleicht doch – das war Balders Lieblingssatz. Er warf ihn allen Unmöglichkeiten des Lebens entgegen. Die anderen vier Brüder und besonders der Vater waren genervt davon. Immer wieder sagten sie, dass er Schwierigkeiten hatte, Zusammenhänge richtig einzuschätzen, natürliche Grenzen wahrzunehmen. Er rafft es einfach nicht, sagten sie dann. Und: Was kann man da schon machen?

Auch Daniel wusste, dass Balders Auffassungsgabe ihn häufig im Stich ließ. Dafür schien er ein Gespür für gewisse Dinge zu haben, die nie in die Gunst eines Wortes oder Namens kamen. Als sie noch klein waren, hatte der Vater Daniels Lieblingshasen die Haut bei lebendigem Leibe abgezogen – und zwar unter den Augen seines Sohnes, den er dafür extra zu sich zitiert hatte. Um deutlich zu machen, dass Daniel keine emotionale Bindung zu den auf dem Hof gehaltenen Hasen aufbauen sollte. Er erinnerte sich daran, wie der Vater das nackte, triefende Stück Fleisch, das einmal das zarte Tier gewesen war, ihm entgegenhielt. Dann hatte der Vater Daniel allein gelassen. Daniel erinnerte sich an die Stille, die ihn überkam. Die Stille, in der Tränen erstickt wurden. In dieser Stille war auf einmal Balder aufgetaucht. Er hatte mit seinen Händen lange Ohren geformt und herumgehoppelt war er auch. Als wäre das etwas Selbstverständliches. Dass ein kleiner Junge die Lücke füllt, die ein Hase zurücklässt. Daniel war in Zorn geraten und hatte sich auf seinen Bruder gestürzt. Hatte ihm ins Gesicht geschlagen – bis das Blut aus Balders Nase spritzte, hellrot in der Nachmittagshitze, die schwer auf dem Hof lastete.

Aber dann hatte Daniel es verstanden. Hatte verstanden, dass dieses Schauspiel wohl Balders einzige Möglichkeit war, ihm seinen Trost zu schenken. Und es war der einzige Trost, der ihm beschieden war an diesem Kindheitstag, der Glut und Tod vereinigte.

Viel häufiger war es allerdings umgekehrt. Dann war es sein Bruder, der scheinbar ohne ersichtlichen Grund über Daniel herfiel und auf ihn einschlug. Manchmal nahm der Jüngste es mit allen Brüdern gleichzeitig auf und es war äußerst schwer, ihn in Schach zu halten. Aus unersichtlichen Gründen wurde er plötzlich rasend vor Wut. Sogar seine Augenfarbe schien sich zu verändern. Sie wurde hell, ja irisierend.

»Ich will schwimmen«, sagte Balder mit einem Mal.

»Schon vergessen, warum wir hier sind?«, fragte Daniel und deutete auf die Angelrute, die sein Bruder in Händen hielt.

Daniel hatte nicht vorgehabt, Balder mitzunehmen. Er genoss es, den Familienstimmen zu entkommen, wann immer es möglich war. Balder hatte gebettelt, dabei zu sein. Verzieh dich!, war die Antwort, die er bekam. Aber es nützte nichts. Als Daniel loszog, mit seiner Rute und den anderen Angelsachen, war sein Bruder hinter ihm hergelaufen, über das Feld, das im Abendlicht lag. Daniel war sich sicher, es würde Ärger geben. Die Mutter sorgte sich immer, wo Balder war. Und der Vater stritt sich deswegen mit ihr. Denn er mochte Menschen nicht leiden, auf die man ein sorgsames Auge richten musste. Vielleicht, dachte Daniel, blickte er deshalb, wenn die Familie beim Essen am Tisch saß, nie einem der Jungen ins Gesicht. Er blickte ins Nirgendwo – als wäre es ein behaglicherer Ort als die Küche. Vielleicht gab es aber auch andere Gründe. Manchmal sagte der Vater: »Ihr Kinder seid mir von eurer Mutter abgetrotzt worden.« Davon konnte aber keine Rede sein, fand Daniel. Wenn man bedachte, wie er sich über die Mutter hermachte. Und wie sich das Weiß in seinen Augen weitete, als könnte die Welt darin verblassen.

Daniel schaltete seine Stirnlampe aus und blickte auf das Dunkel des Sees. Er versuchte auf andere Gedanken zu kommen. Versuchte wieder an das sonderbare Mädchen zu denken, das ab und an zu dem alten Schwarzwaldhof kam, wo Daniel mit seinen Brüdern, der Mutter und dem Vater lebte. Der annähernd vierhundert Jahre alte Schleiermooshof war seit Generationen im Familienbesitz und lag oberhalb von Hofsgrund. Von dort aus kam es manchmal den Hügel hinaufgeradelt, um Eier zu kaufen. Das Mädchen, das so grüblerisch wirkte, aber manchmal ein Lächeln aufschimmern ließ, das er nicht vergessen konnte. Das in ihm weiterlebte. Er hätte nicht gedacht, wie wirkungsvoll so ein Lächeln sein konnte. Ein einfaches Lächeln, das einen kleinen schief sitzenden Zahn zeigte. Sogar wenn er sie in seinen Träumen vor sich sah und sich dabei heimlich berührte.

Daniel wusste, dass das Mädchen nicht bei seinen Eltern lebte, sondern in einer WG für Jugendliche, die psychische Probleme hatten. Ein anderes Mädchen von dort, Zoe, war in seiner Klasse. Aber das Mädchen, das so schön lächelte, nicht. Sie war in der Parallelklasse. Er hatte herausgefunden, dass sie Isabell hieß. Ein paar Monate war es her, da war sie plötzlich verschwunden.

Zwei Tage lang. Und die Bewohner des umliegenden Gebietes machten sich auf die Suche nach ihr – sie befürchteten, dass etwas Schreckliches geschehen war. Daniel erinnerte sich gut daran. An die Suchtrupps, die gebildet worden waren. An die heiseren Stimmen der Mütter, die alle eine Richtung vorgeben wollten, und an die stillen, verschlossenen Gesichter der Väter. Vor allem erinnerte er sich an die Hoffnung. Die Hoffnung, dass er es sein würde, der Isabell fände.

Die Suchaktion stellte sich als sinnlos heraus. Sie war einfach in den Wald abgehauen, als hätte sie sich nach einem Grün gesehnt, das den Asphalt ihres Weges überwuchs, und nach einem Himmel, in den Blätter hineinragten. Und Daniel war nicht derjenige, der sie fand. Es waren andere Leute, die von dem Lächeln nichts wissen wollten. Und von einer Zuflucht im Grünen ebenso wenig. Vermutlich musste Isabell eine Reihe von Erklärungen abgeben und man stellte sie ruhig. Es dauerte jedenfalls eine geraume Weile, bis sie wieder in der Schule auftauchte.

Daniel wurde wütend, als er an diese Leute dachte. Wütend auf das Schwarz, das Grün. Auf alle Farben. Wütend, dass er nicht allein war auf dem See, sondern seinen Bruder mit im Boot hatte. Er spürte auch den Ärger darüber, dass sie nicht die phosphoreszierenden Gummiköder verwendet hatten, die die Zander anlockten, sondern unbedingt Würmer. Nur weil Balder so gern ihre kleinen, sich windenden Leiber zwischen den Fingern hielt.

Daniel hatte es ihm nicht abschlagen können, mit Würmern zu angeln. Dabei verminderte das ihre Fangchancen. Man musste schon verdammtes Glück haben, um mit einem Wurm einen Zander zu fangen. Selbst an dieser Stelle des Sees, wo sich die Seerosenblätter häufig als günstig erwiesen. Immerhin kannte Daniel eine List, die vielleicht doch zum Ziel führen würde. Er hatte Balder aufgefordert, den Rotwurm auf eine winzige Mormyschka zu spießen – den Haken mit langem Schenkel, der in einem gelochten Bleitropfen endet. Wenn die Sonne fort war, kamen die Zander aus ihrer steinigen trüben Tiefe fast hinauf bis an die Wasseroberfläche, um zu jagen. So ein winziger schwänzelnder Köder konnte verlockend für sie sein. Ob sie ihn aber gut genug wahrnehmen konnten, das wusste Daniel nicht. Der Wurm hinterließ nur einen schwachen Duft, der für Jäger mit feinen Nasen wie die der Schlängler bestimmt war.

»Vergiss nicht zu kurbeln«, sagte er zu seinem Bruder und zeigte ihm noch mal, wie er mit dem Handgelenk ein Zittern auf die Schnur brachte. Dann überließ er seine Augen wieder dem Dunkel. Ein Fisch schnalzte im Wasser, war aber viel zu weit entfernt. Daraufhin ließ sich wieder nur das Glucksen und Schmatzen winziger Wellen vernehmen, die gegen das Boot anliefen. Wie lange waren sie nun schon draußen? Daniel wusste es nicht. Ihn fröstelte. Er fühlte sich einsam. Er fühlte sich verwandt mit dem Boot, das in dunkler Weite dahindümpelte. Zu Balder sagte er: »Wenn wir einen gefangen haben, ziehen wir ab.«

Er horchte auf den Wind und wie der durch die Bäume am Ufer schauerte. Er versuchte sich das Leben vorzustellen, das der dunkle Wald in sich barg. Die Tiere, die letzte Beutezüge antraten, bevor die Luft ihre Winterschärfe bekam. An die durstigen Moose dachte er. An das gewaltige heimliche Heer der Pilze.

»Was ist das?«, hörte er seinen Bruder plötzlich fragen, der sich aus dem Boot gelehnt hatte. Und dann sah Daniel es. Zuerst schoss ihm der Gedanke durch den Kopf, dass da unten irgendwo ein Taucher sein musste. Aber er hatte noch nie erlebt, dass der abgeschiedene See von Tauchern genutzt wurde. Dass einer hier in der kalten Herbstnacht tauchte, schien ihm unwahrscheinlich. Was Daniel sah, konnte nicht durch eine Taschenlampe oder dergleichen hervorgerufen worden sein. Nein, es musste einen anderen Ursprung haben, dieses Leuchten. Ein geheimnisvolles hellblaues Leuchten, das unter der Wasseroberfläche aufschimmerte, sich Raum schuf, dort in der dunklen Wasserwelt. Es umfing das kleine Boot und den Bereich, in den sie den Köder ausgeworfen hatten. Er beobachtete es wenige Herzschläge lang. Dann verschwand das Leuchten und da war nichts mehr bis auf das leise wogende Schwarz. Während Daniels Augen noch immer ruhelos Ausschau hielten, blieb ein Gefühl zurück, das ihn manchmal nach dem Schlaf überkam.

Das Gefühl eines Traums, der sich, ohne eine Spur zu hinterlassen, wieder verflüchtigt hatte. Daniel atmete stoßweise aus. Er hatte nicht bemerkt, dass er den Atem angehalten hatte.

Da biss etwas an und Balder, der sich in solchen Momenten nie zurückhalten konnte, begann damit, die Schnur einzuholen. Viel zu schnell, wie Daniel befürchtete. Aber dann sah er den sich heftig zur Wehr setzenden Körper eines Aals, der von Balder aus dem Wasser gezogen wurde. Vermutlich ohne es zu wissen, hatte sein Bruder alles richtig gemacht. Aale wurden nie lange gedrillt. Man musste rasch mit ihnen verfahren, sonst zogen sie sich in Windeseile mit dem geschluckten Köder in einen nahen Unterschlupf zurück und die Schnur verfing sich darin. Es war – wie Daniel schnell feststellte – ein schönes Exemplar. Sein geschulter Blick schätzte ihn auf knapp sechzig Zentimeter. Zwischen zwei und drei Pfund schwer. Balder empfing das Tier mit einer Freude, die selten Geschöpfen zuteilwird, die dem Tode geweiht sind. Als sein Bruder den sich noch windenden Aal in die Höhe reckte, kam es Daniel so vor, als würde dessen Leib in der Nachtluft für wenige Augenblicke eine hellblau schimmernde Färbung annehmen. Es war wirklich Zeit, sich etwas Schlaf zu holen.

Nachdem sie wieder das Ufer erreicht und das Boot vertäut hatten, lief Balder hinter ihm her durch den nächtlichen Wald. Daniel hörte das Wasserschwappen und wie der Eimer, in dem der Aal schwamm, gegen die Beine seines Bruders polterte. Bestimmt würde Balder bis zum Morgen wach liegen und sich herumwälzen. »Ein guter Fang!«, rief er immer wieder in die Dunkelheit hinein. Daniel wäre am liebsten wütend auf ihn gewesen. Wie die anderen Brüder, die ihn brauchten, damit ihr Hass eine Heimat fand. Aber er konnte nicht wütend sein. Er dachte an die Mutter und wie froh sie sein würde, dass Balder unbeschadet zurückkam. Und er dachte daran, wie sie den Aal ausnehmen und zubereiten würde. Meistens bereitete sie Kräuterpfannkuchen dazu, die sehr lecker waren.

Und beim Räuchern legte sie immer einen Tannenzweig in die Ofenglut, wie sie es auch mit den Schinken tat, die im alten Heuboden unter dem Dach hingen. Das sorgte für ein besonderes Aroma. Der würzig-harzige Geruch, der von den Flammen aufstieg, war der Duft der Mutter.

Aber erst einmal, dachte Daniel, würden sie den Aal wieder in der aussortierten Badewanne halten, die vor der Scheune verrostete. Und Balder könnte mit ihm spielen.

Es wurde kühl. Der Wind regte sich stärker in den Bäumen. Plötzlich zerriss etwas die Stille. Ein Schrei, der durch den Wald drang. Jemand rief um Hilfe. Eine Frauenstimme, verzweifelt, kreischend.

Die beiden Brüder blieben abrupt stehen. Wieder und wieder hörten sie die Stimme, die immer näher zu kommen schien, auch wenn ihre Stirnlampen nirgends eine Gestalt erfassten. Aber Geäst knackte unter schweren, schnellen Schritten, die sie zu verfolgen schienen, und das Rascheln aufwirbelnden Laubes war zu hören. Dann vernahm Daniel ein Geräusch, das er noch nie zuvor gehört hatte. Das Geräusch einer Waffe, die durch die Luft schnitt. Wie eine lange Klinge.

Die Schreie der Frau ließen nicht nach. Dazwischen war das dunkle Raunen einer Männerstimme: »Wo ist es? Sag mir, wo es ist!« Daniel schaltete die Stirnlampe aus und wies seinen Bruder an, dasselbe zu tun. Er bedeutete ihm, keinen Ton von sich zu geben. Aber Balder achtete nicht darauf. Er sagte nur: »Wir müssen dabei sein, dabei sein …«

Mit einem Mal rannte Balder los durch dichtes Gestrüpp in die undurchdringlichen Baumschatten. In die Richtung, aus der die Schreie jetzt kamen, auf eine Lichtung zu. Daniel lief hinter seinem Bruder her. Am Rande der Lichtung, zwischen dichten Sträuchern, holte er Balder gerade noch rechtzeitig ein und hielt ihn zurück. Keine zwanzig Schritte entfernt, auf der sich öffnenden Fläche, sahen sie die beiden Gestalten, dahinter spreizten sich die kahlen Äste in den dunklen Himmel.

Daniel sah, dass es sich bei der einen Gestalt um einen Mann handelte. Ein Mann, der etwas in Händen hielt. Ein Schauer überkam ihn, als er entdeckte, dass es ein langes

Schwert war, dessen Klinge im Sternenlicht blass glänzte. Die zweite Gestalt war auf die Knie herabgezerrt worden. Eine junge Frau, der Silhouette nach. Die Brüder hörten wieder die durchdringende Stimme des Mannes: »Wo ist es?«

Sie gab keine Antwort. Dann, mit einem feinen, kaum wahrnehmbaren Laut, fuhr die Klinge durch die Luft und trennte den Kopf vom Rumpf der jungen Frau. Daniel bildete sich ein, ein dumpfes Geräusch wahrzunehmen, als der Kopf auf der Erde aufkam. Balder ließ den Eimer fallen, das Wasser stürzte in einem Schwall heraus und mit ihm schlängelte sich der Aal ins Gras. Der Mann sah auf und blickte in ihre Richtung. Sekunden verstrichen, die Daniel endlos vorkamen und in denen er nicht wagte zu atmen. Schließlich verschwand der Mann zwischen den Bäumen. Daniel spürte noch immer das Pochen in seinen Schläfen, als Balder durch die Sträucher auf die Lichtung lief. Er schien kein Gefühl für die Gefahr zu haben und die Situation aufregend zu finden. Daniel musste ihn so schnell wie möglich bändigen, bevor ihnen zustieß, was der jungen Frau widerfahren war. Aber seine Knie waren so weich, dass er kaum in der Lage war, seinem Bruder zu folgen.

»Da ist er! Da ist er!«

Balder hatte den Kopf gefunden, der auf dem Boden liegend mit geöffneten Augen in die Höhe starrte. Daniel erkannte das Gesicht. Ein Gesicht, das einmal ein Lächeln getragen hatte, das seine Sehnsucht war. Ein hübsches Lächeln, das einen schief sitzenden Zahn gezeigt hatte …

Kurz darauf fanden die beiden Brüder auch den Aal. Vielmehr fanden sie, was einmal ein Aal gewesen war. Was nun dort auf der feuchten Herbsterde lag, war ein Schwert. Ein fremdartig aussehendes, seltsam geschwungenes Ding, das ein wenig einem Säbel und auch einem japanischen Samuraischwert ähnelte. Balder tastete danach und hob es auf. Als Daniel ihn zurückhalten wollte, fuhr er seinen Bruder ungehalten an: »Fass mich nicht an!«

Daniel spürte, dass die Augen seines Bruders im Zorn heller wurden. Er spürte es, obwohl er es im Dunkeln kaum erkennen konnte.

Aber nur kurz darauf stieß Balder ein Kichern aus. Er schwang die Klinge durch die Luft. Dann hielt er es waagerecht vor sich, eine Hand am Griff, die andere stützend unter der Klinge. Er konnte seinen Blick nicht von der Waffe lösen. Er roch sogar daran und schien den Geruch tief in sich aufnehmen zu wollen. Daniel kam es vor, als habe sein Bruder sehr lange darauf gewartet, dieses Schwert zu finden.

15

Als Martha von Falkenstein die Lichtung erreichte, hatte sich schon Helligkeit in die Luft gemischt. Und was sich ins Gras gemischt hatte, war Blut.

Sie war zu spät gekommen. Isabells Körper lag leblos im Gras und wo der Kopf gewesen war, starrte sie eine schwarz klaffende Öffnung an. Sie spürte, dass Tristan Nachtweih noch in der Nähe war, sich aber allmählich entfernte. Schwächer und schwächer wurde seine Präsenz. Vielleicht hat er gefunden, was er gesucht hat, dachte sie voller Entsetzen. Vielleicht sind wir schon jetzt verloren …

Dann registrierte sie noch etwas anderes. Ganz in der Nähe. Die Anwesenheit zweier junger Männer. Von einem von ihnen ging eine enorme Kraft aus, die sie nicht benennen konnte, aber sie fürchtete diese Kraft. Die Lebensflamme des anderen war verletzlich. Aber da war noch etwas anderes in ihm. Etwas, das Mut erweckte. Martha wusste nicht genau, wo sich die beiden Männer gerade befanden. Sie schienen jedenfalls nicht weit weg zu sein. Und sie spürte es genau. Dass sich ihre Wege noch kreuzen würden.

Sie begab sich auf die erschütternde Suche nach Isabells Kopf. Sie entdeckte ihn aber nicht. Schließlich kehrte sie zu der Leiche zurück, ging in die Knie und sprach ein Gebet.

Verzweiflung kam und eine tiefe Trauer darüber, dass Isabell hatte sterben müssen. Tränen rannen Martha die Wangen hinab beim Gedanken an das Opfer, das die junge Frau erbracht hatte. Sie hatte ihren Tod nicht gewollt. Sie hatte geglaubt, ihn verhindern zu können. Aber sie hatte versagt.

Sie dachte an die Süße des Lebens und an die Frage, was dieses Leben bedeutete, das man in der hohlen Hand hielt und das weggeworfen werden konnte, einfach so. Sie war Isabell dankbar für alles, was sie für Martha getan hatte.

Auf einmal schrak Martha heftig zusammen. Vor ihren Augen durchlief den toten Körper ein Zittern, das stärker und stärker wurde, bis sich die stählerne Spitze einer Klinge von innen durch Isabells Brustkorb bohrte. Was dann in einem letzten Schwall von Blut aus dem aufgeschlitzten Leichnam zum Vorschein kam, war das Schwert. Das Schwert *Aurin*, das Martha einst geführt hatte. Vor acht Jahrhunderten. In einer Zeit so fern, dass sie fast nicht mehr wahr sein konnte. Als Martha voller Schrecken auf Isabells Leiche herabsah, aus der *Aurin* hervorgebrochen war, verfluchte sie aufs Neue die rätselhaften, die erbarmungslosen, die unsichtbaren Kräfte, die im Dies- und Jenseits wirkten. Ihre sonderbaren Verläufe. Ihre grausamen Auswüchse. Und Martha verfluchte sich selbst. Schmerzlich wurde ihr die Mitschuld an Isabells Tod bewusst. Beeinflusst von Träumen und vagen Ahnungen, hatte sie der jungen Frau aufgetragen, was zu tun war. In dem dringlichen Bestreben, das Schwert zurückzuholen. Aber sie hatte nicht geahnt, dass es nur auf diese eine entsetzliche Weise zurückkehren konnte.

Sie verfluchte die unergründliche Aufgabe, die sie im Herzen trug. Martha widerte das Schwert an. Sie erinnerte sich daran, wie sie vor Jahrhunderten geschworen hatte, es nie wieder zu tragen, nie wieder damit zu kämpfen. Aber sie wusste jetzt, dass sie keine Wahl hatte. Als sich ihre Hand um den Griff des Schwerts schloss, schwand das Blut auf der Klinge dahin. Sie war jetzt blank und strahlte eine Würde aus, die ihrem Zweck niemals entsprechen würde.

Martha betrachtete das ebenmäßige zweischneidige Langschwert. Ihr Blick wanderte die blattförmige Klinge hinauf, die spitz zulief. Und dann die lange Hohlkehle hinab bis zu den schräg abgeschnittenen und zur Klinge hin gebogenen Enden der Parierstange. Sie schaute auf den stilisierten birnenförmigen Knauf. Und an ihrer Handfläche spürte sie das Muster, das sie einst in den Griff hatte eingravieren lassen. Ein Muster, das zu wirbeln schien wie ein Wind. Den Wind der Veränderung, der alle Dinge – nicht selten mit roher Gewalt – ergriff, hatte ihre Mutter *Aurin* genannt. In all den Geschichten, die sie ihren beiden Töchtern Martha und Keth immer wieder erzählt hatte. Mit ihrer kränklichen, hustenden Stimme. Der Wind der Zeit, der Strudel des Blutes hatte das Schwert zu Martha zurückgeführt.

Sie sah, wie sich der birnenförmige Knauf zu verändern begann und zu einem Oktagon mit acht Speichen wurde. Sie wusste, dass sie nun angebrochen war, die Zeit, die im Zeichen der Acht stand. Acht Kämpfer, ein Schicksal. Das Schicksal aller Seelen. Zwei dieser Kämpfer gab es bereits. Tristan Nachtweih und sie selbst. Blieben also noch sechs. Sechs Kämpfer, die gefunden, die erwählt werden mussten. Ihr Widersacher würde nicht ruhen. Er würde versuchen, sie alle auf seine Seite zu ziehen.

Die Zeit lief.

Martha erhob sich im grauen Licht des Morgens, als ein Windstoß die Grashalme auf der Lichtung hell aufblitzen ließ. Hinter ihr spannen sich Nebel über das Waldland, durch das sie in dieser Nacht geirrt war. Auch wenn die Traurigkeit über Isabells Tod noch nicht von ihr gewichen war, spürte sie, dass sich etwas verändert hatte. Marthas Kraft war zurückgekehrt. Ihre Sinne waren jetzt hellwach. Sie konnte auf sie vertrauen. Sie führten sie weit fort, wenn es nötig war, und führten sie zurück.

Das Schreckensbild von Isabells sterblichen Überresten ließ sie hinter sich. Sie hatte Glück gehabt, dass *Aurin* nicht ihrem Widersacher in die Hände gefallen war. An diesem Gedanken hielt sie sich fest, als sie sich auf den Weg machte, ohne zu wissen, wohin er sie führte. Das Schwert, das zu ihr gefunden hatte, war ein Trumpf. Der entscheidende? Irgendwo da draußen war *Xanas*, das zweite Schwert. Sie konnte es spüren.

Ein einziger Trumpf würde nicht genügen. Nicht genügen in dem alles entscheidenden Kampf, der nun bevorstand.

ZWEITER TEIL

DIE BERUFUNG

16

Er spürt es unter seiner Haut. Lange hat er es nicht mehr wahrgenommen. Oft hat er den Namen geflüstert. Ohne Erfolg.

Balder hatte Angst, etwas falsch gemacht zu haben. Dass er es enttäuscht haben könnte und es vielleicht verschwunden war für immer. Er wollte nicht, dass es verschwand. Er brauchte es. Das Geschöpf, das in ihm lebte. Schon seit der Kindheit kannte er es.

Es nannte sich Mistilo.

Vermutlich hatte sich das Geschöpf nur versteckt gehalten.

Da war so viel Aufruhr gewesen. So viele Menschen waren zum Hof gekommen. Hatten Fragen gestellt wegen der Toten im Wald. Wollten immer wieder erzählt bekommen, was in dieser Nacht passiert war.

Und sie hatten nach dem alten Kerl gefragt, der auch tot war. Ob Daniel und er etwas gesehen hätten.

Die Leute hatten herumgespäht mit ihren nimmermüden Augen. Da hatte Mistilo geschwiegen. Mistilo war klug. Es wollte nicht, dass man es fand. Noch nicht. Es lauerte im Dunkeln.

Es würde sich eines Tages zu erkennen geben. Nicht mehr lang würde es dauern. Balder spürte es.

Daniel hatte ihn nicht in Ruhe gelassen. Hatte ihm gesagt, dass er das Schwert auf keinen Fall behalten konnte. Hatte ihn gedrängt. Wollte das Schwert sofort verschwinden lassen. Dabei war es doch schön. So schön.

Balder hatte Daniel seinen Willen gelassen. Sie hatten es gemeinsam vergraben. An einer Stelle im Wald, die sie gut kannten. Wo sich niemand hinverirrte. Dort hatten sich die sechs Brüder als kleine Jungen einen geheimen Unterschlupf aus Ästen und Zweigen gebaut.

Daniel war froh, als das Schwert vergraben war.

Er war auf einmal gar nicht mehr angespannt. Richtig erleichtert.

Auf dem Rückweg hatte Daniel Späße gemacht.

Er ahnte nicht, dass alles gar nicht ehrlich war. Dass Balder das Schwert schon kurze Zeit später wieder ausgraben würde. Als der Trubel hereinbrach wegen der traditionellen feierlichen herbstlichen Schlachtung. Als der Metzger kam und der Vater und die Brüder mithalfen und es dann für die gemästeten Schweine kein bisschen feierlich war. Und es niemandem auffiel, dass er fehlte. Da hatte er es zurückgeholt. Das Schwert.

Es durfte nicht vergraben sein. Es musste leben. Genauso wie Mistilo.

Wenig später war die Beerdigung der Toten gewesen. Der alte Kerl wurde auch beerdigt, er kam ins Grab zu seiner Frau. Und die Trauergäste hatten daran gedacht, wie grausam diese Menschen gestorben waren. Und sie weinten. Nur Balder nicht. Der Tod nährt sich ja von den Tränen der Hinterbliebenen. Das hätten sie doch wissen sollen! Außerdem war ihm gar nicht zum Weinen zumute gewesen. Weil das Schwert wieder in seinen Besitz gekommen war.

Er hatte sich etwas einfallen lassen. Den richtigen Moment abgepasst. Niemand hatte es gesehen, als er im Esszimmer zum Herrgottswinkel schlich, wo das Kruzifix in der Nische am stärksten tragenden Außenpfosten des Hauses hing. Unter dem Jesus, dem schon ein Fuß abgebrochen war, gab es ja das Brett, auf dem die staubigen Heiligenfiguren und Bilder herumstanden. Sie standen aber nicht direkt auf dem Brett. Darunter lag noch das Altartuch, das früher die armen Schwarzwälder Mägde gewebt und als kleine Einnahmequelle von Hof zu Hof getragen hatten.

Das Altartuch nahm Balder mit. So ein Tuch war festlich und angemessen für das Schwert, fand er. Er wickelte es darin ein und versteckte es im dunkelsten aller Winkel auf dem alten Heuboden des Hofs. Dort wartete es. Es würde nicht lange warten müssen.

Der Samstag kam. Alle saßen am Tisch und frühstückten. Der Vater trank den Rossler aus der Topinambur-Knolle. Wenn die Familie Glück hatte, trank er nur einen. Aber an diesem Tag hatten sie kein Glück.

Der Vater schrie die Brüder an. Dass sie alles falsch machten beim Anpacken und Kistenschleppen. Zu lahm waren. Unfähig, die Kisten richtig zu stapeln. Noch immer verdammte Grünschnäbel waren, an die er Zeit und Mühe verschwendete. Dann fuhren die älteren Brüder mit ihm zum Markt wie an jedem Samstag.

Balder zog sich auf den Heuboden unterm Dach zurück. Seine Augen gewöhnten sich schnell an das spärliche Licht dort oben. Etwa zehn Meter breit war der Heuboden. Und zwanzig Meter lang. Darüber lag ein ähnlich großer Raum. Aber die Bodenbretter waren zu unsicher, um darauf zu stehen. Er hörte Ungeziefer dort oben und Vögel. Ein Tier scharrte mit den Pfoten. Balder wickelte das Schwert aus dem Altartuch. Hielt es in seinen Armen wie ein geliebtes Wesen, als er auf dem Rücken liegend einschlief. Er träumte von Blut und Sieg. Als er aufwachte, öffnete er das alte Fenster, durch das kaum noch Licht kam, so verschmutzt war es. Es war ein sonniger Herbsttag dort draußen. Die Sonne ergoss sich hinein, zeichnete Keile und Klötze auf den Bodenbrettern, die mit Staub und Getreideresten übersät waren. Dazwischen vereinzelte Federn. Eine Ratte huschte plötzlich aus einem dunklen Winkel hervor. Balder trat blitzschnell nach vorn, das Schwert surrte durch die Luft und setzte ihrem Leben ein Ende. Balder dachte in diesem Augenblick an seine Brüder und die Mutter. Schade, dass auch sie sterben würden. Sie alle.

Als die älteren Brüder vom Markt zurückkamen, schrie der Vater sie an. Erneuerte seine Vorwürfe. Die Zunge des Vaters hatte Mühe mit jedem Wort. Sie war geschwächt von dem Schnaps, den er unterwegs getrunken hatte.

Zum Abendessen gab es geschnetzeltes Fleisch mit Pilzrahmsoße und Kratzete, ein dicker, herzhafter Pfannkuchen, den die Mutter nach dem Braten noch in der Pfanne immer in Stücke rupfte. Beim Essen sagte der Vater grimmig zu Daniel: »Hör auf zu schmatzen!« Dabei hatte er ganz leise gegessen. Aber der Vater sah das anders: »Hör verdammt noch mal auf zu schmatzen!« Dann trat er so fest gegen dessen Stuhl, dass Daniel rücklings auf den Boden stürzte. Sein Hinterkopf schlug hart auf dem Holzboden auf. Die Mutter war sofort bei ihm.

»Verschwindet«, zischte der Vater. »Verschwindet alle! Sofort! Nur du bleibst!« Er griff nach dem Handgelenk der Mutter.

Der Dachboden war inzwischen in vollkommene Schwärze gehüllt. Aber selbst an diese Schwärze hatten sich Balders Augen bereits gewöhnt. Unten vom Wohnbereich des Bauernhofs her ließ sich das Flehen, das Wimmern der Mutter vernehmen. Dann hörte er nichts mehr, aber er wusste trotzdem ganz genau, was dort geschah. Er sah vor sich, wie der Vater das Gesicht der Mutter gegen die Bank des Kachelofens drückte, bis sie fast nicht mehr atmen konnte. Im Winter, ja im Winter gab die Ofenbank eine angenehme Wärme ab. Aber das ganze Jahr über erstickte sie Schreie.

Plötzlich hörte Balder Schritte in dem Raum über ihm. Das morsche Holz knackte. Die Schritte bewegten sich langsam auf eine Stelle zu, wo der Boden großflächig herausgebrochen war und sich ein Loch auftat. Er starrte zu dem Loch hinauf und sah dort eine Gestalt auftauchen. Sie sprang aus der Höhe herab, landete dicht neben ihm und ging in die Knie. Dann erhob sie sich und blickte Balder mit durchdringenden Augen an. Es war ein Mann, der einen Mantel in kräftigem, auffällig schimmerndem Blau trug. Er erkannte den Mann von der Nacht im Wald wieder, er hatte der jungen Frau den Kopf abgeschlagen. Balder erinnerte sich gut. Er empfand aber keine Angst. Er empfand Ehrfurcht. Und ein Gefühl wie Wiedersehensfreude.

»Schön, dass wir uns endlich begegnen«, sagte der Fremde. »Und dass du es für mich gefunden hast, das Schwert. Du bist ein talentierter junger Mann. Die anderen sehen es nicht. Aber ich sehe es wohl. Ich sehe auch sehr wohl, was sich dort tief in deinem Inneren befindet. Du brauchst es nicht länger versteckt zu halten. Du kannst es zum Leben erwecken, wie du das Schwert *Xanas* zum Leben erweckt hast.«

Balder sah den Mann an. Er spürte die Anziehung, die von ihm ausging, und die Aufregung, die seine Worte in ihm hervorrief.

»Du weißt, dass es an der Zeit ist, mein junger Freund, mit deinem kleinen Geheimnis«, sagte der Mann mit einem halb gesungenen Seufzer, der nicht mit Balders Geheimnis in Verbindung stand. Der aber dennoch aufging in der tiefen Dunkelheit, wie sie Balder noch nie zuvor empfunden hatte und die er auf rätselhafte Weise wiedererkannte. Er wusste, dorthin würde er jetzt folgen.

Er spürt es unter seiner Haut. Lange hat er es nicht mehr wahrgenommen. Oft hat er den Namen geflüstert. Ohne Erfolg.

Nun kehrte es zurück mit unbeugsamer Kraft. War nun endgültig bereit, hervorzubrechen. Das Geschöpf in seinem Inneren. Er kannte dessen Namen seit seiner Kindheit. Und alles, was der junge Mann gewesen war, schien sich zu verflüchtigen, bis nichts mehr blieb. Bis nur noch ein Name da war, der in der Dunkelheit schwebte. Mistilo.

Der Vater drosch noch immer auf seine auf dem Boden kauernde Frau ein, als plötzlich eine monströse Kreatur in das bäuerliche Esszimmer eindrang. Es stand auf zwei Beinen, konnte aber mitnichten ein Mensch sein. Die Klaue mit den scharfen Krallen schloss sich um den Griff eines seltsam gewölbten Schwertes. So entsetzt war der Mann von diesem Anblick, dass er es kaum mitbekam, wie das Geschöpf ihm den rechten Arm abhieb und sich das Blut über den Holzboden ergoss.

Aber der junge Mann in einer Ecke des Zimmers hatte alles mitbekommen. Er hatte zuvor vergeblich versucht, seiner Mutter zu helfen, war aber der gewaltigen Kraft seines Vaters nicht gewachsen gewesen. Er hielt jetzt den Atem an und sah mit an, was dem Vater widerfuhr. Und er hatte etwas bemerkt, das alle Grenzen seiner Verzweiflung aufhob.

Daniel hatte in dem schrecklich anzusehenden Geschöpf seinen Bruder Balder wiedererkannt.

Daniel folgte der Kreatur hinaus in die kühle Luft. Der Bewegungsmelder sprang an und Daniel sah, wie sie über das große Gatter sprang und in Richtung der Felder jagte. So schnell er konnte, folgte Daniel dem Geschöpf, das einmal sein Bruder gewesen war. Beinahe wäre er über Murmel gestürzt, eine Hofkatze, die Schutz zwischen seinen Beinen suchte. Daniel rannte weiter und finstere Nacht umschloss ihn. Dann verlor er das Wesen aus den Augen. Er überlegte, was er tun sollte. Zurückkehren? Er entschied sich dagegen, obwohl er instinktiv ahnte, dass er in Gefahr schwebte. Dass sein Leben bedroht war. Aber wenn auch nur eine geringe Chance bestand, seinen Bruder zu retten, musste er sie nutzen. Er begann Balders Namen zu rufen, damit dieser spürte, dass Daniel ihn erkannt hatte und sich um ihn sorgte. Vielleicht geschah etwas Gutes, wenn die Kreatur diesen Namen hörte. Wenn sie sich daran erinnerte, dass …

Vorsichtig setzte Daniel einen Fuß vor den anderen, immer wieder den Namen seines Bruders rufend. Der Hof lag bereits ein gutes Stück hinter ihm, aber er glaubte, die Leitkuh Leonie muhen zu hören, die er so gernhatte. Erst neulich hatte er sie zusammen mit den anderen Kühen und dem Korb voller Kartoffeln – denn sie mochten Kartoffeln sehr – von den Weiden zurück in den Stall gelotst. Vielleicht hatte er sich aber auch nur eingebildet, sie muhen zu hören, um sich nicht so verloren zu fühlen. Er wusste es nicht. Genauso wenig wusste er, wohin die Kreatur verschwunden war. Er folgte seiner Intuition, ging langsam den Hang hinab, wo die Pastorenbirnen reif an den Ästen hingen. Als er unten ankam, war es nicht mehr weit bis zu dem tiefschwarzen Streifen, wo der dichte Wald begann.

Näher und näher kam er dem Wald. Spürte die mächtige Präsenz der aufragenden Fichten. Plötzlich hörte er schwerfälliges Atmen auf der nächtlichen Wiese, nur wenige Meter vom Waldrand entfernt. Dann entdeckte er, was dort zusammengekauert auf der kalten Erde lag. Dort war kein monströses Geschöpf. Es war sein Bruder Balder, der am ganzen Leib zitterte. Neben ihm auf der Erde liegend entdeckte Daniel das unheimliche Schwert, das sie beide in der grausigen Nacht des Mordes gefunden hatten. Er war fest davon ausgegangen, es wäre unauffindbar vergraben und verschwunden. Für immer. Aber er hatte sich getäuscht. Es war zurückgekehrt. Und seine teuflische Klinge hatte mit einem kaum wahrnehmbaren Surren den Arm des Vaters abgetrennt.

Aber Daniel befasste sich nur kurz mit dieser Waffe. Er war so froh, seinen Bruder gefunden zu haben. Er wusste nicht, was mit Balder geschehen war, was es mit dieser entsetzlichen Verwandlung auf sich gehabt hatte. Aber nur eines hatte Bedeutung: Er war am Leben. Sein Bruder blickte wie suchend zu Daniel auf.

Zum allerersten Mal in seinem Leben wurde Daniel bewusst, wie wichtig ihm Balder war. Dass es vielleicht auf der ganzen Welt niemanden gab, der ihm so wichtig war wie er.

Er wollte ihm aufhelfen, doch die Hand, die er ergreifen wollte, war mit einem Mal keine Hand mehr. Da war wieder eine große Klaue mit langen rasiermesserscharfen Krallen, die nach ihm tastete. Schnell zog Daniel seine Hand zurück. Was sich dann vor ihm aufrichtete, war die Kreatur, der er bis hierher gefolgt war, um seinen Bruder zu finden. Aber er hatte ihn endgültig verloren. Das spürte er jetzt.

Daniel hatte ein solch entsetzliches Wesen noch nie zuvor gesehen. Es überragte ihn um mindestens zwei Köpfe. Es wirkte, als wäre es aus sumpfigen Niederungen der Angst hervorgekommen. Das große Gesicht mit dem vorstehenden Gebiss und den geifernden Zähnen näherte sich ihm. Er spürte die scharfe Kralle, die seinen Hals berührte, und hörte die tiefe gurgelnde Stimme sagen: »Verzieh dich! Bevor ich dich töte.«

Die Krallenhand zog sich langsam von Daniels Hals zurück. Plötzlich sah er hinter dem Geschöpf eine Silhouette zwischen den hohen Fichten auftauchen und hervortreten. Daniel erkannte ihn. Es war der Mann in dem langen Mantel, der Isabell getötet hatte. Die Kreatur hob das Schwert von der Erde auf und bewegte sich langsam auf den Mann zu. Überreichte ihm die Waffe in einer unterwürfigen Geste.

Trotz der Dunkelheit glaubte Daniel ein Lächeln im Gesicht des Mannes zu erkennen. Dann wandte sich der Unbekannte um und verschwand in der Dunkelheit des Waldes. Und die Kreatur, sie folgte ihm rasch.

17

Dezent war das Geräusch, mit dem die Trambahn durch die herbstlichen Straßen Freiburgs glitt. Sanft wie eine Melodie. Beinahe hätte so eine Melodie sie vergessen lassen können: die Gefahr. Die allgegenwärtige Gefahr. Beinahe.

Zoe glaubte ihrer eigenen Stimme nicht. Sie hatte es nie getan.

Es war vergebens. Die eigene Stimme bettelte nur. Nichts sonst.

Mit der Stimme der Gefahr war es anders. Ihr glaubte sie.

Die Gefahr hatte eine überzeugende Stimme.

Zoe konnte sie raunen hören: *Komm näher!*

Wieder musste sie an den gestrigen Traum denken.

An das dunkle, kühle Wasser des Flühensees, in dem sie als Kind manchmal geschwommen war. Von Nadelbäumen umschlossen starrte er wie ein Auge hinauf in den Himmel. Ein Überbleibsel aus ferner Vergangenheit, als die Erde aus Eis bestand.

Komm näher! Wieder sah Zoe die Gestalt vor sich, die aus dem Wasser taucht. Das triefende Haar, der stechende Blick. Die fein geschwungenen Lippen im hageren Gesicht. Und die verheißungsvolle Stimme – die nur zwei Worte hören lässt: *Komm näher!*

Ob dieser Traum mit den jüngsten grausamen Ereignissen in Zusammenhang stand? Zoe spürte es. Obwohl sie nicht sicher war, auf welche Weise. Vier Menschen. Vier Ermordete. Das heißt, offiziell war nur von drei Getöteten die Rede. Einem Schüler, Paul, einer Schülerin, Isabell, und einem alten Mann namens Christian Albert. Von der jungen Referendarin, die vermisst wurde, fehlte noch jede Spur. Aber es gab wenig Zweifel daran, dass sie auch ums Leben gekommen war. Von Paul, der in Zoes Parallelklasse gewesen war, hatten sie schließlich auch nur einen grässlichen Fund gemacht, seine Wangenknochen. Von Isabell ganz zu schweigen. Sie war enthauptet worden! Alle Medien hatten darüber berichtet, nicht nur die regionalen. Hatte der Mann – das WESEN – aus ihrem Traum etwas damit zu tun? Zoe gab sich immer wieder aufs Neue Mühe, sich nicht dieser Frage auszusetzen.

Sie erinnerte sich an Isabells Beerdigung. An den kleinen Hofsgrunder Dorffriedhof am Hang. An die verstreut liegenden Blätter. Wie um Zeichen seiner nahen Herrschaft zu setzen, hatte der Herbst schon die Farben aus ihnen herausgezogen und sie spröde und brüchig gemacht.

Es war nicht ungewöhnlich gewesen, an diesem Ort derlei Gedanken nachzugehen. Wo Grabsteine aus dem dunklen Boden ragten.

Der Friedhof war schwarz vor Menschen gewesen.

Schwarz von den Augen, die in die Leere starrten, die ihnen der Tod auferlegte.

Die meisten der Trauernden waren jung gewesen. Viele Mitschüler des Bartholomä-Herder-Gymnasiums waren gekommen. Auch Schüler aus den umliegenden Gegenden. Sie alle waren gekommen, um Isabell die letzte Ehre zu erweisen, die so grausam gestorben war.

Enthauptet, hatten Zoes Gedanken unermüdlich gezischelt. *Man hat sie enthauptet!* Wie in einer düsteren Vergangenheit, wo der Alltag aus roher Gewalt bestanden hatte.

Sie hatten Isabells Sarg bei der Aufbahrung in der Friedhofskirche natürlich nicht geöffnet. Er war mit ihrer Lieblingspflanze, dem Efeu, verziert worden. Und wie dieser Efeu umrankten Zoes Gedanken während der Trauerfeier den Sarg. Sie stellte sich die Frage, wie ein Bestatter mit einer Leiche verfuhr, die keinen Kopf mehr hatte. Hatte er ihn angenäht? Oder hielt ihn die Tote in ihren kalten Händen?

Zoe hatte Isabell, die sie tagein, tagaus in der gemeinsamen WG erlebt hatte, nicht besonders gemocht. Sie war ihr zu still, zu verträumt gewesen. Aber als der Pfarrer dann von der zauberhaften Welt ihrer Träume redete, der Isabell nun endgültig angehörte, hatte Zoe doch geweint.

Und sie hatte den Neid gespürt, weil Isabell den Tod kennengelernt hatte. Zoe sehnte sich schon lange nach dem Tod. Sehr lange, sehr stark.

Die Trambahn der Linie 2 fuhr in Richtung Günterstal, dem abgelegenen und südlichsten Teil der Stadt. Früher einmal war es ein eigenständiges Dorf zwischen den Schwarzwaldhügeln gewesen. Unter brütenden, wankelmütigen Himmeln. Noch drei Stationen, noch zwei. Wieder die Stimme der Gefahr: *Komm näher!*

Auch ihr Vater hatte *Komm näher!* gesagt, damals. Als er noch Worte bereithielt und nicht den Gürtel sprechen ließ.

Komm näher!, hatte ihr Vater gesagt, um ihr das Laufen beizubringen. Im Gemeinschaftsgarten im Hinterhof des Wohnblocks, über den die Träume der Mutter nicht hinauskamen. Die Träume vom afrikanischen Heimatland. Sie erinnert sich an den Geruch des Vaters. An das Eau de Toilette, das sich mit seinem Schweiß vermengte. Er hatte gut gerochen, ihr Vater.

Damals hatte Zoe die Arme ausgestreckt und wollte zu ihm. Aber er hatte immer einen Schritt rückwärts getan.

Als kleines Mädchen hatte sie einen leicht nach innen gekrümmten Fuß. Der Arzt hatte gesagt, dass sie vielleicht nicht ohne Weiteres laufen lerne.

Aber sie hatte es geschafft. Sie wollte es. Unbedingt. Jetzt hatte sie einen Gang, der Blicke auf sich zog. Insbesondere die der Jungs. Das war gut. Das half ihr. Bei dem, was sie zu erledigen hatte.

Die Günterstaler Häuser rückten näher. Die Tram fuhr durch den Torbogen eines ehemaligen Klosters.

Zoe stieg aus. Die letzte Station für heute. Bald würde sie es geschafft haben. Aber sie musste wachsam sein. Durfte sich nicht erwischen lassen.

Die Haltestelle lag im Nachmittag versunken. Hinter Schleiern zog die Sonne dahin wie eine Reisende, die nicht erkannt werden will.

Ein kurzer Blick auf die Uhr. Zoe war gut in der Zeit. Gleich war Pause. Und die Schüler würden auf den Hof strömen. Fünfzehn Minuten hatte sie nur, dann musste sie sich auf den Weg zurück machen. Zurück ins Dorf, in dem sie gestrandet war. Wo die anderen Teenager lebten. Und die Betreuerin versuchte ihnen die bösen, dunklen Sorgen zu nehmen.

Willst du dir was von der Seele reden? Nein danke, dachte Zoe. *Kannst mich mal.*

Die Betreuerin glaubte, dass Zoe jetzt beim Fechttraining sein würde, das dreimal wöchentlich stattfand. Sie hatte nicht mitbekommen, dass das Training heute ausfiel. Zoe hatte ihr nichts davon erzählt.

Zoe wollte die Zeit nutzen.

Sie lief den Trambahnsteig entlang. Eine Haltestelle, was ist das?

Ein Sinnbild fürs verzweifelte Ausharren, dachte Zoe. Ein Sinnbild dafür, dass man nicht entfliehen konnte. Egal, in welche Bahn man einstieg.

Sie kletterte über den Zaun. Ihr fiel auf, wie dreckig ihre Fingernägel waren, worüber sie sich ärgerte. Nicht weil sie auf Reinlichkeit erpicht war. Sondern weil saubere Fingernägel für jene süße Lüge sorgen, dass nichts von dem zurückbleibt, womit Hände in Kontakt gekommen sind. Dass Hände sich lossagen können von ihren Taten. Einfach so.

Aber die Jungs, die achten nicht auf Fingernägel. Sie sind auf was anderes aus. Auf ihren Hintern zum Beispiel.

Und auf das, was sich in der Gesäßtasche der eng anliegenden Jeans verbirgt.

Sie wühlte sich durch das Gebüsch und trat hinaus auf den hellen Schulhof, wo jede Stimme wie eine Trompete schreit und der Duft der Angst in der Luft liegt. Der ist süßlich, dachte sie. Wie Flieder vielleicht.

Sie ging dahin. Als wäre sie ein Stück Kork, das in der Strömung treibt, ein der Menge zugehöriges Molekül. Aber die Wahrheit sah anders aus: Sie gehörte nicht hierher. Das war nicht ihre Schule. Und sie ließ sich nicht treiben. Sie wählte ihre Schritte bewusst. Sie gab acht darauf, dass man sie nicht sah. Oder sie gab acht darauf, dass man sie *sehr wohl* sah …

Sie nahm wie üblich die Stelle an der Ecke der langen Turnhalle ein. Sie spürte sofort, wie einige Augenpaare nach ihr gafften. Scheue, einsame Augen, die dem Glück misstrauen. Ihre Aufgabe war es, alle Zweifel zu beseitigen. Sie kannte die Regungen, die Jungs an das Glück heranführen.

Und sie machte es erlebbar, das Glück. Es waren kleinste Regungen ihres Körpers, die Lichtpunkte, ja Signale verteilten. Und die Farben ihrer Kleidung, die Creolen, das Tuch im Sturm ihrer Haare – das alles half mit. Und natürlich das Lächeln, das verschwörerische Lächeln in ihrem braunen Gesicht.

Nach und nach kamen sie, die Jungs. Fast immer sind sie es. Selbst wenn Mädchen etwas haben wollen, schicken sie die Jungs vor.

Es ist ein guter Nachmittag, hier auf dem Schulhof in Günterstal.

Sie verkauft die hauchzarten Gebilde, die auf der Zunge

schmelzen und die Kulissen des Bewusstseins verschieben, bis jedes Bild, jeder Ort wie eine Heimat erscheint.

Selbst die Orte, die dunkel sind wie das Herz.

Für die sechs Schüler, die mutig oder hilflos genug waren, bei ihr zu kaufen, würde es sich bewahrheiten. Ihr Versprechen auf Glück. Fleißige Schüler, dachte Zoe. Sogar jemand Neues hatte bei ihr gekauft. Ein Junge mit einem zarten Gesicht. In den zurückliegenden Wochen hatte sie zusehen können, wie sich die Distanz, die er zu ihr hielt, nach und nach verringerte. Bis sie heute zum ersten Mal seine Stimme hörte, die ebenso zart war. Sie versuchte sich davon nicht beeinträchtigen zu lassen. Wichtig war nur das Geld, das er ihr aushändigte. Und das war nicht wenig.

Dann war die Pause vorbei. Die Schüler verschwanden schnell im Schulgebäude. Zoe blieb allein auf dem Hof zurück.

Allein? Nein, sie war nicht allein.

Auf einmal war er da: Fynn. Der lauernde Fynn aus ihrer WG.

Eigentlich hieß er Fabian. Aber Fabian war wirklich kein Name für ihn. Viel zu harmlos.

Fynn ging hier genauso wenig zur Schule wie sie. Aber er trieb sich wie sie vor allem in Freiburg herum, um dem kleinen Kaff zu entkommen, und wusste, welche Schulhöfe sie aufsuchte, um ihre kleinen Geschäfte zu machen. Eigentlich ging er auf eine Hauptschule in der Nähe von Hofsgrund. Kreuzte dort aber nur selten auf.

Langsam kam er auf sie zu. Seine Bewegungen verrieten die geschmeidige Kraft von Muskeln, die von einem scharfen, unnachgiebigen Verstand gelenkt wurden. Seine

Bewegungen hatten nie die ruckhafte Hast überspannter Nerven, sondern die Flinkheit einer Katze. Sie sah seine starken Hände, die sie auf ihrer Haut spüren wollte, die Hände, die schon häufiger ihren dünnen Slip herabgezogen hatten.

Fynn hatte wie so oft die Kapuze seines Hoodies über dem Kopf, die sein Gesicht verhüllte. Nur die kalten Augen schimmerten darunter hervor. Der Hoodie war sein Markenzeichen. Dazu trug er die Hose, die ihm nur knapp über die Knie reichte. Sogar jetzt, im November, trug er sie. Damit man seine tätowierten Beine sah. Coole Muster waren das. Erst spät hatte sie begriffen, dass sich darin auch ein Hakenkreuz verbarg.

»Gute Geschäfte gemacht?«, fragte er. »Hast du auch für mich einen Happen?«

»Du weißt genau, dass ich keine Gratisproben verteile«, sagte sie.

»Dabei bietest du mir doch sonst alles gratis an«, sagte er. »Mein Pik-Ass.«

Pik-Ass, das war der Name, den ihr Fynn gegeben hatte.

Er machte keinen Hehl daraus, dass er Menschen wie sie verabscheute. Menschen, die aus anderen Ländern kamen. Obwohl seine Mutter selbst Ausländerin war. Aber er wurde nicht müde zu sagen: *Die Schlampe hat meinen Vater umgebracht!* Zoe konnte nicht mit Sicherheit sagen, ob die Geschichte stimmte. Aber ihr Gefühl sagte ihr, dass es die Wahrheit war. Das Ganze musste sehr brutal gewesen sein. Die Mutter hatte den Vater mit einer Sense getötet.

»Was willst du hier?«

»Nur ’n bisschen quatschen«, sagte er. »Oder fällt dir noch was anderes sein? Immerhin ist hier niemand, weit und breit. Können höchstens ein paar Fünftklässler aus dem Fenster spannen.«

Er lächelte sie an.

Das war die Grundvoraussetzung für ihre heimlichen Treffen – dass niemand da war, den sie kannten. Das hatte Fynn mehr als deutlich gemacht. Immer wieder aufs Neue ließ er alle Menschen in seiner Umgebung wissen, dass Zoe das Allerletzte war. Eine schwarze Schlampe. Aber um sie heimlich zu vögeln, dafür war sie gut genug. Er erniedrigte sie damit. Und sie ließ es sogar geschehen.

Am Anfang war es nur ein Abenteuer für sie gewesen. Als würde sie durch eine verbotene Tür schlüpfen. Aber was hinter dieser Tür geschah, damit hatte sie nicht gerechnet. Sie war Fynn schon bald verfallen. War ihm hoffnungslos ausgeliefert. Als kleines Mädchen hatte sie oft im Wald weiße, giftige Schneebeeren gesammelt und gegessen. Sie hätte nicht genau sagen können, weshalb. Der Kick spielte natürlich eine Rolle. Aber auch der verborgene Wunsch, sich selbst etwas anzutun. Wenn sie sie aß, hatte sie sich vorgestellt, wie das Weiß der Beeren in ihre Blutbahn geriet und ihr Wesen erfasste. Genauso war es mit Fynn. Schon längst war er tief in ihr Innerstes vorgedrungen. Es gab kein Zurück mehr.

»Setz dich!«, sagte er. Sie nahmen auf einer Bank Platz. Aus der Hosentasche zog er dieses silberne Ding, das man sich auf den Zeigefinger setzte. Mit der Spitze, die wie ein langer, gekrümmter Fingernagel aus geschärftem Metall war. Er spielte damit, als er sagte: »Es ist bald so weit. Wir brauchen nicht mehr länger warten.«

»Gut«, sagte Zoe. Ihr Mund war trocken geworden. Sie kannte den Plan. Sie wusste, welches Versprechen sie gegeben hatte. Manchmal hatte sie sich gefragt, ob er es wirklich ernst meinte. Sie hatte es gehofft. Sie hatte sich danach gesehnt. Sie hing nicht daran. Am Leben.

Sie dachte an die Gedichte, die in der Schule durchgenommen wurden. Sie hatten sie nie sonderlich interessiert. Nur ein einziges hatte ihr gefallen. Von Robert Frost. Es hieß *Feuer und Eis*, sie kannte es auswendig:

Manch einer sagt, in Feuer stirbt die Welt.
Ein anderer, in Eis.
Da vom Geschmack der Lust ich weiß,
halt ich's mit dem, der auf das Feuer zählt.
Doch wenn es zweimal untergehen heißt,
weiß ich vom Hass genug,
dass die Zerstörung Eis
genauso tut
und alles fällt.

Ja, sie hing nicht am Leben. Das Leben war verlogen. Nur der Tod war aufrichtig.

Sie erinnerte sich daran, wie Fynn und sie eines Nachts auf den Schlossberg hinaufstiegen waren, der sich in unmittelbarer Nähe der Altstadt ausladend gegen den Himmel erhob. Wie sie den gewundenen Pfaden zwischen den Bäumen gefolgt waren. Bis sie schließlich den Turm erreichten mit seinen Langholzstämmen, die um den Treppenlauf aus Stahl aufgestellt waren und an riesige Mikadostangen erinnerten. Stufe um Stufe waren sie hinaufgestiegen bis zur letzten Aussichtsplattform, die über eine schmale Wendeltreppe zu erreichen war. Oben war es windig und scheißkalt gewesen. Aber das hatte sie kaum noch gespürt, als Fynn ihre Hose herunterriss und sie von hinten nahm, hastig und unnachgiebig. Unter ihnen die Lichter der Stadt, über ihnen der Mond, der von treibenden Wolken zerfetzt wurde. Als sie heftig kam, hatte sie eine Ahnung davon, was es bedeutet, ihn anzuheulen.

Hinterher hatte Fynn sie erneut beleidigt und gesagt, dass sie wertlos sei. Wie das ganze Leben. Nur Morast. Sie hatte ihm zugestimmt. Und dann hatten sie es beschlossen. Sich gemeinsam das Leben zu nehmen, eines Tages.

Jetzt war der Tag nah. Zoe stellte fest, dass sie ein mulmiges Gefühl hatte beim Gedanken daran. Das gefiel ihr nicht. Sie wollte hart sein. Keine Zweifel hegen, keine Schwäche zeigen. Wenn vor einem Fechtkampf auch nur ein winziger Zweifel aufkam, wusste sie, dass sie bereits besiegt war. Aber Zoe wurde fast nie besiegt. Zoe war gut. Zoe war stark. Und doch hatte sich irgendetwas verändert. Sie spürte es. Seit wann? Sie wusste es genau. Seitdem Isabell tot war. Etwas war ihr ins Bewusstsein gedrungen. Dass es vielleicht doch wertvoll sein konnte, dieses flüchtige Leben. Sie redete sich ein, dass eine Beerdigung es mit sich brachte, dass man gefühlsduselig wurde. Sie würde darüber hinwegkommen. Musste es. Schnell.

»Finde ich gut«, sagte sie.

»Sehe ich auch so«, sagte Fynn. »Aber was würdest du dazu sagen, wenn wir unseren Plan leicht abwandeln?«

»Was meinst du?«

»So ein kleiner Tod zu zweit ist doch ein bisschen erbärmlich, findest du nicht? Unbedeutend. Es macht keinen Unterschied. Alles wird hinterher genauso weiterlaufen, wie es vorher war. Der ganze Abschaum breitet sich aus, alles geht in 'ne neue Runde. Es geht immer so weiter. Willst du das wirklich? Schätze nicht. Wollen wir nicht was Großes vollbringen? Etwas richtig Großes?«

»Wovon redest du?«

Er zog die Kapuze seines Hoodies zurück. Er lächelte. »Wie wäre es, wenn wir andere mitreißen würden in den Tod?«

»Bist du bescheuert?«

»Tu nicht so, als würde dir was an irgendwem liegen. Spar dir deine Heuchelei. Du willst doch auch, dass sie verrecken. Ich weiß es.«

Zoe schwieg. »An wen hast du denn gedacht?«, fragte sie schließlich.

»An alle«, sagte er. »An alle.«

Pause.

»Ich hab's im Traum gesehen, ganz genau«, sagte er. »Ich hab gesehen, wie sie krepieren. Es war schön. So schön. Ich weiß, dass es so kommen wird, bald. Wir können daran teilhaben, du und ich. Wir können mithelfen, dass es so weit kommt.«

Zoe sah ihn an. Seine Worte klangen, als habe er den Verstand verloren. Aber sie spürte, dass es nicht so war.

»Woher weißt du das alles?«

»Er hat es mir gesagt. Er hat von uns beiden gesprochen, von dir und mir.«

»Wer?«

»Der Mann. Der Mann, der aus dem dunklen See gekommen ist.«

Als Zoe an diesem Nachmittag zurück zur Haltestelle schlenderte, war sie erschöpft. Ihre Gedanken fanden keine Ruhe. Der Himmel war vollkommen bedeckt. Die Luft besaß einen schneidenden, winterlichen Charakter. Niemand schien auf den Straßen zu sein. Es war, als wären die Bewohner in ihre Häuser geflüchtet. Aber es nützte ihnen nichts. Das wusste Zoe. Es blieb ihnen nur die Flucht, die der Tod gewährte. Der Tod, der alle Fliehenden gerne aufnahm.

Kurz vor der Haltestelle sah Zoe auf einmal ein kleines Kind auf dem leeren Gehweg auf sich zukommen. Sie hätte nicht sagen können, ob es sich um einen Jungen oder um ein Mädchen handelte. Das Kind war in eine sonderbare Decke gehüllt, die löchrig und zerschlissen und viel zu groß war. Die Decke bestand aus grobem Stoff, der in schweren Falten herabhing. Um den Kopf trug das Kind ein fleckiges Tuch aus Baumwolle. Wie eine Kapuze, in der das Gesicht verschwand. Zoe hatte etwas Ähnliches noch nie gesehen. Als das Kind näher kam, sah Zoe, wie unsicher seine Schritte waren. Sie sah, dass es keine Schuhe anhatte. Die nackten Füße sahen wund aus, strotzten vor Dreck.

Das Kind blieb vor Zoe stehen, als hätte es endlich sein Ziel gefunden.

»Die anderen sind nicht da«, hörte sie die kleine Stimme sagen.

»Meine zwei Brüder nicht und meine Schwester auch nicht, und Mutter und Vater auch nicht. Ich bin allein. Nur ich bin da. Wir sind hier durch das Dorf gezogen. Auf der Suche nach etwas zu essen.«

»Das ist kein Dorf«, sagte Zoe.

»Das ist nicht jetzt«, sagte das Kind. »Das ist damals. Vor sehr langer Zeit. Ich weiß nicht, wann. Ich bin doch klein. Ich kann keine Zahlen. Die Häuser waren damals winzig. Die Pfade schlammig und voller Dreck. Die Luft zum Atmen war Gestank. Damals war die Nacht sehr stark. Fackeln und Kerzen kamen nicht gegen sie an. Meine Familie und ich, wir haben uns – wie viele andere – auf einen langen Marsch gemacht. Es hatte in unserer Gegend keine Ernte gegeben in diesem Jahr. Alles war überschwemmt. Da war der Hunger, der Hunger wie Flammen im Bauch. Die anderen sind nicht da. Sie haben nicht durchgehalten, obwohl sie alle größer waren als ich. Ich war die Jüngste. Zuletzt war die Mama noch da. Aber dann ist sie zusammengebrochen und ihre Wangen sind eingesunken und ganz steif war ihr Körper, an dem der Oktoberwind gezupft hat, wie um sie aufzuwecken. Hat aber nicht geklappt. Sie ist in ein Fleischhaus gekommen. Da haben sie damals die Leichen reingeschmissen. Die quollen über von dem ganzen Tod. So viele Leichen waren da drin. Ohne Segen. Ohne Totenhemd. Ich bin nicht in ein Fleischhaus gekommen. Ich bin einem Mann in einen dunklen Hauseingang gefolgt. Er hatte versprochen, mir einen Apfel zu schenken. Aber der einzige Apfel, der dort zu pflücken war, das war ich selbst. Es ist nichts übrig geblieben von mir. Ich bin doch klein. Ich bin doch ein Kind. Wo spielen wir denn nur? Sag mir, wo können wir Kinder spielen?«

Mit diesen Worten entfernte das Mädchen das Tuch von seinem Kopf. Es war das traurigste Gesicht, das Zoe je gesehen hatte.

In der Nacht träumte Zoe. Sie träumte von spielenden Kindern.

»Ey, kann ich endlich rein?«, hörte sie frühmorgens die Stimme ihrer Mitbewohnerin vor der Badezimmertür. Zoe hatte sich eingeschlossen. Sie starrte entgeistert auf ein Kreuz. Auf das kleine blaue Kreuz, das auf dem Schwangerschaftstest sichtbar geworden war. Sie schloss die Augen und sah Fynns Gesicht vor sich. Sah seine kalten Augen. Hörte seine Stimme: »Ich hab's im Traum gesehen, ganz genau. Ich hab gesehen, wie sie krepieren.«

18

Die Farben auf dem Freiburger Markt weckten Erinnerungen bei Fynn. Insbesondere jetzt zu dieser Jahreszeit, in der die Farben der Natur verblasst waren und das Schwarz des Winters auf der Lauer lag.

Als kleiner Junge war er häufig mit seinem Vater in das Gewühl des Marktes auf dem Münsterplatz eingetaucht. Das heißt mit dem Mann, der gelegentlich gesagt hatte: »Ich bin ja dein Vater.« Mit einer Stimme, hart wie Blech. Er war Koch in einer zweitklassigen Schwarzwälder Gaststube gewesen. Hatte aber viel auf seine Kochkünste gehalten. Er hatte Fynn gezeigt, woran man gutes Obst und Gemüse erkannte. Welche Gerüche entscheidend sind. Welcher Reifegrad erreicht werden muss. Welche Farbe die Wahrheit ausdrückt. Am meisten vertraute er der Farbe Grün, wobei es hier viele Ausnahmen gab.

Eines Abends hatte die Mutter die Sense aus dem Schuppen geholt, mit der sein Vater oft das hohe grüne Gras im hinteren Garten beschnitten hatte, und hackte von hinten auf ihn ein, bis das Rot seines Blutes, das über den Steinboden der Terrasse rann, die Wahrheit ausdrückte.

Die Sense war in die Asservatenkammer gekommen. Und Fynn, das einzige Kind der beiden, in psychologische

Betreuung. Es interessierte ihn aber einen Scheiß, was die Psychologen mit ihm anstellten. Doch er überredete einen von ihnen, der besonders naiv war, sich mit einem Anliegen für ihn starkzumachen. Der Psychologe verfasste ein Schreiben, in dem er erläuterte, dass es für seinen jungen Patienten hilfreich wäre, nach Abschluss der polizeilichen Untersuchungen die Mordwaffe ausgehändigt zu bekommen. Um sich in direkter Weise mit der schrecklichen Tat zu konfrontierten und somit das traumatisierende Erlebnis besser verarbeiten zu können. Dem Wunsch war nach einigen kontroversen Gesprächen schließlich entsprochen worden. Die Sense kam in Fynns Besitz. Er bewahrte sie heimlich unten im Keller des WG-Hauses auf. Sie war ein kostbarer Besitz. Er amüsierte sich manchmal über den gehässigen Namen, den er der Sense verliehen hatte: *Vergissmeinnicht*. Er wusste, dass sie eines Tages zum Einsatz kommen würde. Er wusste nicht, bei welcher Gelegenheit. Aber er hatte ein Gefühl, dass er nicht mehr allzu lange zu warten brauchte.

Die Kapuze seines Hoodies tief ins Gesicht gezogen, ging Fynn am liebsten allein seiner Wege. Er hasste die Menschen und ihre erbärmlichen Bande, die sie zusammenhielten. Er gab sich nur mit wenigen Gleichaltrigen ab, schnorrte mal eine Zigarette, ließ zwei, drei Worte fallen. Das reichte. Die anderen Teenager verstanden nicht, warum Fynn gern auf dem Markt herumstreunte. Fanden es lächerlich, schwul. Ein paar von ihnen hatte er deshalb schon die Fresse poliert. Sie verstanden auch nichts von gutem Essen. Mit ihren Sandwiches und Burgern konnten sie ihm gestohlen bleiben.

Ja, er mochte diesen Markt, der vom Sonntag abgesehen an jedem Tag stattfand. Bauern und Händler aus dem gesamten Umland kamen hierher, um unter dem in den Himmel ragenden Münster ihre Waren anzubieten.

Fynn aß die lange Rote, eine Bratwurst, die es nirgends sonst gab. Und er machte bei *Stefans* Stand halt, bei dem hervorragende Käsekuchen zur Auswahl standen. Am liebsten mochte er den mit Maronenmousse, den es immer ab November gab.

Aber obwohl auf diesem Markt ein wimmelndes Leben herrschte, obwohl Düfte und Genüsse allgegenwärtig waren, spürte Fynn immer die Nähe des Todes. Und das lag nicht nur daran, dass sich unter den Pflastersteinen noch die Gebeine unzähliger Leichen befanden, die im Mittelalter hier zuhauf verscharrt worden waren.

Nein, er wusste, dass alle Menschen hier an den Tod verloren waren. Und dass sie es verdient hatten. Er lächelte bei dem Gedanken daran.

Doch dann sah Fynn etwas. Etwas, das ihm nicht gefiel. Er sah die Hände eines Mannes.

»Wie viele?«, fragte der Mann in mühevollem Deutsch.

»Zwei«, sagte Fynn.

Er hatte ein Salatrezept herausgesucht, das er abends ausprobieren wollte. Ein Zucchinisalat mit Zwiebeln, Himbeeren und einer Vinaigrette, in die er etwas Marmelade hineinmischen würde.

Er beobachtete, wie die Finger des Mannes am Gemüsestand die Zucchini betasteten. Fynn mochte diese Finger nicht. Sie tasten nach einem Glück, das ihnen nicht zusteht, dachte er.

Fynn kannte den Mann, dem diese Finger gehörten. Er hatte ihn gesehen, ja. Schon oft. Er wohnte in einem Heim für Asylanten, dieser Kerl. Das wusste er. Von seinen Streifzügen. Seinen Beobachtungen. Seinen Aktionen. Der Mann war auf einer dieser Wellen getragen worden, die das Land überfluteten. Einer der Menschen, die nun hier herumlungern und umhegt werden. Mit ihren Augen voll verlogener Bedürftigkeit. Und ihren Händen, die nach rechts und links greifen und nur auf die Gelegenheit warten, alles in ihren Besitz zu bringen. Das dachte Fynn, während er die Finger des Mannes betrachtete. Es waren saubere Finger. Unter den Nägeln war kein Dreck zu erkennen. Nur ein bisschen graustichig waren sie. Saubere Finger, ja. Und trotzdem blieb auf dem Gemüse etwas Unreines zurück. Er spürte es genau. Kein Zweifel.

Die Augen des Mannes befragten ihn unsicher, ob er noch Weiteres wünschte. Diese Augen haben nichts zu fragen, dachte Fynn. Die Augen sollen sich zurückziehen und nicht dahin schweifen, wo sie nichts verloren haben. Zurückziehen sollen sie sich, ja. Genauso wie die Finger.

Fynn wendete sich an einen anderen Verkäufer. Sagte ihm, dass der Kerl mit seinen Drecksfingern das Gemüse beschmutzte. Irritiertes Schweigen. Dann ein paar Worte. Kleinlaut, beleidigt, armselig. Worte, die menschlichen Zusammenhalt heischen wollen, aber nur hilflos waren. Fynn pfiff auf die Worte. So laut pfiff er auf sie, dass alle es hören konnten. Ein Marktbesucher mischte sich ein. Ein satter Universitätsbock, der aus dem Mund nach Zwiebeln stank und ihm gar nichts zu sagen hatte. Als er Fynn zu nahe kam, versetzte dieser ihm einen leichten Stoß und der Kerl stürzte rücklings zu Boden.

Und dann fielen sie über ihn her. Die ganze verlogene Meute. Fynn kannte das alles. Nur zu gut kannte er es. Als sie ihn hatten, warf er dem Mann, der in dem Asylantenheim wohnte, noch einen Blick zu. Einen Blick, der besagte, was den Kerl bald noch erwartete.

Als die Sonne untergangen war, war es so weit. Dunkelheit hatte sich über der Stadt ausgebreitet. Im Polizeibüro hatte er den Braven gegeben. Hatte angeblich zu viel Stress gehabt, hatte überreagiert. Den ganzen Scheiß. Die Polizisten hatten ihn schnell wieder laufen lassen.

Fynn war sofort zurückgefahren zum Markt. Mit der Trambahn. Natürlich schwarz. Schwarz wie jeder Weg, der in die Nacht führt. Er kam rechtzeitig. Die Stände und Buden luden noch zum Kauf ein. Er musste ein wenig warten. Aber das war nicht schlimm. Er hatte Glück. Der Kerl, der in dem Heim wohnte, war da. Immer noch da.

Kurze Zeit später lächelte Fynn ihm zu. Lächelte herab in das blutverschmierte Gesicht, das zwischen seinen Knien eingezwängt war. Gerade als er noch mal zuschlagen wollte, tauchte plötzlich ein Mann aus den Schatten auf. Er erkannte ihn sofort. Es war der Mann, von dem er in letzter Zeit wieder und wieder geträumt hatte. Der aus dem dunklen Wasser des Sees hervorgekommen war und Fynn beim Namen nannte. Die ganze Zeit über wollte er nicht aus seinen Gedanken weichen. Noch nie hatte er sich jemandem so verbunden gefühlt. Er hatte gespürt, wozu dieser Mann fähig war. Hatte seine Absichten gespürt und dass Fynn darin eine bedeutende Rolle zukam. Es war der Mann, dem er bald zur Seite stehen würde, wenn er den Tod brachte. Endlich.

Sogar seinen Namen kannte er schon aus seinen Träumen. Tristan Nachtweih setzte sich auf eine der Bänke, die hier am abgeschiedenen Adelhauser Klosterplatz unter Kastanien zum Verweilen einluden. Das schwefelgelbe Licht der Laternen fiel auf den Mantel des Mannes. Viele Freiburger schätzten diesen Platz mit seinem Springbrunnen als einen wohltuenden Ort der Ruhe. Das dem Platz zugewandte ehemalige Klostergebäude hatte die Farbe von Ochsenblut. Ein Zeichen dafür, dass dieser stille Platz sich auch für die Gewalt hervorragend eignete, dachte Fynn. Flaschenscherben blitzten auf dem Asphalt wie kleine Sterne. Tristan Nachtweihs Augen sahen Fynn an. Er war sich nicht sicher, ob ihn Augen jemals auf eine solche Weise angesehen hatten. Er fühlte sich wahrgenommen, geachtet, wertgeschätzt. Mit erstarktem Elan schlug er in das Gesicht des Asylanten, das kein Gesicht mehr war.

Und dann ertönte die Stimme des Beobachters, die er bereits aus seinem Traum kannte: »Wirklich gut machst du das.« Als Fynn die Klinge seines Klappmessers aufspringen ließ, hielt die Stimme ihn zurück: »Lass es lieber! Hier vergeudest du nur deine kostbare Kraft.«

Der Mann erhob sich und trat nah an ihn heran. »Was willst du überhaupt mit diesem Nichts von einer Klinge? Du weißt, dass du es viel besser haben kannst. Im Keller wartet etwas. Es hat lange genug gewartet. Jetzt kann sie es wieder kosten, die Sense. Das Blut. Ausgiebig, ja. Wie klingt das?«, fragte der Fremde.

Das klingt gut. Sehr gut sogar, dachte Fynn.

19

Der Tag ließ es nicht darauf ankommen. Immer rechtzeitig wechselte er seinen Namen. Erst hieß er Freitag, dann Samstag, dann Sonntag. Wenn er Sonntag hieß, dann war es an der Zeit. An der Zeit zu töten.

Der junge Mann wechselte seinen Namen nie. Das hatte er gar nicht nötig. Was auch immer geschah, er war immer Henry B. Lindt, dreiundzwanzig Jahre alt.

Wollen Sie meinen Personalausweis sehen? Nein?

Noch nie hatte ihn jemand nach diesen seltenen Sonntagen, die seine Freude waren, nach seinem Ausweis gefragt. Nie hatte man ihm etwas anlasten können. Der Grund: Er war immer nur ein flüchtiger Besucher, verschwand genauso schnell, wie er gekommen war. Er wechselte die Orte und die Himmel über ihm wechselten, und er war immer noch Henry B. Lindt, Anfang zwanzig. Und frei. Im wahrsten Sinne des Wortes: auf *freiem* Fuß.

Dieses Mal hatte er sich Freiburg im Breisgau ausgesucht.

Er war vorher noch nie hier gewesen. Er stellte fest, dass die von den Schwarzwaldhügeln umgebene Stadt eine wahre Schönheit war mit ihrem mittelalterlichen Stadtkern und dem hoch aufragenden gotischen Münster. Drei Jahrhunderte hatte es gedauert, bis dieses Meisterwerk der

Baukunst fertiggestellt worden war. Im romanischen Stil wurde der Bau begonnen, im Stil der Gotik und Spätgotik vollendet.

Die Straßen der Altstadt waren mit halbierten Rheinkieseln gepflastert und von den sogenannten Bächle durchzogen, die es hier seit dem zwölften Jahrhundert gab. Früher hatten sie als Viehtränken gedient und Löschwasser geliefert und die Bewohner hatten ihren Abfall hineingeschmissen. Ihm gefiel der Gedanke, dass auch immer wieder Leichenteile darunter gewesen waren. Inzwischen waren die Bächle bekannt dafür, dass Kinder kleine Spielboote dort zu Wasser ließen.

Ja, Freiburg mochte schön sein. Nichtsdestotrotz würde die Stadt hinterher ein leichtes Ziel für das Vergessen sein.

Henry Lindt war geübt darin, die Orte zu vergessen. Man durfte ihnen nicht anhaften, nicht einmal gedanklich. Er wusste, dass Anhaften nichts anderes bedeutete, als entdeckt zu werden.

Er würde nach seinem üblichen Muster verfahren, ein paar nette, gemütliche Tage erleben. Ein verlängertes Wochenende gewissermaßen. Es begann am Donnerstag mit einem Ausflug und würde am Sonntag in Blut enden.

Es war Nachmittag, als er ankam und unerkannt durch die Gassen der Altstadt spazierte, bis das Tageslicht verblasste. Laternenschein schimmerte auf den Pflastersteinen. Die vielgestaltigen Teufel, Wasserspeier und die anderen geheimnisvollen Wesen aus Stein, die auf den Flanken des Münsters saßen und ihn faszinierten, versanken langsam in der Dunkelheit.

Seine Unterkunft war eine kleine Pension in der Fischerau, einer winzigen Gasse, die reizend anzusehen war. Dort befanden sich einige auffallend niedrige Häuser. Sie lehnten sich aneinander und blickten auf das sich sacht kräuselnde Wasser eines schmalen Gewerbekanals.

Er hatte diese Adresse aus einem bestimmten Grund gewählt. Vor einigen Jahrhunderten war diese Gasse, die damals vor den Toren der eigentlichen Stadt lag, noch nicht so reizend gewesen. Die Menschen hausten dicht an dicht im Schmutz dieser sogenannten Schneckenvorstadt. In der Gasse hatte eine Frau gelebt, die als Hexe verbrannt wurde. So ein bisschen Grausamkeit war eine gute Einstimmung, dachte er.

Als er die Pension betrat, gab er vor, eine körperliche Behinderung zu haben. Einem behinderten Menschen traute man sie eindeutig weniger zu. Eine Schreckenstat.

Er ließ sich von dem Mann am Empfang sein einziges Gepäckstück ins Zimmer tragen. Eine schmale, längliche Tasche, ausgestattet mit einem Tragegurt. Wirklich nicht besonders schwer, die Tasche.

Er lächelte beim Gedanken daran, dass der Mann keinen Schimmer hatte, was sich in ihr befand.

Am nächsten Morgen spazierte er zu einem Bordell, das sich in der Nähe des Schwabentors befand. In einem Haus, das ausgesprochen bieder aussah und Rechtschaffenheit ausstrahlte. Er hatte einen guten Fick. Anschließend nahm er die Nutte, die sich Francine nannte, mit in die Pension und stellte sie als seine Schwester vor. Ihretwegen war er angeblich in die Stadt gekommen. Zugegebenermaßen war die Schwester ein bisschen vulgär angezogen. Aber jemand, der seine etwas armselig erscheinende Schwester besuchte, musste doch ein netter Mensch sein, nicht wahr?

Es war ein Glück, Henry B. Lindt zu sein. Ein Glück, diesen angesehenen, ehrgeizigen, ach so klugen Vater gehabt zu haben. Genau rechtzeitig war dieser Vater verreckt. Und hatte – wie es sich gehört – seinen gewaltigen Reichtum aus einem Pharma-Unternehmen seinem Sohn vermacht, dem einzig verbliebenen Verwandten.

Damit dieser tun und bleiben lassen konnte, was er wollte. Der Sohn ließ viel bleiben. Er tat wenig. Und was er tat, war herumreisen. Flanieren. Was er tat, war Leben auslöschen. Ein kleines Hobby. Jeden dritten Monat war es so weit. Er fuhr an einen ihm fremden Ort und wählte ein einzelnes Opfer aus. Die Menschen, die er auswählte, kannte er nicht. Sie waren ihm vollkommen unbekannt. Genauso wie er selbst ein Unbekannter war, auf den Wegen.

Es war ein Glück, Henry B. Lindt zu sein. Aus wasserblauen Augen in den Tag zu schauen, sich geschmeidig mit seinem schlanken, anmutigen Körper durch die Straßen zu bewegen. Ein Lächeln zu tragen, das wie eine Einladung zum Tanz war – kein Walzer, versteht sich.

Ein Glück? Wirklich? In letzter Zeit hatte er festgestellt, dass er müde geworden war. Grimmig, melancholisch. Der Zorn, der unbändige Zorn, der schon seit der Kindheit in ihm gesteckt hatte, schuf sich mehr und mehr Raum. Vehement drang ihm ins Bewusstsein, was eigentlich schon immer offenkundig gewesen war. In Wahrheit war da kein Glück, nein. Nirgends war es. Und selbst die flüchtigen

Funken seines Hochgefühls reichten nicht aus, um der Welt keinen elenden Tod zu wünschen. Immer häufiger wünschte er auch sich selbst den Tod.

Was Freitag, was Samstag gewesen war, verging. Der Sonntag entfaltete sich. Henry hatte seine Zeit genutzt. Hatte sich mit der Stadt vertraut gemacht und auch schon sein Opfer ausgewählt. Einen jungen Kerl mit käsiger Haut, der in einer Bäckerei an einer ruhigen Straßenecke im Stadtteil Herdern arbeitete. Die Bäckerei, das wusste er bereits, würde an diesem Tag um halb eins schließen. Aus der Pension hatte er schon ausgecheckt. Er würde geduldig warten, bis der junge Verkäufer, der ganz allein hinter dem schmalen Tresen stand, ahnungslos in seinen Feierabend ging.

Er würde hinter ihm herschlendern, seine schmale Tasche lässig über die Schulter gehängt. Sie sah aus, als wäre darin eine Querflöte oder Ähnliches. Doch das war es nicht. Es war etwas, das den Tod brachte: ein Rapier. Einst hatte dieses Rapier dem Feldherrn Albrecht von Wallenstein gehört, der sich in der Düsternis des Dreißigjährigen Krieges an Tod und Elend der Bevölkerung bereichert hatte.

An seinem zwanzigsten Geburtstag hatte Henry sich selbst mit dieser außergewöhnlichen Waffe beschenkt, die er schlicht *Feldherr* nannte. Ein Museum in Berlin hatte sie unter der Hand für eine hohe Summe zum Verkauf angeboten und das Original in den Museumsräumen heimlich durch ein Duplikat ersetzt. Es war nicht günstig gewesen, das Rapier. Aber es war das Geld wert. Er hatte die Waffe eigenhändig bearbeitet, sodass sie sich für seine todbringenden Bedürfnisse bestens eignete.

Und Henry wusste mit dieser Waffe umzugehen. Schon in seiner Kindheit hatte er sich im Umgang mit Hieb- und Stichwaffen geübt. Hatte an deutschen Jugendmeisterschaften teilgenommen. Er hielt sich in Form. Er konnte sie nicht zählen: die muskelbepackten Kerle, die schon versucht hatten, es mit ihm aufzunehmen. Die gescheitert waren. Gescheitert an seiner Schnelligkeit, seinem Willen und an seinem Hass. Ja, er hielt sich in Form. In jeder Hinsicht. Auch für das Töten.

Der Sonntag war der beste Tag für das Töten. Alles war ruhig. Wenige Menschen zeigten sich auf den Straßen. Und wenn, dann waren sie schläfrig, unaufmerksam. Niedergedrückt von der Schwere des herannahenden Wochenbeginns. Ein grauer Sonntag im Herbst war besonders gut geeignet.

Der Bäckereiverkäufer machte es ihm leicht. Er hatte kein Fahrrad, was bedeutet hätte, dass er ihm nicht zu Fuß hätte folgen können. Er stieg auch nicht in ein Auto. Henry lächelte, weil seine Einschätzung richtig gewesen war. Er hatte vorausgesehen, dass es sich bei diesem Kerl um einen einsamen Spaziergänger handelte. Er amüsierte sich über seine Art des Gehens. Als wäre etwas an seiner Sohle haften geblieben, das ihn beim Auftreten behinderte.

Es war beinahe zu einfach. Es stellte keine Herausforderung dar. Dann spazierte der Kerl auch noch mitten über den Alten Friedhof, wo kein einziger Mensch weit und breit zu sehen war.

Der Alte Friedhof war eine abgeschiedene Kostbarkeit dieser Stadt. Uralte Bäume, wild wuchernde Wiesen und

Sträucher, wo Gräber, Wege und Mauern die Patina vergangener Zeiten trugen.

Henry hatte den Friedhof schon am Vortag in Augenschein genommen und auf die flüsternden Stimmen der Toten gehorcht.

Besonders hatte es ihm ein steinerner Totenschädel angetan, der Teil eines Grabsockels war.

Er hatte gelesen, dass der Totenschädel an einen Schmiedemeister erinnerte, der von seiner jungen Ehefrau und ihrem Geliebten getötet worden war. Als er schlief, hatten sie ihm einen Nagel in den Kopf gerammt.

Ja, dieser altehrwürdige Ort hatte es ihm angetan.

Henry beschleunigte seinen Schritt und kam dem Kerl immer näher. Beiläufig nahm er im Gehen seine Tasche von der Schulter. Ruhig, ohne Hektik, öffnete er leise den Reißverschluss und zog das Rapier hervor. Seine Finger schlüpften in das kunstvoll aus feinen Ringen, Spangen und Bügeln zusammengefügte Gefäß, das zum Schutz der Hand diente. Ein heikler Moment und der aufregendste von allen. Wenn die Waffe sichtbar wurde und er entdeckt werden konnte. Aber nur theoretisch. Henry war wachsam.

Vor seinem geistigen Auge sah er bereits, wie er hinterher das Blut von der Klinge wischen würde. Mit dem schönen Seidentuch, das er immer dabeihatte. Alles in allem würde die ganze Angelegenheit nach höchstens ein, zwei Minuten vorbei sein. Der Bäckerei-Kerl drang tiefer in die Schatten hoher Bäume ein. Es war so weit.

Jetzt musste es schnell gehen …

Doch dann blieb Henry abrupt stehen. Er ließ den Kerl mit seinem seltsamen Gang weiterspazieren, fünf Meter, zehn, fünfzehn. Henry verharrte im Schatten der Bäume. Sein Verstand arbeitete fieberhaft. Er hatte plötzlich das Gefühl, beobachtet zu werden. Da lauerte etwas hinter ihm. Er spürte die Bedrohung. Die näher und näher rückte. Dann hörte er eine Stimme. Sie drang aus der Entfernung einiger Schritte zu ihm. Trotzdem hatte er das Gefühl, als würde sie in sein Innerstes vordringen.

»Ist dieser junge Bäckersbursche nicht eine Nummer zu klein für dich? Wir wissen doch beide, wozu Henry B. Lindt fähig ist.«

Als er sich irritiert umdrehte, sah er zuerst ein seltsames bläuliches Licht zwischen den Gräbern aufschimmern. Dann nahm er die zwei Gestalten wahr, die sich auf ihn zubewegten. Bei der einen handelte es sich um einen Mann, der einen Mantel trug, dessen Falten eng um seine schlanke Taille gezogen waren. Der zweite war ein junger Kerl. Er trug einen Hoodie, der sein Gesicht in Schatten hüllte. Obwohl es sehr kühl war, hatte er eine Hose an, die ihm nur bis knapp über die Knie reichte. Henry hasste solche Typen, die Hoodies trugen und herumschlurften, als verfolgten sie einen geheimen Plan, aber in Wahrheit nur stumpfsinnige, faule Arschlöcher waren.

Dann machte er im fahlen Licht des Friedhofs eine Entdeckung, die ihn verunsicherte. Er sah, dass der Mann ein Schwert in der rechten Hand hielt. Henry hatte ein solches Schwert noch nie gesehen. Es besaß eine geschwungene Klinge und schien alt, sehr alt zu sein, und trotzdem gab es keinen Zweifel daran, dass dieses Schwert jederzeit die Farbe des Blutes über die Erde strömen lassen konnte. Der Teenager trug eine Sense mit einem leicht verkürzten Stiel aus schwarzem Metall und einem Sensenblatt, das ihn frösteln ließ.

»Mit wem habe ich denn das Vergnügen?«, fragte Henry und versuchte dabei so gelassen wie möglich zu wirken.

»Mit zwei Männern, die du kennenlernen solltest.« Henry erkannte nun, dass die Stimme, die zuvor gesprochen hatte, die Stimme des Mannes war.

»Ich habe kein Interesse«, entgegnete Henry.

»Natürlich kannst du deinem Hobby nachgehen und erbärmliche kleine Scheißer umbringen. Wir werden dich nicht davon abhalten. Seltsamerweise habe ich das Gefühl, dass du zu mehr fähig bist. Ein winziger Tod ist karge Kost für den Jäger, nicht wahr?«

Henry bewegte sich nicht. Er hielt das Rapier niedrig über dem Boden, bereit, in jedem Augenblick anzugreifen. Er versuchte zu erahnen, worauf diese beiden plötzlich erschienenen Gestalten aus waren, aber es gelang ihm nicht. Offenbar hatten sie genauestens gewusst, dass er an diesem Ort zu finden war. Mehr noch: Sie schienen sogar zu wissen, wer er war und welche Tat er hier auf dem Alten Friedhof hatte verüben wollen. Selbst seinen Namen kannten sie.

Er überlegte, ob er ihnen schon einmal über den Weg gelaufen war. Er besaß ein ausgezeichnetes Gedächtnis, konnte sich aber nicht daran erinnern, sie jemals gesehen zu haben.

Die Wahl ihrer Waffen – Sense und Schwert – stellte eine unheimliche Verbindung zu seiner eigenen Waffe dar.

Immerhin befanden sie sich im einundzwanzigsten Jahrhundert. Personen, die einander mit altertümlichen Waffen gegenübertraten, gab es nicht so häufig. Überhaupt hatte er das Empfinden, dass diese beiden Gestalten etwas mit ihm gemeinsam hatten. Doch woraus bestand diese Gemeinsamkeit? Mit Gänsehaut stellte er fest, dass er es bereits ahnte.

»Was wollt ihr?«, fragte er.

»Wir sind gekommen, um dich in eine geschlossene Gesellschaft aufzunehmen«, sagte der Teenager, dessen Gesicht er nun erkennen konnte. Es sah bedrohlich aus, mit Augen, die Unbeugsamkeit, die Finsternis zu erkennen gaben.

»Kann aber sein, dass ich gar nicht will«, sagte Henry.

»Nun, das werden wir sehen …«

Henry zögerte nicht länger. Blitzschnell bewegte er sich auf den Teenager zu, den Kopf gesenkt, das Rapier ausgestreckt, um die Spitze der Klinge in den Leib des Gegners zu rammen. Aber der junge Kerl reagierte sofort und wehrte den Hieb ab. Jetzt sprang er Henry entgegen, seine Kraft in den Arm legend, der die Sense schwang. Doch Henry konnte ausweichen. Zwei Sekunden lang hielt er das Rapier niedrig über dem Boden, dann stieß er es nach vorn, zielte auf das Knie seines Widersachers. Die Waffe stach ins Leere. Dann spürte er, wie etwas kalt an seiner Seite entlangglitt. Das Sensenblatt hätte ihn geradezu aufschlitzen können. Aber er hatte sich rechtzeitig bewegt und das Schlimmste verhindert. Und es tat nicht weh. Wenn eine Klinge ins Fleisch eindrang, spürte man es nicht, nicht am Anfang. Wieder stieß er mit seiner Waffe zu …

Henry wusste nicht, wie lange dieser Kampf letztlich andauerte. Sein Sichtfeld begann sich einzufärben. Er hatte das Gefühl, in der Weite des Himmels zu liegen, dabei hatten Himmel und Erde nur ihre Positionen vertauscht. Die beiden Kämpfer fanden sich auf feuchten Blättern liegend wieder, vor Schmerz stöhnend. Mit einigen klaffenden Wunden, aus denen Blut tropfte. Henry sah den Mann, der den blauen Mantel trug. Sah, wie er zu ihm herabblickte.

»Dachte ich mir doch, dass ihr gut zueinander passt«, sagte er. »Du und der feine junge Mann hier an deiner Seite. Er heißt übrigens Fynn. Ihr werdet noch viel miteinander erleben. Du hast gut gekämpft, mein Lieber. War schön, dir zuzuschauen. Aber du scheinst ein wenig müde zu sein, nicht wahr? Könnte man herzensmüde sagen? Oder vielleicht eher lebensmüde? Ich weiß, du bist bereit zu sterben, Henry B. Lindt. Schon lange bist du es. Aber warum den Tod klein halten, während man selbst die Farbe einer müden alten Limone annimmt? Warum lacht dein Hass nicht lauter? Warum lacht er nicht so laut, dass ihn alle Menschen hören können? Die ach so Ängstlichen, Verzweifelten. Warum lacht dein Hass nicht, wie Gott und Teufel lachen, wenn sie um die Seelen feilschen? Mit dem Leben ist niemand knausrig. Warum dann knausrig sein mit dem Tod?«

Nach einer kurzen Pause fügte er hinzu: »Darf ich mich vorstellen? Mein Name lautet Tristan Nachtweih.«

Henry blickte in die Augen des Mannes und glaubte etwas wahrzunehmen, das sein gewaltsames, schwermütiges Sehnen, sein ganzes Dasein in einem großen Ziel münden ließ.

»Worum geht es hier?«, fragte er, noch immer keuchend.

»Ich versuche gerade, einige Talente zusammenzubringen.«

»Talente wofür?«

»Um etwas auf den Weg zu bringen.«

»Was denn?«, fragte Henry.

»Das Ende der Welt.«

20

Hofsgrund lag im Schatten der schwarzblauen Berge, die sich ringsum erhoben. Auf der Bank an der Bushaltestelle saß Fynn und blickte den schmalen Weg hinauf, der von den wenigen Laternen nur unzureichend beleuchtet war. Die Bushaltestelle war der einzige Fleck weit und breit, wo es sich halbwegs aushalten ließ. Er lungerte häufig hier herum, denn dies war der Ort, der seine Empfindungen bestens zum Ausdruck brachte: Ich gehöre nicht hierher. Nicht zu euch. Ich will weg. Ihr könnt mich alle mal!

Er spürte noch immer die Verletzungen von seinem gestrigen Kampf. Kein schlechter Kämpfer, dieser Henry B. Lindt. Überhaupt gefiel er ihm, dieser Typ. Lässig. Elegant. Gnadenlos böse. Man spürte, dass er aus reichem Hause stammte und durch zahlreiche Türen aus Edelholz geschlendert war. Was ihn aber nicht sonderlich beeindruckt zu haben schien. Im Gegenteil. Hatte ihm vielmehr Langeweile beschert. Manchmal brauchte es eben nicht viel, um zu einem kaltblütigen Mörder zu werden. Manchmal reichte die Langeweile.

Fynn hatte sich nicht viel Mühe dabei gegeben, seine Wunden zu verarzten. Er war hart im Nehmen. Und er mochte das Gefühl, die Spuren der Gewalt am Körper zu tragen. Gern drosch er so lange auf einen Kerl ein, bis er sich sicher war und spürte, dass seine eigenen Hände anschwollen.

Immer noch saß Fynn an der Bushaltestelle. Er sah, wie sie den Hügel hinunterkam, direkt auf ihn zu. Sah, wie sie in den Lichtkreis einer Laterne eintauchte.

Sie sah gut aus. Sexy. Das Pik-Ass. *Sein* Pik-Ass. Niemand sonst war zu sehen.

Zoe hatte ihn sprechen wollen. Unbedingt. Sie hatte etwas auf dem Herzen. Genauer gesagt unter dem Herzen. Fynn wusste, um was es sich handelte. Ja, das tat er. Er hatte den Ort für dieses Treffen bestimmt. Wie immer.

Er blickte auf seine Hände. Zwischen diesen Händen hielt er es. Das Leben. Seine Hände, sie waren stark. Und das Leben, es war schwach.

Er dachte an den heutigen Vormittag zurück. Er war mal wieder in der Schule gewesen. Zur Abwechslung. Es hatte ihm sogar Spaß gemacht. In Ethik hatten sie über den Wald gesprochen. Darüber, wie sich die Wurzeln der Bäume in der feuchten, lockeren Erde ausbreiteten und verzweigten. Und wie sie mit den feinen Haaren, die sich rings um die Wurzeln bildeten, das Wasser aufnehmen konnten. Die Lehrerin war ganz aus dem Häuschen gewesen. Hatte auch über den Atem der Bäume gesprochen, über die unzähligen Münder, die sich auf der Unterseite eines einzelnen Blattes befanden. Amüsiert hatte Fynn zugehört. Wie sich doch alles und jeder so verzweifelt ans Leben klammerte!

Der faulig süße Geruch gärender Früchte drang ihm in die Nase, der aus dem Hinterhof der alten Gaststätte Adler herüberwehte. Die Laternen zitterten leicht in einem aufkommenden Wind. Trübes Licht sickerte aus den mit Spitzendeckchen versehenen Fenstern.

Zoe trat an die Bank der Bushaltestelle heran. Er spürte ihre Unruhe. Spürte, wie nervös sie war. Von einem Bein aufs andere trat sie. Unentwegt. Es kümmerte ihn nicht. Er hatte kein Interesse daran, sie aus dieser Nervosität zu erlösen. Im Gegenteil. Er hob den Blick nicht. Blickte immer noch auf das schwache Leben zwischen seinen Fingern. Wie sehr sie sich doch alle ähnelten.

Die Lebewesen.

»Du bist spät«, sagte er.

»Fynn, ich möchte dir etwas sagen. Es ist wichtig.«

Er spürte, dass sie mit sich rang. Schon damals hatte er ihre Angst vor ihm gespürt. Als er anfing, sich ihr zu nähern. Er hatte gespürt, dass sie sie erregend gefunden hatte, diese Angst. Zoe hatte ein solches Empfinden ansonsten wohl sehr selten gehabt. Jetzt registrierte er, dass ihre Angst vor ihm noch gewachsen war. Das gefiel ihm. Er wusste, dass Angst eine immense Anziehung hervorrief. Je mehr man einen Menschen fürchtete, umso stärker konnte der Sog, der von ihm ausging, werden. Ein toxischer Vorgang, den er sich bei Zoe von Anfang an zunutze gemacht hatte.

»Ich weiß, was du mir sagen willst«, sagte er.

Sie sah ihn mit weit aufgerissenen Augen an. »Du weißt es? Wie kann das sein?«

»Wie du ja weißt«, sagte er, »gibt es einen neuen Freund in unserem Leben: Tristan Nachtweih. Er meint es gut mit uns beiden, mit dir und mit mir. Und er hat außergewöhnlich gute Augen. Sehr gute sogar. Ich weiß es also schon längst von Tristan. Und es ist dumm von dir anzunehmen, es würde einen Unterschied machen. Wir haben uns einen Schwur gegeben, schon vergessen?« Nun blickte er auf.

»Schau mal!«, sagte er. Er hob seine Hände in die Höhe, sodass sie das kleine Fellbündel sah, das er zwischen den Fingern hielt. Ein Katzenjunges.

»Ich habe es vorhin geholt. Bei einer alten Schachtel, die Welpen abzugeben hatte. Sie haben es mir einfach mitgegeben. Einfach so. Sie meinte: *Isch bei dir bestimmt gut uffg'hobe, des Kätzle.* Schau nur, wie das Geschöpf in der Gnade lebt. In der Gnade der Hände, in die es sich hineinschmiegt.«

Kurzzeitig wirkte Zoe verunsichert. Aufgelöst. Aber wie es ihre Art war, sammelte sie sich schnell wieder. Zumindest ließ sie es so erscheinen.

»Es braucht keine Katze«, sagte sie, »um mir zu zeigen, was für ein Typ du bist, und um mich an unseren Schwur zu erinnern. Lass sie in Ruhe!«

Er blickte ruhig in Zoes Augen. »Dir liegt etwas an dem Geschöpf, nicht wahr? Hast Mitgefühl. Kann's dir nicht verdenken. Ist ja wirklich niedlich.« Er setzte das Tier behutsam auf dem Boden ab. »Ich lass es laufen.« Und als sich das Kätzchen ungelenk und immer wieder angstvoll umwendend über die stille Straße davonmachte, fügte er hinzu: »Aber wir wissen doch beide, was das Ding früher oder später da draußen finden wird. Was es finden *muss*: den Tod.«

21

Es war ein weiter Weg vom Schleiermooshof bis nach St. Margareta. Etwa zwölf Kilometer in Richtung Nordosten. In vielen Windungen, häufig bergauf führend. Durch eine unwegbare Gegend fern von Ortschaften. Nah an Dornen und Gestrüpp, in den tiefen Schatten der Bäume. Daniel hatte den Weg vorher noch nie angetreten, obwohl er sich mit den Gotteshäusern der umliegenden Gegend auskannte. Aber von dieser Kapelle hatte er noch nicht gehört. Wahrscheinlich weil sie so abgeschieden war, dachte er. Ein geheimnisvoller Ort mitten im Wald. Geheimnisvoll und unheimlich.

Daniel hatte nichts von der Kapelle gewusst, bis nach Isabells Tod darüber geredet wurde, dass sie gern dorthin gegangen war.

Erst am Nachmittag hatte er sich auf den Weg machen können. Vorher war er eingespannt gewesen. Schule, Hof, Hausaufgaben, Kochen. Die Mutter war mit den Brüdern beim Vater im Krankenhaus. Oder eher umgekehrt. Die Brüder waren mit der Mutter dort. Alle gemeinsam, bis auf Daniel und Balder. Balder, ja. Der irgendwo dort draußen war. In der Finsternis.

Ihre Mutter war kaum ansprechbar. Ihre Augen schienen nicht mehr wahrzunehmen, was sich vor ihnen ereignete. Sie schienen etwas anderes zu sehen: Das Geschöpf, das wenige Tage zuvor ins Esszimmer eingedrungen war und den Vater in einer Lache seines Blutes zurückgelassen hatte. Noch immer konnte man Blutreste in den Ritzen des Holzbodens ausmachen.

Dabei konnte die Mutter froh sein, dass sie fürs Erste vom Vater befreit war. Daniel hatte ihn bisher nicht besucht. Er empfand Schuld, aber es half nichts. Er wünschte dem Vater einen elenden Tod.

Er bekreuzigte sich, als er daran dachte. *Hey, Daniel, heute schon den Rosenkranz gebetet? Wird der Herr dich auch heilen, wenn ich die Scheiße aus dir herausprügele?* Auf diese Weise redeten die anderen häufig mit ihm. Er versuchte diese Stimmen aus seinem Kopf zu kriegen. Große Umwege machte er, damit er nicht gesehen wurde, wenn er frühmorgens zur Kirche ging, um vor Schulbeginn zu beten. Es half aber nicht. Oft genug wurde er entdeckt. Oft genug half es kein bisschen im Leben. Das Beten.

Aber an diesem Nachmittag auf den einsamen Waldpfaden würde ihm niemand auflauern. Tatsächlich niemand?

Daniel wusste, das entsprach nicht der Wahrheit. Die Teenager waren es vielleicht nicht, um die er sich sorgen musste. Dafür vielleicht etwas anderes. Etwas, das weitaus schrecklicher war.

Er hatte versucht, sich schlauzumachen. Die Beschreibungen, wie man zu dieser kleinen Kapelle fand, widersprachen sich. Und Smartphones halfen einem im dichten Schwarzwald auch nicht, ihr Empfang verlor sich so häufig wie die Spur der Menschen. Aber Daniel vertraute seiner Ortskenntnis, vertraute seinem Spürsinn.

Angst rauschte durch sein Blut. Ich werde nicht aufgeben, dachte er. Er hatte sich das Ziel gesetzt und würde es erreichen. Es war wichtig.

Er hatte die vage Hoffnung, in der Kapelle Hinweise darauf zu finden, warum Isabell und Balder so ein schreckliches Schicksal widerfahren war. Vielleicht sogar, wie es möglich sein würde, Balder beizustehen. Sei es auch nur durch ein Gebet.

Sein Bruder war immerhin noch am Leben. Aber Daniel konnte nur erahnen, was ein solches Leben bedeutete und zu welchem Grauen es weiterhin fähig sein würde. Er musste stark sein, musste verhindern, was zu verhindern war.

Zunächst führte Daniels Weg bergauf, quer über offene Felder. Die Strahlen der untergehenden Sonne trafen schräg gegen eine niedrige Wolkenbank und färbten sie teils rosig, teils scharlachrot. Die Sonne sank weiter dem Horizont entgegen. Er sah Täler, die in einem spitzen Winkel aufeinanderstießen, mit ihren Dörfern und Häusern. Und ringsum sah er Hügel in der Weite, die sich zu Bergen auftürmten. Das letzte Licht fiel auf das spröde Gras.

Dann drang er tiefer in das Waldgebiet ein, wo kaum noch Licht war und schwarze spitzige Zweige in die Dunkelheit des Himmels übergingen.

Daniel dachte an eine Mitschülerin, die bis zur neunten Jahrgangsstufe in seiner Klasse am Bartholomä-Herder-Gymnasium gewesen war. Sie hieß Kathrin, aber sie wurde von allen nur Krähe genannt. Sie hatte ihm schon oft geholfen. Hatte verhindert, dass er verprügelt wurde. Sie war drahtig und schnell gewesen. Eine Sportlerin, die schon seit ihrer Kindheit Fußball spielte. Sie besaß eine enorme

Kraft und hatte sich nicht davor gescheut, es mit harten Kerlen aufzunehmen, um ihn zu verteidigen. Daniel hatte nicht genau verstanden, warum sie das tat. Sie hatten nicht viel gemein gehabt. Krähe war rau und wortkarg. Und sie ging einer außergewöhnlichen Freizeitbeschäftigung nach: Sie beging Diebstähle.

Einmal, als sie einem Taxifahrer den prall gefüllten Geldbeutel klaute, war er sogar ihr Komplize gewesen. Er hatte für die entscheidende Ablenkung gesorgt und eine verfluchte Angst gehabt. Noch Wochen danach. Gewissensbisse, die ihn plagten. Denn wer für die Liebe Gottes einstand, konnte sich nicht zu solchen Taten hinreißen lassen. Aber Krähe war nun mal seine Freundin gewesen, die ihm oft aus der Klemme geholfen hatte. Er hatte diese Komplizenschaft nicht ablehnen können.

Kurz darauf war Krähe plötzlich nicht mehr in der Schule erschienen. Genaueres erfuhr man zunächst nicht. Es hieß nur, sie sei krank. Nach einiger Zeit sprach sich herum, dass sie in einer psychiatrischen Klinik für Jugendliche saß. Der Grund dafür sorgte für große Aufregung. Krähe hatte eine Gewalttat verübt. Eine Affekthandlung. In einer Sommernacht, so heiß, dass die Luft zitterte, als käme sie aus einem ungeheuren Ofen. Das Schuljahr ging zu Ende und Krähe kam nicht zurück. Man hörte, dass sie die Schule abgebrochen habe. Daniel hatte damals oft daran gedacht, sie in der Klinik zu besuchen. Aber er tat es nicht. Kein einziges Mal. Er war zu feige gewesen. Zu feige, ins Dunkle zu schauen. Er schämte sich dafür. Jetzt dachte er daran, dass es niemanden gab, den er auf diesem Weg so gern an seiner Seite gehabt hätte wie Krähe.

Der Weg dehnte sich aus. Daniel war erschöpft. Einmal rastete er an einem Wegkreuz und fragte in die Stille, ob Gott bei ihm war. In uralter Gewohnheit antwortete dieser nicht.

Nach einer weiteren Wegstrecke konnte Daniel vor ihm eine Baumgruppe erkennen, die aus Eiben und Zypressen bestand. Seine Augen hatten sich mittlerweile recht gut an die Dunkelheit gewöhnt. Am Rand des Hains ging er entlang. Er stellte fest, dass dieser von einer niedrigen Mauer umschlossen war. Schließlich fand er eine Öffnung, durch die er hindurchschlüpfen konnte. Dahinter bildeten düstere Bäume einen sehr schmalen Pfad, dem Daniel folgte, bis er zwischen dichtem Astwerk auf einer Lichtung das Gemäuer der Kapelle entdeckte.

Als er sich der Kapelle näherte, spürte Daniel plötzlich eine Eiseskälte.

Und noch etwas spürte er. Dass er nicht mehr allein war. In der Luft ließ sich eine Bewegung erahnen. Eine Art Seufzen war zu hören. Stimmen begannen zu wispern. Kurzzeitig glaubte er, ein bleiches Gesicht zwischen den Bäumen zu sehen. Dann erklang ein lieblicher Psalmenchor, der von Frauenstimmen gesungen wurde und sich im Raum der Nacht ausbreitete. Die Stimmen schienen in seiner unmittelbaren Nähe zu sein, aber er sah die Singenden nicht.

Schnell lief er auf die Kapellenpforte zu. Erst jetzt kam die Furcht, dass sie verschlossen sein könnte. Wie dumm von ihm, dass er nicht früher daran gedacht hatte! Die hellen Stimmen schienen ihn zu verfolgen.

Die schmale Pforte hatte keine Klinke. Er drückte sich gegen die Pforte. Sie gab nach und öffnete sich nach innen.

Schnell schloss er sie hinter sich, schob den groben Riegel vor. Panisch atmete er ein und aus.

Drinnen war es still. Opferkerzen flackerten. Als wäre gerade erst jemand hier gewesen. Es roch nach Weihrauch und er spürte die Kälte der Jahrhunderte. Daniel tauchte seine Fingerspitzen in die Schale mit Weihwasser und bekreuzigte sich. Der Altar lag versunken in Schatten. Auf einmal war er wieder zu hören: der Gesang. Ertönte hier im Inneren der Kapelle, hallte von ihren engen Wänden wider. Dann schien sich etwas aus den Schatten zu lösen. Hervorzukommen aus dunklen Ecken. Daniels Blut hämmerte in den Adern.

Von allen Seiten näherten sie sich ihm: geisterhafte Geschöpfe, die er nicht sah, sondern nur hörte. Daniel wollte flüchten. Aber als er sich umdrehte, war da plötzlich eine Frau, die ihm den Weg versperrte. Direkt vor ihm stand sie im schummrigen Licht, das die Kerzen spendeten. Daniel starrte sie an. Sein verwirrter Blick sah einen schlanken Körper, der nur von einem feinen schleierhaften Gespinst bedeckt schien. Erst nach einigen Sekunden begriff er, dass die Frau einen Anzug trug, der eng an ihrer Haut anlag und in Kupfertönen schimmerte. Daniel hatte dergleichen noch nie gesehen. Dann entdeckte er das lange, seitlich hervorragende Schwert, das die Frau in einem Halfter auf dem Rücken trug. Die Augen der Frau fixierten ihn. Daniel war sich sicher, dass er verloren war. Es würde kein Vorbeikommen an ihr geben! Die geisterhaften Kreaturen würden über ihn herfallen …

Eine Strähne ihrer lockigen Haare fiel ihr in die Stirn, als sie sagte: »Du brauchst keine Angst vor ihnen zu haben. Sie tun dir nichts.« Und tatsächlich kamen die Geisterwesen ihm nicht zu nah. Er spürte noch immer ihre Anwesenheit, hörte ihren Gesang. Aber der Gesang wurde leiser, bis er nur noch wie sanftes Windsäuseln klang.

»Man kann sie nie sehen«, sagte die schöne Frau mit ruhiger Stimme. »Man kann sie immer nur hören … Sie sind einmal sieben Schwestern gewesen. Vor langer Zeit hat hier eine andere Kirche gestanden. Die Schwestern hatten dort ganz allein Schutz gesucht, als die hunnischen Reiterheere kamen und die Dörfer anzündeten. Ein Dorfbewohner, der sein eigenes Leben retten wollte, verriet den Kriegern, wohin sie geflohen waren, die schönen Schwestern. Die Krieger drangen in die Kirche ein und vergewaltigten die jungen Frauen. Und als sie sie zurückließen, verriegelten sie alle Fenster und die Kirchenpforte. Die Schwestern waren gefangen. Sie sangen fortan ihr Lied. Sie haben es immer wieder gesungen, bis eine nach der anderen starb. Ich habe sie gehört. Ich habe ihren Gesang gehört, schon als ich selbst noch ein kleines Mädchen war. Ich habe sie immer wieder besucht in der alten Kirche. Und später, viel später bin ich auch dorthin geflohen, um mich zu verstecken. Ganz allein. Aber auch mir hat es nichts genützt, damals.«

»Wer bist du?«, fragte Daniel.

»Ich heiße Martha von Falkenstein«, sagte sie. Daniel blickte die Frau an. Blickte in ihre Augen, die halb unter den langen seidigen Wimpern verborgen waren. Er wusste nicht, was er sagen sollte.

»Wann war das?«, stammelte er schließlich. »Wann war das, als du dich in der alten Kirche versteckt hast?«

Martha lächelte.

»Vor über acht Jahrhunderten«, sagte sie.

»Du bist also ein Geist wie diese Schwestern?«, fragte Daniel nach erneutem Schweigen.

»Ich bin wie sie und bin es doch nicht. Im Gegensatz zu ihnen fließt in meinen Adern Blut. Und in meiner Brust schlägt ein Herz.

Ich bin keine hüllenlose Seele, die rastlos und verloren durch Jahrhunderte streift. Martha von Falkenstein – die Frau, die ich einst gewesen bin – war lange tot, aber sie ist zurückgekehrt. Ich bin wieder zu einem Menschen geworden. Mit allen Mängeln. Aller Verwundbarkeit. Ich kann aufs Neue sterben. Sterben ganz genauso wie du. Dafür besitze ich einige besondere Fähigkeiten. Eine Art sechsten Sinn, wenn du so willst. Zum Beispiel kann ich fühlen, dass du gerade kurz davor bist, dir vor Angst in die Hosen zu machen.«

»Dafür braucht's gar keinen sechsten Sinn«, sagte Daniel. Zaghaft erwiderte er ihr Lächeln.

»Aber ich nehme noch etwas anderes wahr«, sagte Martha. »Die Kraft, die in dir steckt. Mit der du dich tapfer gegen all die Angst zur Wehr setzt.« Plötzlich war es vollkommen still in der Kapelle. Der Gesang war verstummt. Daniel spürte die Anwesenheit der Geisterschwestern nicht mehr.

»Komm!«, sagte sie. »Ich werde dir etwas zeigen.«

Eine steinerne Pforte in der Wand hatte sich geöffnet. Martha und Daniel stiegen eine enge morsche Treppe hinauf. Daniel blieb dicht hinter der Frau. Er bemerkte ihre geschmeidigen Bewegungen, die voller Kraft und Anmut waren. Er sah ihren eng anliegenden Anzug, der ihre Reize zur Geltung brachte.

»Was ist das für ein Anzug, den du trägst?«, fragte er.

»Ich habe ihn von den Schwestern erhalten«, sagte sie. »Er besteht aus den Blüten der Kupferkönigin, einer besonderen Rose. Er soll mich beschützen, dieser Anzug. So weit es möglich ist.«

»Wovor beschützen?«, fragte Daniel.

Martha antwortete nicht.

Sie stiegen bis zum düsteren Dachgewölbe der Kapelle hinauf, in dem es nach Moder, Staub und feuchtem Holz roch. Zuerst konnte Daniel in der Dunkelheit nichts wahrnehmen. Dann war ein Licht zu sehen. Es rührte von einem groben quaderförmigen Steinblock her. Als sie näher kamen, sah Daniel, dass es sich um einen Altar handelte. Auf diesem lag wie eine Opfergabe ein langes Schwert, von dem ein Glanz ausging und das vollständig aus Kupfer zu bestehen schien. Der metallene Glanz dieser Waffe und die Farbigkeit von Marthas Anzug harmonierten miteinander.

Daniel spürte, dass die geisterhaften Wesen wieder zugegen waren. Er spürte, wie sie um den Altar herumstrichen. Ihr leises Wispern war zu hören.

Martha sagte: »Aus dem Gesang der sieben Schwestern ist im Verlauf der Jahrhunderte dieses Schwert hervorgegangen. Lange, so lange war es hier verborgen. Jetzt gehört es dir … Falls du dich dafür entscheidest.«

»Mir? Was soll das heißen?«

»Es gehört dir, wenn du an meiner Seite sein möchtest. Wenn du beschließen solltest, deine Angst zu überwinden. Und zu kämpfen. Wenn du dich dafür entscheidest, einer der Acht zu sein.«

Daniel rannte. Er wusste nicht, wie er so schnell die Treppen hinabgerannt war und aus dieser düsteren Kapelle herausgefunden hatte. Wusste nicht, wohin er lief. Sein Herz sprang heftig gegen seine Rippen. Als wollte es aus seinem Körper hervorbrechen. Sich genauso befreien, wie sich Daniel selbst soeben befreit hatte. Aber hatte er sich wirklich befreit? Er hätte es nicht sagen können. Er hoffte, dass der Wald seinen Mantel der Dunkelheit über ihn warf, ihn beschützte. Egal, wie schnell er lief, er schien ihr nicht zu entkommen, dieser Kapelle. Schien ihr nicht zu entkommen, dieser Frau. Tief waren ihre Worte in sein Bewusstsein eingedrungen.

Wieder und wieder hörte er ihre Stimme: »Du kennst den Mann, der Isabell getötet hat«, hatte Martha gesagt. »Ich weiß, dass du ihn gesehen hast. Ich weiß, dass er das Schwert trägt, das ihr gefunden habt, dein Bruder und du. Das Schwert, das den Namen *Xanas* trägt. Ich weiß, dass dein Bruder bei ihm ist und ihm das Schwert ausgehändigt hat. Er ist mein Widersacher, dieser Mann. Auch er ist aus dem Tod erwacht und zurückgekehrt. Wir sind auserwählt worden unter den vielen Seelen. Weshalb gerade wir beide, das vermag ich nicht zu sagen. Es ist eine Entscheidung, getroffen in rätselhaften Sphären, in die wir keinen Einblick haben. Aber dieser Mann und ich haben nun einen Auftrag zu erfüllen. Wir können ihm nicht entkommen. Er wurde in unsere Herzen eingeschrieben. Wir werden gegeneinander kämpfen, bald. Aber nicht *unser* Schicksal steht auf dem Spiel. Es ist das Schicksal dieser Welt.

Der Untergang dieser Welt wird abgewendet oder besiegelt werden in einem entscheidenden Kampf. Mein Widersacher und ich werden ihn nicht alleine austragen. Wir müssen Verbündete finden. Letztlich müssen es acht Kämpfer sein, die gegeneinander antreten. Nicht mehr, nicht weniger. Du weißt vielleicht, dass die Acht die mystische Ziffer des kosmischen Gleichgewichts ist. Ein Gleichgewicht, das immer aufs Neue auf dem Prüfstand steht.

Wie viele der acht Kämpfer für die eine, wie viele für die andere Seite antreten, wird sich noch erweisen. Vier gegen vier, zwei gegen sechs, alles ist möglich. Jede der beiden Parteien kann sich einen womöglich entscheidenden Vorteil verschaffen. Nur eines ist sicher. Am Ende ist es der Kampf, der im Zeichen der Acht steht. Acht Kämpfer, acht Seelen, ein Schicksal. Entweder die Welt überlebt oder sie wird sterben. Ich will nicht, dass sie stirbt. Ich bin zurückgekehrt, um für sie zu kämpfen. Wirst du an meiner Seite sein, Daniel?«

Panik hatte Daniel befallen. Das Gefühl, in einem Albtraum gefangen zu sein. Aber dann hatte er etwas anderes gespürt, das sich noch schrecklicher ausnahm: dass dies mitnichten ein Albtraum war.

Nein, er hatte alles leibhaftig erlebt. Seine Augen waren geöffnet, seine Sinne hellwach gewesen. Er spürte, dass diese Frau die Wahrheit sagte. Auch wenn diese Wahrheit mit nichts zu vereinen war, das er kannte. Was er sich auch nur vorstellen konnte.

Er dachte an seinen Bruder und daran, was ihm passiert war. Martha hatte wie selbstverständlich von Balder gesprochen. Schien über sein Schicksal Bescheid zu wissen. Schien zu wissen, welche Finsternis über ihn gekommen war. Daniel spürte, dass es ebendiese Finsternis war, gegen die Martha kämpfen musste. Gegen die auch er selbst würde kämpfen müssen. Vielleicht wäre sein Bruder so noch zu retten. Aber wie konnte Daniel ein Kämpfer sein? Er hielt nichts von Kämpfen, nichts von Waffen. Er fand sie nicht cool. Sie machten ihm Angst. Noch dazu war er ein Schwächling, der sich an einen Gott klammerte, der … *nicht existierte*, flüsterte es in ihm. Ein Gott, der ihm auf jeden Fall noch niemals beigestanden hatte. Nicht, als das Monster seines Bruders erwachte, und auch nicht, während es über ihren Vater herfiel. Auch jetzt würde er ihm nicht helfen. Wie sollte Daniel ein solches Schwert an sich nehmen, das Martha ihm hatte überreichen wollen? Und wie würde er jemals ein solches Schwert einsetzen? Blut sah Daniel vor seinem inneren Auge. Blut, das von einer langen Klinge herabtropfte. Und dann tauchte in ihm das Bild des Mannes auf, der den langen Mantel trug. Er schien zu lächeln, dieser Mann.

Daniel rannte und rannte. Er hörte das Röcheln seines Atems. Spürte die Trockenheit seiner Kehle. Trotz der Kälte, die im Wald herrschte, lief ihm der Schweiß in Strömen über das Gesicht.

Nein, er würde keiner der Acht sein. Genau genommen war er doch nur eine klägliche halbe Portion.

Das Schicksal würde ohnehin über ihn kommen, wie es über alle Menschen kam. Er konnte es nicht beeinflussen.

Alles, was er tun konnte, war …

Er bemerkte, dass er auf eine Lichtung gekommen war. Mondstrahlen drangen durch schwarze Wolken und erhellten die Nacht. Wind flüsterte in den Bäumen.

Auf einmal schien die Luft von einem Schimmer durchzogen, der näher und näher kam. Und dann sah Daniel es. Das Gesicht, das über ihm in der Luft schwebte, umgeben von Düsternis. Es war weiß und durchscheinend und die ruhigen Augen waren auf Daniel gerichtet. Es war Isabells Gesicht. Er spürte den Blick ihrer traurigen schönen Augen. Sah ihre Lippen, die sich öffneten. Auf die er in seinen Träumen so viele Küsse niedergesenkt hatte. Er hörte ihre flehende Stimme: »Daniel – du darfst nicht aufgeben!«

Es gab keinen Zweifel mehr. In diesem Augenblick wusste er sofort, was er zu tun hatte. Er musste umkehren und zur Kapelle zurückkehren. Er musste das Schwert an sich nehmen und kämpfen. Er durfte Martha, durfte seinen Bruder nicht im Stich lassen. Er durfte das Böse nicht wehrlos siegen lassen. Er durfte sie nicht im Stich lassen, die Hoffnung.

Martha saß in einer der schmalen Bankreihen, als Daniel in die vom flackernden Kerzenschein erhellte Kapelle eintrat. Sie blickte ihn über die Schulter hinweg an.

»Ich bin sehr froh, dass du zurückgekommen bist«, sagte sie. »Und ich bin dir von Herzen dankbar.«

Sie erhob sich und kam auf ihn zu. Sie hielt das kupferfarbene Schwert in ihren Händen, das sie Daniel oben unter dem Dachgewölbe gezeigt hatte. Sie reichte es ihm.

»Es hat noch keinen Namen«, sagte sie. »Wie willst du es nennen?«

Vorsichtig schlossen sich Daniels Finger um den Griff des Schwertes. Fest und geschmeidig fühlte sich der Griff an. Das Schwert wog nicht so viel, wie er vermutet hatte. Es lag gut in der Hand. Schien auf angenehme Weise kleinsten Bewegungen Folge zu leisten. Zaghaft fuhren seine Fingerspitzen an der scharfen Klinge entlang. Er blickte Martha an.

»Warum ich?«, fragte er.

»Weil du der Einzige bist«, sagte sie. »Der Einzige, der es mit deinem Bruder aufnehmen kann.«

Ein Schauer überkam Daniel, als er an Balder dachte. Als er daran dachte, gegen das Geschöpf zu kämpfen, das aus ihm geworden war. Zu kämpfen, ja. Mit diesem Schwert.

»Ich nenne es *Bruderherz*«, sagte er.

Als die beiden aus der Kapelle in die kühle Nachtluft traten, fragte Daniel: »Dieser Mann, der Isabell getötet hat und den du Widersacher genannt hast: Wer ist er?«

»Es ist der Mann, den ich einmal geliebt habe«, sagte sie. Und dann fing sie an zu erzählen. Sie erzählte ihm alles.

22

Je länger er wieder unter den Lebenden weilte, desto mehr empfand er. Alle Gefühle kehrten zu ihm zurück. Auch die Gefühle, die er einstmals verbannt hatte. In die Finsternis. Gefühle des Zweifelns, der Ohnmacht. Und das Gefühl der Schuld.

Zwei Arten von Schuld existierten in der Welt.

Man machte sich schuldig zu lieben. Und man machte sich schuldig, die Liebe zu töten.

Tristan Nachtweih wusste wieder, was es bedeutete, ein Mensch zu sein.

Er stand in der Portalvorhalle des Münsters. Betrachtete die Darstellung des Jüngsten Gerichts auf dem prachtvollen Tympanon über der Eingangspforte. Der richtige Ort, dachte er. Der richtige Ort für das Ende.

Er trat ins Innere der großen Kathedrale.

Die Frühmesse, die morgens von sieben bis halb acht stattfand, war gerade zu Ende gegangen. Die ersten Gebete des Tages hatten sich in der tiefen Stille verloren, wie so viele zuvor.

Seine Schritte klangen auf, als er über die harten quadratischen Steinplatten des Mittelschiffs ging.

Plötzlich blieb er stehen. Er spürte sie. Spürte die Farben der fein gearbeiteten Glasmalereien an der Nord- und

Südseite des Langhauses. Ein zartes Leuchten in der steinernen Kühle des großen Bauwerks.

Die Erinnerung kam. Er sah die Bilder vor sich, als er Jahrhunderte zuvor als sehr junger Mann den Türflügel einer anderen Kirche aufgezogen und sich durch die Öffnung geschoben hatte. Es war die kleine steinerne Kirche St. Georg auf der linken Seite des Niederrheins gewesen. In dieser schmucklosen Kirche sollte er in der Nacht vor seiner Schwertleite knien, um zu beten. Denn es war damals Pflicht gewesen, die Nacht, bevor man Ritter wurde, kniend an einem Gott geweihten Ort zu verbringen. Ein Kämpfer war Diener seines Herrn. Aber vor allem war er ein Diener Gottes.

Als sich seine Augen damals langsam an das düstere Licht der Kirche gewöhnt hatten, sah er im Chor einen anderen jungen Mann knien, der genauso alt schien wie er selbst und in dieser Nacht die gleiche Aufgabe zu erfüllen hatte. Flüsternd hatte sich Tristan vorgestellt, worauf der andere mit sanfter Stimme seinen Namen nannte: Albrecht von Falkenstein. Tristan hatte sich neben ihn hingekniet auf den harten Boden, den Blick auf die schmalen Bogenfenster gerichtet, durch die das weiche Licht des frühen Abends fiel. Von draußen waren schwach die Gesänge seiner feiernden Gefährten zu hören, die am nächsten Morgen von hier aus weiterziehen sollten. Den Rhein und die Rhone entlang bis nach Marseille, von wo man sich nach Outremer einschiffte. Mit dem großen Ziel, am Ende dieser Reise das Heilige Land zurückzuerobern.

Die nächtlichen Stunden in St. Georg vergingen, aber Tristan kam seiner Pflicht nicht nach. Er betete nicht. Immer wieder hatte er den anderen jungen Mann aus den Augenwinkeln angesehen. Er hatte etwas gespürt. Etwas, das er später Schicksal nennen sollte. Die Person, die in dieser Nacht neben ihm kniete, war nicht Albrecht von Falkenstein. Es war eine Frau. Eine junge Frau aus armen Verhältnissen, die sich als Mann verkleidet hatte. Die nur vorgegeben hatte, zum edlen Hause von Falkenstein zu gehören. Martha.

Ihr Mut, ihre Schönheit, ihre kämpferischen Fähigkeiten beeindruckten ihn. Er half ihr dabei, dass sie nicht aufflog. Er beschenkte sie mit einem stattlichen Pferd. Gab ihr eine Ausrüstung, die vonnöten war für ihre lange Reise. Im Gegensatz zu Martha stammte Tristan tatsächlich aus einem Adelsgeschlecht. Einem uralten Adelsgeschlecht, dem einst die mächtige Festung namens Xanas gehört hatte.

Gemeinsam zogen sie in den Krieg. Es verfärbten sich die Tage. Rot wie Blut. Rot wie Liebe. Sie hatten sich geschworen, für immer zusammenzubleiben. Hatten sich geschworen, sie würden niemals aufhören zu kämpfen. Niemals aufhören zu lieben. Aber eines Tages hatte er den Unterschied zwischen diesen Dingen nicht mehr erkennen können. Wieder und wieder hatte er aufbrechen wollen in die Schlacht. Er wollte sie an seiner Seite wissen. Aber dann hatte sie sich geweigert. Sie hatte genug Tod gesehen. Ihre Seele sehnte sich nach dem Leben. Und Leben war es, das in ihrem Schoß heranwuchs. Sein Kind. Mit diesem Kind hatte sie ihn verraten. Er wollte das Kind nicht. Er wollte, dass es nur sie beide gab. Martha und ihn. Niemanden sonst. Schließlich hatte sie einen Schwur geleistet! Dass sie beide Krieger bleiben würden bis in den Tod. Am Ende starb Martha nicht als Kriegerin. Als Ketzerin starb sie in den Flammen. Er hatte dafür gesorgt. Er war zugegen, als das Feuer ihren Körper fraß. Hörte ihre Schreie. Noch lange danach hörte er sie. Sie suchten ihn heim, während er hilflos von Ort zu Ort streifte. Dem Wahnsinn verfiel. Und ganz genau sah er nun wieder das Gesichtchen des Neugeborenen in einem fremden Dorf vor sich, das er mit *Xanas* erschlagen hatte, weil er das Babyschreien nicht ertrug.

Und dann sah er den fernen Sommerabend vor sich. Als er am Ufer des Flühensees gestanden hatte und das Licht am Himmel langsam verblasste und nur noch ein Blau übrig blieb, das sich auf die Fläche des Sees senkte, bis das Wasser davon ganz durchdrungen schien. Er sah vor sich, wie er – *Xanas* in der Hand haltend – in das flüssige Blau hineinwatete, weiter und immer weiter. Bis da kein Boden mehr war und das Wasser über ihm zusammenschlug. So hatte er seinem Leben ein Ende gesetzt.

Wieder waren seine Schritte in der Stille des Münsters zu hören. Tristan wusste, dass er all diese Erinnerungen und Gefühle abschütteln musste. Er musste sich auf den Hass konzentrieren, der in ihm war. Der ihn zurückgebracht hatte in dieses Leben. Von höheren Mächten hatte er einen Befehl erhalten. Eine Strafe? Er wusste es nicht. Alles, was er wusste: Er würde sich dieses Befehls als würdig erweisen. Martha war eine Frau. Nur eine Frau. Die er einmal gekannt und an die er seine Liebe verschwendet hatte.

Sie würde nichts ausrichten können gegen ihn. Auch nicht gegen die Verbündeten, die an seiner Seite kämpften. Er hatte schon ein ausgezeichnetes Team beisammen. Und die Gruppe würde noch Zuwachs bekommen. Der Kampf der Acht würde schnell entschieden sein. Niemand konnte es aufhalten. Es war nah, das Ende.

Er schlenderte das Mittelschiff des Langhauses entlang und bog ab ins südliche Seitenschiff, bis er den Choreingang erreichte. Er schlüpfte durch den Eingang und trat in ein kleines umdunkeltes Gewölbe. Dort fand er, was er in Augenschein nehmen wollte, um sich einzustimmen auf den letzten aller Kämpfe: den großen Sandstein, der aussah, als würde er den Eingang zu einer mittelalterlichen Gruft verschließen. Ein Sandstein, der die Form eines Oktagons hatte. Viele Menschen waren der Ansicht, dass sich hinter diesem Stein ein Geheimgang auftat, der einst vom Fürstengeschlecht der Zähringer erbaut worden war. Tristan wusste es besser. Wusste, dass dieser Stein eine Pforte war und auch, was sich dahinter verbarg: der Tod. Genauer gesagt: das fliegende Heer der Toten, das den Untergang herbeiführte. Wenn der Kampf der Acht entschieden war, würden beide Schwerter – *Aurin* und *Xanas* – vereint werden und ein Schlüssel würde aus ihnen hervorgehen. Mit diesem Schlüssel würde der Stein, hinter dem sich der Tod verbarg, geöffnet oder für immer verschlossen werden.

Als er das Achteck betrachtete, erkannte Tristan plötzlich – wie von unsichtbarer Hand gestaltet – Figuren auf dem Stein. Auf der linken Seite waren zwei Menschen dargestellt und auf der rechten konnte Tristan vier monströse Kreaturen ausmachen, die drauf und dran waren, sich auf die Menschen zu stürzen. Er lächelte. Es waren also sechs. Sechs Kämpfer waren also bereits erwählt worden. Vier davon waren auf seiner Seite. Martha hatte erst einen für sich gewonnen. Er ahnte, um wen es sich handelte: um einen Schwächling. Sie würde es schwer haben, weitere zu gewinnen. Tristan war klug vorgegangen. Er wusste um die Argumente, die das Böse bereithielt. Heute würde sein Team ihm unter Beweis stellen, dass es bereit war für den Kampf. Bereit, bis zum Äußersten zu gehen. Er erwartete es von ihnen. Und er wusste, sie würden ihn nicht enttäuschen.

Doch auf einmal tauchte wieder Marthas Gesicht vor seinen Augen auf. Er spürte, dass auch sie erst vor Kurzem hier gewesen war. Um sich ein Bild von diesem Stein zu machen. Um zu erfahren, wie viele Kämpfer Tristan Nachtweih bereits berufen hatte. Er sah Marthas Gesicht, das er geliebt hatte. Und er dachte an das Kind. Sein Kind, das gemeinsam mit Martha grausam zu Tode gekommen war. Auch dieses Kind würde zum fliegenden Heer der Toten gehören.

Tristan wehrte sich dagegen, aber es gelang ihm nicht. Tränen stiegen ihm in die Augen. Kurz darauf fing er sich wieder. Er spürte, wie der Zorn zurückkam und stärker war als alles andere.

Nein, dachte er. Das Kind hatte es nicht verdient zu leben. Und auch Martha nicht. Die Welt hatte es nicht verdient, länger zu überdauern. Die Welt war der Albtraum, der dem Tod vorausging.

Als er das Münster verließ und ins Freie trat, verblassten die Sterne im Dunstschleier des neuen Tages. Rotgolden tauchte die Sonnenscheibe über den Dächern des Münsterplatzes auf. Er sah ein kleines Mädchen, das auf den Pflastersteinen hockte, ein Schweizer Taschenmesser in Händen hielt und es genauestens begutachtete.

Tristan trat an das Mädchen heran. »Hallo, Kleine!«, sagte er. Das Mädchen betrachtete mit großen Augen den Mann mit dem langen Mantel, der so plötzlich vor ihm aufgetaucht war.

Im Vorübergehen flüsterte Tristan ihm etwas zu.

Auf einmal fühlte sich das Mädchen stark. Sehr stark.

Und in ihm stiegen verheißungsvoll böse Bilder auf, was man mit einem Taschenmesser alles anstellen konnte.

23

Die Gegnerin war gefährlich. Sie hatte bisher jedes ihrer Duelle gewonnen. Ohne Mühe. Zoe hatte sie beobachtet. Sie schien kein Wort mit ihren Mannschaftskolleginnen zu sprechen. Und sich nicht übermäßig zu freuen, als die ersten Teilgefechte siegreich für ihre Mannschaft ausfielen. Teilgefechte bedeuteten nicht allzu viel. Nur das Gesamtergebnis zählte. Ihre Gegnerin schien das zu verinnerlichen. Es war, als wäre ihr Gesicht selbst undurchdringlich wie eine Fechtmaske. Sie schwieg. Sie schwieg und Zoe spürte, dass der Säbel für diese junge Frau sprechen würde.

An diesem Tag wurde ein Juniorinnen-Turnier ausgetragen. Jede Mannschaft bestand aus drei Fechterinnen und einer bemitleidenswerten vierten, die nur Ersatz war. Gefochten wurde in einer Stafette. Die ersten beiden Kontrahentinnen der aufeinandertreffenden Teams kämpften um fünf Punkte, die nächsten beiden übernahmen den Punktestand und kämpften weiter. Bis jede gegen jede angetreten war.

Es waren viele Zuschauer erschienen. Sie lärmten dicht gedrängt auf langen zusammengeschobenen Holzbänken. Die Luft in der kleinen Sporthalle am Rande der Innenstadt schien ohne Sauerstoff zu sein. Schwüle drückte gegen die Schläfen. Es roch nach Schweißfüßen, nach Ehrgeiz und Einsamkeit. Nach der Angst der Kämpferinnen zu versagen. Nach der Angst der Eltern, dass ihre Töchter Versager waren. Zoes Eltern waren nie zu einem ihrer Kämpfe erschienen. Sie waren nicht mal gekommen, als sie sich noch als Familie sahen. Was schon damals geheuchelt war.

Nein, Zoe konnte sich nur auf einen einzigen Gefährten verlassen. Den afrikanischen Senufu-Säbel, den Zoes Mutter aus Mali mit nach Deutschland genommen hatte. Seit Generationen hatte sich diese Waffe mit der ahlenförmigen Klinge und dem kurzen Griff aus Edelholz im Besitz ihrer Familie befunden. Schon als Kind hatte ihn Zoe bestaunt. Er hatte in ihr den Wunsch geweckt, das Fechten zu lernen. Es war mühsam gewesen. Ein langer Weg, um diesen Wunsch zu erfüllen. Gegen Widerstände. Natürlich gegen den Widerstand der Eltern. Vor allem gegen den des Vaters, der fand, dass Fechten nichts für Mädchen sei. Auch gegen den Widerstand der anderen Kinder, die sie hänselten. *Willst wohl weiß sein, oder was? Warum sonst schlüpft eine wie du in den hellen Kampfanzug?*

Der Senufu-Säbel hatte sie auf diesem langen Weg begleitet. Er gab ihr Kraft. War ihr Talisman. Auch wenn er beim Fechttraining und bei den Wettbewerben natürlich nicht zum Einsatz kommen durfte. Sie nahm ihn aber trotzdem immer mit. Das Jugendamt, das ansonsten so viele Vorgaben gemacht hatte, hatte Zoe den Säbel nicht weggenommen. Abends, wenn die Sonne sank und sie allein für sich trainierte, dann nur mit diesem Säbel. Sie nannte ihn *Bougeotte*. Weil im Französischen *avoir la bougeotte* bedeutete, ruhelos zu sein.

Normalerweise liebte sie ihre Ausrüstung. Es war ein erhabenes Gefühl, sie anzulegen. Stück für Stück. Hose, Strümpfe, Schuhe. Die Unterweste und den engen Brustschutz, der für Frauen vorgeschrieben war. Dann die Brokatweste. Wenn Zoe sie anlegte, hatte sie ein Gefühl, das sie ansonsten nie empfand. Das Gefühl, wertvoll zu sein. Einen ganz eigenen, besonderen Platz im Leben einzunehmen und diesen mit eigener Körperkraft verteidigen zu können. Heute war alles anders. Die Wärme und Schwere ihrer Ausrüstung schien unerträglich zu sein. Sie spürte, wie ihr der Schweiß in breiter Front den Rücken hinunterlief, sich in einem Längskanal über ihrem Hintern sammelte. Sie hätte die Klamotten am liebsten von sich gerissen.

Zoes Team – der TV Freiburg 1844 – hatte die erste Runde gemeistert und focht nun das Finale aus. Gerade war das zweite Match zu Ende gegangen. Das gegnerische Team führte mit mehreren Punkten. Zoe ärgerte sich über ihre Mannschaftskolleginnen, die so scheißschlecht waren. Aber am meisten ärgerte sie sich über sich selbst. In der Stafette übernahm Zoe immer die Matches, die am Schluss stattfanden. Sie war die mit Abstand beste Säbelfechterin ihres Teams. Sie war bekannt dafür, die Rückstände aus den Teilgefechten bravourös aufzuholen.

Doch heute hatte sie es einfach nicht drauf. Sie hatte ihre bisherigen Duelle nur knapp gewonnen. Gegen Fechterinnen, die normalerweise keine Chance gegen sie hatten. Darum würde Zoe im letzten Match gegen die Gegnerin mit dem undurchdringlichen Gesicht in Topform sein müssen, um zu gewinnen.

Aber sie konnte nichts daran ändern.

Wieder und wieder war im vorausgegangenen Match die Farbe Blau vor ihrem inneren Auge aufgetaucht. Die blaue Farbe des Pluszeichens im Testfenster. Wieder und wieder hatte sie an Fynn gedacht. Den widerlichsten aller Kerle. Den Kerl, in den sie verknallt war. Den Kerl, der sie geschwängert hatte. Weil sie so verflucht unvorsichtig gewesen waren. Weil er es hasste, mit Kondom zu bumsen, und sie es hasste, schön brav und regelmäßig Pillen zu schlucken. Wieder und wieder hatte sie an das klitzekleine Leben gedacht, das nun in ihrem Inneren entstand. Zärtlich hatte sie daran gedacht. Das machte sie rasend. Sie hielt doch nichts vom Leben. Sie hatte es nie getan. Das Leben war eine Zumutung. Ein Gegner, der einen permanent drangsalierte. Der einen mit der Fresse in den Dreck stieß. Das Leben war nichts als heiseres Gelächter in der Dunkelheit. Sie hatte es auslöschen wollen, schon immer. Warum also dachte sie nun zärtlich an den Funken Leben, der in ihrem Bauch heranwuchs?

Sie hatte Fynn ein Versprechen gegeben. Sie wusste längst, dass ihn das Kind nicht von seinem gewaltsamen Entschluss abbringen konnte. Er wollte es nicht haben. Ohne Skrupel würde er es dem Tod überlassen. Ihr Kind und alle übrigen Wesen.

Was aber, dachte Zoe, wenn sie es behalten wollte? Wenn sie sich wünschte, es würde nicht sterben? Sondern geboren werden?

Die Kontrahentinnen betraten die Fechtbahn. Zoe verband sich mit der elektrischen Trefferanzeige. Der Obmann überprüfte ihre Waffe, indem er ein Gewicht auf die senkrecht aufgerichtete Klingenspitze setzte. Er drückte darauf und die Trefferanzeige wurde ausgelöst. Dasselbe geschah auch bei Zoes Gegnerin. Alles funktionierte bestens. Der Obmann nahm neben der Planche Aufstellung. Als weitere Überprüfung schlugen die Fechterinnen einander sacht auf die elektrisch leitende Brokatjacke und beiderseits wurde die Trefferanzeige nochmals ausgelöst. Jetzt begrüßte Zoe den Obmann, die Gegnerin und die Zuschauer mit dem Fechtgruß, zog sich die schweißtriefende Maske aus feinem Stahl übers Gesicht und schloss den engen Halsschutz.

Die Dimensionen der Welt hatten sich jetzt auf die vierzehn Meter lange und eineinhalb Meter breite Planche verdichtet. Sie fasste den breiten, kräftigen Oberkörper ihrer Gegnerin ins Auge, der eine große Angriffsfläche bot. Im Gegensatz zum Degenfechten galten beim Duell mit dem Säbel nur Kopf, Arme und Oberkörper als Trefferfläche.

Das Herz pochte in den Scharnieren ihres Kiefers. Sie spürte die Säbelglocke, die halbkugelförmig um ihre Hand gezogen war. Versuchte in Fühlung zu gehen mit der Waffe, sie zu einer Erweiterung ihres Armes werden zu lassen. Ausdruck ihres Willens, Ausdruck ihrer Stärke. Sie nahm die Fechtstellung ein. Dann ertönte das Kommando *Los!*.

Zoes Gegnerin war beinahe zu schnell für das Auge. Sie hatte sofort das Angriffsrecht übernommen, das für das Zählen eines Treffers erforderlich war. Zoe konnte den Angriff gerade noch parieren, brauchte aber zu lange für den Gegenschlag. Also kam ein weiterer Angriff und dann noch einer. *Und wenn es letztlich doch bedeutend ist – dieses Leben? Wertvoll? Wenn ich in Wahrheit doch nicht sterben will? Freiwillig zu sterben und noch dazu andere in den Tod zu reißen, das mag eine große Sache sein. Und verdammt mutig. Aber ist es nicht genauso mutig, freiwillig am Leben zu bleiben? Es zu erfahren? Auszuhalten? Zu verteidigen? Vielleicht werde ich eine Mutter sein. Vielleicht wird das Kind offen sein für Freude. Für Glück. Im Gegensatz zu mir, die ich dazu nicht fähig bin – oder mich weigere, keine Ahnung. Aber wie soll ich das Fynn klarmachen? Wie kann ich ihn … möglicherweise … überzeugen? Das heißt: Wie kann ich mich selbst davon überzeugen?*

Auf einmal sah Zoe wieder die Gesichter vor sich. Kindergesichter. Eine ganze Flut. Sie sah, wie sich die Lippen in diesen Gesichtern öffneten. Sie hörte einen Satz, wieder und wieder: *Wo können wir spielen?*

Auf einmal spürte Zoe, wie ihre Kraft zurückkehrte. Sie wehrte einen weiteren Hieb ab und ihre blitzschnelle Riposte landete einen Treffer. Zoe kämpfte sich zurück ins Match. Er war entfacht. Das, was ihre Mannschaftskolleginnen Zoes Sturm nannten. Der Sturm kam auf einem Wildpferd. Und zertrampelte ihre Gegnerin.

Beifall erfüllte die Halle. Zoe nahm ihn kaum wahr. Ihre Blicke streiften nur die Augen der Zuschauer. Die hoffnungsvollen, die begeisterten Zuschauer, die alle leben wollten. Leben.

Eine Zuschauerin kam nicht in Zoes Blickfeld. Sie stand abseits in einer schattigen Ecke der Halle. Sie hatte Zoes Kampf genauestens beobachtet. Die Zuschauerin schien recht jung zu sein. Anfang zwanzig vielleicht. Aber in

Wahrheit war sie älter. *Viel* älter. Die Zuschauerin trug ein dunkles Kapuzengewand. Nur wenn man genau hinsah, konnte man darunter etwas erkennen. Einen kupferfarbenen Schimmer.

Nach den Wettkämpfen duschte Zoe nie gleich. Sie mochte es, dass der Schweiß des Kampfes noch an ihr haftete, wenn sie sich auf den Nachhauseweg machte. Insbesondere wenn es wie heute der Geruch des Sieges war. Sie hatte noch keine Lust, den Weg zum Hauptbahnhof einzuschlagen, in den elenden Zug nach Kirchzarten einzusteigen und von dort mit dem Bus, der oft ewig auf sich warten ließ, weiterzufahren nach Hofsgrund. Sie wollte sich noch ein bisschen die Beine vertreten in der Stadt. Sie schlenderte an der Längsseite des Neuen Rathauses entlang, das tatsächlich ein ausgesprochen altes Gebäude war. Sie ging an den staubüberzogenen Kellerfenstern vorbei. Bei einem Schulausflug hatte sie erfahren, dass im neunzehnten Jahrhundert in diesen Kellerräumen Leichen in Empfang genommen worden waren, die zur damals noch unzureichenden Erforschung der menschlichen Anatomie dienten. Woher die Leichen kamen, hatte niemand so genau wissen wollen.

Zoe folgte der Franziskanerstraße. Ihren Talisman *Bougeotte* trug sie in einer schlanken Tasche über der Schulter.

Sie ging an einem der Bächle entlang, das gerade kein Wasser führte und dadurch ein seltsames Gefühl hervorrief. Ein Gefühl der Verlassenheit. Sie wollte in Richtung der Kaiser-Joseph-Straße spazieren, die das Zentrum als

Einkaufsmeile von Norden nach Süden durchzog. An diesem Sonntagnachmittag war es erstaunlich still. Nur ein Hauch von Nebel lag über der dämmrigen Innenstadt. Aber die alten bunten Häuser der Franziskanerstraße, die wie Schmuckkästchen in einer Reihe standen, schienen sich zu ducken. Als wären sie in Erwartung. In Erwartung von etwas Bösem. Selbst der leichte Wind, der die Vormittagsstunden begleitet hatte, war verstummt.

Zoe hatte auf einmal das Gefühl, sich beeilen zu müssen. Schritte klangen auf, die ihr zu folgen schienen. Geschmeidige Schritte. Wie von einer Frau. Trotzdem fest, unnachgiebig. Als sich Zoe umblickte, war aber niemand zu sehen. Die Stille wurde nur vom leisen Geräusch ihrer Tasche gestört, die beim Gehen gegen ihren Körper scheuerte.

Sie schämte sich für ihr mulmiges Gefühl. *Reiß dich zusammen!*, sagte sie sich. Aber es half nicht viel. Sie versuchte sich darauf zu konzentrieren, dass sie *Bougeotte* bei sich trug. Sie würde sich zu wehren wissen, falls es nötig wäre.

Zoe erreichte das historische rote *Haus zum Walfisch*, in dem einst der Gelehrte Erasmus von Rotterdam gelebt hatte. Intuitiv blieb sie stehen, blickte sich um. Blickte auf den bescheidenen kreisförmigen Platz, der vor dem Haus lag und wohl eine Zufahrt war oder Ähnliches. Sie sah die große St.-Martins-Kirche, die diesem Platz ihren hohen steinernen Rücken zuwandte.

Plötzlich hörte sie seine Stimme: »Hab mich schon gefragt, wo du bleibst, Pik-Ass.«

Fynn stand mit dem Rücken gegen die Kirchenwand gelehnt. Sie konnte seine Augen in der Dämmerung nicht erkennen. Aber sie fühlte ihre Kälte. Und noch etwas spürte sie. Sie spürte, wie sich aufs Neue eine Farbe in ihr Bewusstsein drängte. Die Farbe Blau.

»Wenn du dich ein bisschen für mich interessieren würdest«, sagte sie, »dann wüsstest du, dass ich ein Turnier hatte.«

»Das wusste ich«, sagte Fynn. »Sonst wäre ich nicht hier. Aber du glaubst doch nicht, dass ich dir Händchen halte bei deinen kleinen Abenteuern im weißen Kampfanzug.«

Sie tat ein paar zögerliche Schritte auf ihn zu.

Dann kam sie in ihren Blick. Die Waffe, die neben ihm an der Kirchenwand lehnte: eine Sense, die ein schauerliches Gefühl in ihr wachrief.

Zoe erinnerte sich an einen Moment nach dem Sex. Meistens war Fynn anschließend ungehalten und grob, stieß sie von sich. Aber einmal war er hinterher beinahe sanft gewesen. Mitteilsam. Er hatte ihr davon erzählt, damals. Dass er sie besaß, die Sense, mit der seine Mutter den Vater ermordet hatte. Zoe hatte nicht gewusst, ob er nur angeben wollte. Jetzt spürte sie, dass etwas dran sein musste an dieser Geschichte. Sie passte perfekt zu diesem aufregenden, hemmungslosen Kerl, in dessen Bann sie stand. Sie hatte gewusst, dass er einige zweifelhafte Accessoires besaß. Messer, Schlagringe. Dass er seine Launen hatte. Rätselhafte Anwandlungen, die sein charismatisches Wesen verstärkten. Aber dass er diese Mordwaffe wie eine Reliquie aufbewahrte, fand sie geradezu unheimlich.

»Ich muss los«, sagte sie. Setzte sich in Bewegung. Er schnitt ihr den Weg ab und griff zugleich nach der Sense. Hielt sie wie einen Wanderstab. Das blitzende Sensenblatt grinste in ihr Gesicht.

»Du glaubst doch nicht, dass ich dich einfach gehen lasse«, sagte er. »Es ist an der Zeit. Ich will, dass du mit mir kommst. Er erwartet uns.«

»Wer?«

»Du weißt, von wem ich spreche. Tristan Nachtweih. Ich weiß, dass auch du ihn gesehen hast. In deinen Träumen. Er wird uns etwas zeigen. Wir werden nicht allein sein, wir beide.«

»Richtig«, sagte Zoe. »Wir werden nicht allein sein. Da wird ein Kind sein. Unser Kind. Wenn wir es zulassen. Wenn wir ihm einen Weg ermöglichen. Dem Leben.« Nach einer kurzen Pause fuhr sie fort: »Sind dir jemals Zweifel gekommen, Fynn? Hast du jemals daran gedacht, dass es falsch ist, was wir uns versprochen haben? Dass der Tod möglicherweise keine Lösung ist? Du hast es doch selbst erfahren als kleiner Junge. Du müsstest es wissen.«

Fynns Gesicht zeigte keine Regung. Aber Zoe spürte, dass etwas in ihm aufkeimte.

»Hast du etwa vor, mich im Stich zu lassen?«, fragte er mit ruhiger Stimme. »Hast du vor, mich zu verraten?«

»Das ist kein Verrat«, sagte Zoe. »Ich möchte dich befreien. Möchte *uns* befreien.«

Seine Faust traf sie so fest und unvermittelt ins Gesicht, dass sie auf den Boden sackte. Blut quoll ihr aus der Nase. Dann spürte sie das kalte Sensenblatt an ihrem Hals und sie hörte Fynns Stimme:

»Entweder du bist an meiner Seite, oder du bist meine Gegnerin. Wenn du dich für den falschen Weg entscheidest, werde ich dich nicht verschonen. Du darfst dich dann nicht wundern, wenn ich dir bald deinen eigenen Kopf überreiche.«

Die Kälte des Sensenblatts wich zurück. Mühsam erhob sich Zoe. Dann hörte sie eine Stimme, tief aus dem Schatten, die die große Kirche über die Straße warf.

»Gut gesprochen, Fynn. Darf ich dich ablösen?«

Zoe bemerkte, wie sich etwas aus dem Schatten löste. Ein Gesicht. Ein Körper. Und dann sah sie ihn. Den Mann, den sie aus ihrem Traum kannte. Den Mann, der aus der Düsternis des Flühensees aufgetaucht war und den Fynn Tristan Nachtweih nannte. Der Fremde kam auf sie zu. Sie sah, dass er ein geschwungenes Schwert in der rechten Hand hielt, mit einer bläulich glänzenden Klinge. Zoe wurde sogleich bewusst, dass er derjenige gewesen war, der Isabell und die drei anderen Menschen getötet hatte. Sie zweifelte keinen Augenblick mehr daran. Dieser Mann namens Tristan Nachtweih war ein Monster. Und Fynn hatte sich mit ihm verbündet.

Blitzschnell zog Zoe ihren Senufu-Säbel aus ihrer Tasche und suchte den Angriff. Sie wusste, wie entscheidend ein schnelles Zustoßen war. Aber er war so wendig, dass sie seine Bewegungen fast nur verschwommen ausmachen konnte. Ihre Klingen krachten einige Male aufeinander und sie merkte, dass sie ihm nicht gewachsen war. In einem letzten Aufbäumen ihrer Kräfte zielte sie auf seinen Kopf. Aber die Klinge pfiff knapp über seine Schädeldecke hinweg. Dann schlug ihr der Mann namens Tristan Nachtweih ohne Mühe den Säbel aus der Hand.

Als Nächstes bemerkte sie, dass sie erneut auf den harten Pflastersteinen lag. Er war über ihr. Sie wollte schreien, doch er presste ihr den Mund zu. Sie sah sein Gesicht, ein schönes Gesicht und zugleich das grausamste, das sie jemals gesehen hatte. In seinen Augen glaubte Zoe das Böse zu erkennen, das in der Finsternis unendlicher Leere und Abgründe lauert.

»Ich weiß, was in deinem Bauch ist«, flüsterte er ihr ins Ohr. »Ich kenne dein Geheimnis. Ich werde es aus dir herausschneiden. Mal sehen, welche Schmerzen du ertragen kannst.«

Mit der Klinge seines Schwertes schnitt er langsam ihre Kleidung auf. Zuerst den Mantel, dann das Sweatshirt. Sie versuchte sich zu wehren, krallte ihre Fingernägel in seinen Rücken, schlug auf ihn ein. Vergebens. Sie war hilflos. Wie in einer Zwangsjacke gefesselt. Wie in einen Schraubstock gezwungen.

Zoe spürte einen Luftzug, als plötzlich eine in ein dunkles Kapuzengewand gehüllte Gestalt auftauchte. Mit einem Sprung landete sie neben ihnen und kauerte sich zusammen. Der Mann blickte auf. Dann ging alles rasend schnell.

Die Gestalt erhob sich, die Kapuze sank herab. Eine Frau mit gelockten Haaren kam zum Vorschein. Sie zog ein Schwert aus dem Gewand hervor. Die Klinge zischte durch die Luft. Drang in seine Schulter ein. In Herzschlagschnelle war Zoe mit dem Blut des Mannes besudelt. Der Mann wankte mit schmerzverzerrtem Gesicht zur Seite und die Frau half Zoe hoch, als Fynn mit kräftigem Schwung das Sensenblatt auf die beiden niederzischen ließ. Die Frau drehte sich kaum merklich und wehrte den

Hieb ab. Schlug ihm ins Gesicht, sodass er rücklings zu Boden stürzte. Sie schleuderte die Sense in hohem Bogen durch die Luft, die mit einem scheppernden Geräusch auf den Pflastersteinen landete. Zoe sah, wie sich die Frau auf Tristan Nachtweih zubewegte, der noch am Boden kauerte. Als sie ihm ihre Klinge auf die Brust setzen wollte, riss er sein eigenes Schwert hoch. Die Klingen krachten gegeneinander. Funken sprühten auf. Zoe musste die Augen schließen. Als sich ihre Lider wieder öffneten, standen sie sich gegenüber, bewegten sich aber nicht. Sahen einander schweigend an. Unendlicher Zorn lag in ihren Blicken. Und noch etwas anderes: Traurigkeit. Ihre Klingenspitzen waren auf den Körper des jeweils anderen gerichtet. Beide hätten in jedem Augenblick zustechen können. Doch sie taten es nicht. Dann schien der Mann zu lächeln.

»Du kennst die Regeln«, sagte er. »Sie sind auf unserem Herzensgrund verankert. Die ersten acht Tage sind verstrichen. Du weißt, dass du mich nicht mehr töten darfst, genauso wenig wie ich dich. Erst wenn die Berufenen feststehen, ist es so weit. In dem letzten entscheidenden Kampf. Aber noch ist es nicht an der Zeit. An der Zeit für das Ende.«

»Verzieh dich!«, rief die Frau. Zoe sah, dass in ihren Augen jetzt Tränen standen. »Verzieh dich und nimm deinen widerlichen Gehilfen mit! Wir sehen uns noch!«

»Ja, das werden wir, meine Liebe«, erwiderte Tristan Nachtweih. Wieder fiel Zoe auf, wie schön sein Gesicht war. Anziehend. Auf eine unerbittliche Weise. Genauso anziehend wie Fynn war dieser Mann.

Mit einem Blick auf Zoe fügte er hinzu: »Sie gefällt mir. Lass sie dir nicht durch die Lappen gehen!«

Dann zog er Fynn, der wieder auf die Beine gekommen war, mit sich und sie verschwanden in einer Gasse zwischen den Häusern.

Zoe hob *Bougeotte* vom Boden auf. Sie wusste nicht, wie ihr geschehen war. Sie spürte, dass ihr Blick plötzlich tränenverschleiert war. Sie hasste es zu weinen, weil Tränen für sie ein Zeichen von Schwäche waren und weil jede Träne, die in der Welt vergossen wurde, ihrer Ansicht nach vergebens war. Zorn stieg in ihr auf. Die Frau näherte sich ihr. Wollte mit der Hand über ihr Gesicht streichen, um sie zu trösten. Zoe stieß sie zurück.

»Ich brauche deine Hilfe nicht«, zischte sie. »Ich komme alleine klar. Hätte das Ganze auch gut ohne dich erledigt. Wer bist du überhaupt? Warum hast du dich eingemischt?«

Einem plötzlichen Impuls folgend schlug sie mit *Bougeotte* nach der Frau. Aber diese parierte den Schlag mit Leichtigkeit. Sie nutzte geschickt den Moment, in dem Zoe ihr Gleichgewicht nicht mehr unter Kontrolle hatte. Ein leichter Stoß genügte und Zoe stürzte zu Boden.

»Ich heiße Martha«, sagte die Frau und half ihr auf. »Ich weiß, dass du Zoe heißt. Ich weiß viel über dich. Ich kann mir vorstellen, dass es dir guttäte, wenn du dir öfter helfen lassen würdest. Sich helfen zu lassen schafft ein Gefühl der Verbundenheit. Vielleicht würdest du dich dann seltener einsam fühlen, seltener ohnmächtig.«

»Was soll das sein? 'Ne Lektion?«

»Nein, eine Erinnerung. Wir brauchen die Hilfe anderer. Und jetzt brauchen wir sie erst recht. Mehr denn je. Nicht nur du. Sondern alle Menschen.

Du hast die Kraft dieses Mannes am eigenen Leib erfahren. Du hast ihn in deinen Träumen gesehen. Du weißt, was geschehen würde, wenn ihn niemand aufhält.«

»Warum glaubst du, dass ich ihn aufhalten will?«

»Ich kann mir dessen nicht sicher sein.«

»Ich dachte, du weißt so vieles über mich? Scheint ja doch 'n paar Wissenslücken zu geben?«

»Ja«, sagte Martha. »Die Wissenslücke namens Zukunft. Ich kann nur darauf vertrauen. Dass auch du ihn aufhalten willst. Dass die Liebe in dir die Oberhand gewinnt. Dass du dich dazu entschließt zu kämpfen. Gegen ihn. Gegen seine Verbündeten. Gegen das Verderben, das sie hervorrufen wollen. Ich kann nur darauf vertrauen, dass du dich uns anschließen wirst.«

»Uns?«

»Unserem kleinen Team.«

»Wovon sprichst du?«

Martha lächelte.

»Ein Team, das versucht, die Welt zu retten.«

Zoe blickte Martha an. In diesem Augenblick glaubte sie es zu spüren. Zu spüren, dass das Leben eine Heimat war. Eine Heimat, aus der niemand vertrieben werden will. Auch sie nicht.

»Okay«, sagte Zoe. »Ich werd's mir mal anschauen, euer Team.«

24

Mistilo war groß. Mistilo war mächtig. Er gierte nach Blut.

Weit oben befand er sich. Auf dem Pyramidendach des Schwabentors, cines der beiden verbliebenen Stadttore, die einst das mittelalterliche Freiburg begrenzten. Er kauerte unter einer mit Grünspan übersäten Dachlaterne, die entfernt an ein verschnürtes Münzsäckchen erinnerte.

Mistilo konnte seinen Blick schweifen lassen. Die Menschen ahnten nichts von ihm. Noch nicht. Es war früher Morgen. Klirrend kalt. Die Sonne stieg schwerfällig über die Dächer.

Auch der Mann ahnte nichts. Der Polizist, der Mädchen liebte und erst tags zuvor wieder so ein junges, süßes Ding bedrängt hatte. Seit ein paar Tagen gab es nichts mehr, was ihn zurückhielt. Seitdem dieser rätselhafte anziehende Mann in den Waffenladen eingedrungen war, hatte er sich verändert. Der Polizist war noch zügelloser geworden. Kannte keine Hemmungen mehr. Er hatte dem Mädchen klipp und klar gesagt, dass er ihm übel mitspielen würde, wenn es sich ihm entzog. Wenn es sich weigern würde, seine Sehnsüchte zu erfüllen. Schließlich konnte er ihrer gesamten Familie übel mitspielen. Mama, Papa, allen. Nicht umsonst war er Polizist und saß immer am längeren Hebel.

Tristan Nachtweih hatte Mistilo einen Auftrag erteilt. Mistilo würde ihn erfüllen. Mistilo war nicht aufzuhalten. Er war rasend schnell. Er war erbarmungslos. Er war nicht an normale Wege gebunden. Er konnte über die Dächer klettern.

Mistilo blickte in Richtung der Altstadthäuser. Es war still auf den Straßen und Gassen. Er sah den Oberlindenbrunnen. Sah das *Gasthaus zum Roten Bären*. Und er hatte den Polizisten im Visier. Der Polizist war heute früh wieder unterwegs und nicht im Dienst. Er trug keine Uniform. Keine Pistole. Seine Waffe war etwas anderes. Sie sollte heute wieder zum Einsatz kommen.

Mistilo folgte dem Mann. Sprang beinahe lautlos von Dach zu Dach. Der Typ schlenderte über die Pflastersteine des ausladenden, leicht abschüssigen Augustinerplatzes, wo abends immer gesoffen und gegrölt wurde.

Da waren jetzt drei Schulmädchen auf dem Weg zur Schule. Mit ihnen hatte sich der Polizist verabredet. Genauer gesagt, er hatte ihnen befohlen zu kommen.

Er ahnte nicht, dass Mistilo kommen würde.

Außer den drei Mädchen zeigte sich gerade niemand auf diesem Platz. Es ging schnell. Sie würden ihn nie vergessen. Den kurzen Regen aus Blut. Den Anblick der Bestie, die aus dem Nichts aufgetaucht war und über den Polizisten herfiel. Ihn aufschlitzte und in ihren Klauen davontrug.

25

Woher die Liebe nehmen, deine Hand loszulassen?

Sie wartete. Ihre Blicke suchten die Dächer und den Himmel ab. Verloren sich im Gewirr aller Wege, verloren sich in kleinen Gassen.

Sie wartete. Auf die Elster.

Sie hatte es ihr versprochen. Ihre Freundin, ihre Liebe. Am Bett, kurz bevor sie starb. Sie würde zurückkehren in Gestalt des Wesens, dessen Namen sie getragen hatte in ihrer Zweisamkeit. Sie war die Elster gewesen, und Kathrin, sie war die Krähe. Sie flogen gemeinsam durch die Höhen des Lebens und in tiefe Schlünde hinab. Sie gehörten einander. Sie waren frei. Aber dann lauerte etwas auf sie. Unsichtbar. Was da lauerte, ließ sich Zeit. Wusste um seine Kraft. Wusste, dass es siegen würde. Was da lauerte, nannte sich Leukämie. Lähmte das Lächeln. Lähmte die Flügel. Und dann war sie nicht mehr da. Die Weite der Luft.

Aber die Elster, sie würde zurückkehren. Es würde nichts mehr geben, was ihren Flug behinderte. Sie würden wieder zusammen sein. Aber noch war es nicht so weit. Ihre Liebe kam nicht. Kam nicht.

Kathrin wartete.

Die Elster, die in Wahrheit Rebekka geheißen hatte, hatte auch lange genug gewartet. Volle zwölf Monate lang, in denen Kathrin keinen Zugang mehr fand zur Welt. Nicht mehr richtig ansprechbar war. Vier davon – während der Herbst die Wachablösung des Sommers antrat – hatte sie die ihr auferlegten Sozialstunden abgearbeitet. Im Altenpflegeheim St. Marienhaus, in der Talstraße.

In einer halbwegs erträglichen Atmosphäre. Aber mit einem Herzen, das wie in einem toten Körper schlug. Zu mehr war sie nicht fähig gewesen. Die übrige Zeit spielte sich beinahe ausschließlich in den trüben, muffigen Räumen der Psychiatrie für Jugendliche ab. Während die Tage wie Schatten vor den Fenstern dahinwallten und sich die Tür zum Stationszimmer öffnete, schloss und wieder öffnete und eine Stimme stumpf vor Gewohnheit über die Gänge rief: »Medikamentenausgabe!«

Was diesen haltlosen Monaten vorausging, war eine Nacht im Juli.

Eine Nacht, die sie nie vergessen würde.

Es war unerträglich schwül gewesen. Kein Windhauch hatte sich geregt. Die Klamotten klebten an der Haut. Und der Himmel hatte eine Härte, die sich auf die Menschen übertrug.

Rebekka und Kathrin waren gerade aus dem El. Pi gekommen, einem Klub, in dem hauptsächlich Studenten abhingen. Sie waren eigentlich zu jung, um dort hineingelassen zu werden. Aber sie sahen beide so aus, als wären sie weit über achtzehn. Darum hatte es nie Probleme gegeben.

Kathrin erinnerte sich gut an den wankelmütigen Charakter dieser Partynacht. Rebekka und sie hatten heftig gestritten, dann heftig herumgemacht, dann wieder gestritten. Betrunken waren sie natürlich auch. Nicht sehr, aber genug. Als sie aus dem Klub kamen, schimmerte Laternenschein auf den Pflastersteinen. Wenig später würde dort etwas anderes aufschimmern. Blut. Ein paar Jugendliche waren aufgetaucht. Grölten herum. Beschimpften die beiden. *Ihr dreckigen Lesben! Wollt ihr es nicht mal mit einem Schwanz probieren? Wäre besser für euch!* Sie liefen neben Rebekka und Kathrin her, ließen sich nicht abschütteln. Einer von ihnen kam immer näher. Kathrin sah ihn in ihren Träumen noch häufig vor sich. Sah seine kurzen Haare. Seine kleine Narbe im Gesicht, die wie ein versilberter Daumennagel aussah.

Beinahe wäre nichts weiter passiert. Beinahe.

Aber als der Kerl Kathrin betatschte, ließ sie das Klappmesser aufspringen, das sie immer bei sich trug. Sie stach auf den Kerl ein. Dann kam das Blut. Viel davon. Zu viel. Beinahe hätte sie den Typen getötet. Beinahe. Dumpf hörte sie Schreie und Rebekkas Stimme, die wieder und wieder *Krähe!* rief, als wollte sie tatsächlich den Geist eines finsteren Vogels heraufbeschwören. Nebel war vor Kathrins Augen aufgestiegen. Und als er sich auflöste, hatte Kathrin das Gefühl gehabt, in eine andere Welt übergegangen zu sein. Eine Welt, in der keine Farbe mehr existierte. Das flackernde Blaulicht des Polizeiwagens war lange das letzte Farberlebnis gewesen. Danach war ihre Welt in ein Schwarz und Weiß versunken. Schwarz und weiß war das Gefieder der Elstern. Das hätte ihr Hoffnung geben können. Aber die Hoffnung, sie verblasste wie alle Farben. Nur manchmal, wenn Rebekka sie in der Psychiatrie besucht hatte, hatte sie danach in ihrem Traum den blauen Glanz der Flügelschwingen einer Elster wahrgenommen.

Krähe hatte schon lange nichts mehr gestohlen. Nicht dass sich ihr Moralempfinden geändert hätte nach all dem, was ihr widerfahren war. Aber sie fühlte sich einfach nicht mehr so oft danach, zu stehlen. Sie war müde geworden. Herzensmüde. Sie hatte ohnehin nie gestohlen, um an die große Kohle heranzukommen. Sie wollte keine Konten leer räumen und Menschen in finanzielle Nöte bringen. Die Kreditkarten, die sie in den Portemonnaies vorfand, hatte sie stets in einem Briefkuvert ohne Absender an die Banken zurückgeschickt. Und die Personalausweise an die darauf zu lesende Adresse des Besitzers. Das Stehlen war vielmehr ein Abenteuer für sie und zugleich eine Art von Entspannung. Sie fühlte sich wie ein Wesen aus einer anderen Sphäre, das sich unbemerkt in den Alltag anderer Menschen einschleichen konnte. Sie liebte es, auf diese besondere Weise mit Fremden in Fühlung zu gehen und kleine Fundstücke ihrer abgesteckten Welt, winzige Skizzen ihrer Träume zu bergen. Und wenn zusätzlich ein paar Scheine für sie abfielen, umso besser.

Ja, sie hatte schon lange nicht mehr gestohlen. Aber an diesem Tag hatte sie den Drang verspürt, es doch mal wieder zu tun. Die Morgenstunden eigneten sich gut dafür. Wenn der Münstermarkt mit seinen bunten Ständen die Aufmerksamkeit der Menschen auf sich zog. Sie wusste, dass ihr Entschluss gefährlich war. Weil sie in den Monaten in der Klinik ein ausgesprochen gutes Betragen an den

Tag gelegt und die ach so brave Gesellschaft sie nun langsam wieder in ihre Arme geschlossen hatte. Krähe würde wieder in einen gewaltigen Haufen Scheiße rauschen, wenn man sie bei einem Diebstahl erwischte. Aber ein Gefühl der Sinnlosigkeit hatte sich heute in ihr eingenistet. Sie brauchte etwas, das ihr Glück nahebrachte. Wie flüchtig es auch immer sein mochte. Sie wusste nicht, ob sie sich genauso geschickt anstellen würde wie früher. Insbesondere deshalb nicht, weil sie den Blick für Farben verloren hatte. Und zum Stehlen nicht nur Geschicklichkeit und exaktes Timing vonnöten waren, sondern auch ein gutes Auge.

Sie gestand es sich nicht ein. Aber etwas in ihr wünschte sogar, dass man sie heute erwischen würde.

Den Vormittag über hatte sie frei. In der Schmiedewerkstatt, in der sie nun schon seit einigen Wochen arbeitete, wurde sie erst am späten Nachmittag erwartet. Die Werkstatt gehörte einer Frau um die fünfzig. Deren Hände schienen der Härte des Materials, mit der sie es zu tun hatten, beinahe gleichzukommen. Aber das laute Schlagen der über hundert Jahre alten Federhämmer hatte sie für die Zwischentöne des Lebens nicht taub werden lassen. Sie kümmerte sich mit großem Wohlwollen um Kathrin. Sie vertraute ihr eine Vielzahl kleinerer Arbeiten an. Besonders tat sich Kathrin bei der Fertigung der Schepser hervor, mit denen Waldarbeiter die Rinden von den Baumstämmen schälen konnten. Kathrin gefiel es, den Schepser nach dem ersten Schliff ins Härteöl zu tauchen. Und die Flammen auftauchen zu sehen, deren Farbe sie sich wieder aus der Erinnerung zurückholen musste.

Kathrin mochte diese Werkstatt. Mochte die Schmiedin, obwohl ihr das keineswegs recht war. Sie hatte das Gefühl, ihre Herzlichkeit nicht zu verdienen. Darum zerschlug sie diese Herzlichkeit mit Missmut.

Später rauschte Krähe mit ihrem Skateboard die Kaiser-Joseph-Straße hinunter. Sie hatte einen schönen Morgen im Trubel der Menschen verbracht. Ihre Quote war gut gewesen. Sie stellte fest: Sie war immer noch so geschickt wie früher. Hatte einige Scheine an sich gebracht. Sie war zufrieden mit sich. Sogar vergnügt.

Dann kramte sie den Schlüssel aus der Hosentasche. Ein besonderer Schlüssel. Unscheinbar. Angegriffen von der Zeit. Ihr Talisman.

Vor einigen Jahren war ihr dieser ausgesprochene Glücksgriff gelungen. Sie hatte ihn einem Mann geklaut, der Leiter des städtischen Gebäudemanagements war. Der Schlüssel passte in eine außergewöhnliche Tür, die den Zutritt zu einem Freiburger Wahrzeichen verschaffte. Der Schlüssel ins Innere des Martinstors. Sechzig Meter hoch, mit seinem gotisch anmutenden Dach und den vier Ecktürmchen, war das Tor früher Teil der Stadtmauer gewesen. Heute war es eine Durchfahrt für die Trambahnen. Kaum jemand kannte das Martinstor von innen. Manche Vögel kannten es. Es war ihr Geheimversteck gewesen. Der Schlüssel hatte Krähe und Elster manches Mal dorthinein geführt. Ihre Lippen hatten sich gefunden. Im dunklen Schutz der steinernen Mauern inmitten der belebten Innenstadt.

Schon sehr lange war Krähe nicht hier gewesen. Aber heute fühlte sie sich danach. Der Schüssel passte immer noch.

Die geheimnisvoll aussehende Eisentür mit dem schweren Gitter öffnete sich. Ein modriger Geruch stieg ihr in die Nase, als sie die enge Wendeltreppe hochstieg. Sie nutzte ihr Smartphone als Taschenlampe. So dunkel war es, dass sie ansonsten nichts hätte erkennen können. Das Licht fiel auf die Spinnweben, die an den Wänden und Stufen hafteten. Es war offensichtlich, dass sich hier schon lange niemand mehr aufgehalten hatte. Sie erschrak, als sie auf einer Stufe beinahe auf einen kleinen pelzigen Körper trat. Eine tote Ratte. Die Treppenstufen, genauso wie der kleine verwesende Leib, waren mit bunten Punkten besprenkelt. Krähe sah ihre Farben nicht, aber sie war sich sicher, dass es sich um Konfetti vom letzten Fastnachtsumzug handelte.

Höher und höher stieg Krähe. Bis das steinerne Treppenhaus endete und sie den eigentlichen Torbau erreichte. Eine Plattform von ungefähr zehn mal elf Metern. Sie lehnte das Skateboard gegen eine Wand und kauerte sich auf den Boden. Sie erinnerte sich an den Tag im Hochsommer, an dem sie hier mit Rebekka gewesen war. Ihre Mannschaft hatte am selben Tag ein Spiel bestritten. Damals hatten sie beide noch Fußball gespielt. Eine Zeit, die für Kathrin unendlich weit zurückzuliegen schien. Obwohl seitdem nur ein paar Jahre vergangen waren. Kathrins Klappmesser war hauptsächlich zum Schnitzen verwendet worden. Die Klinge war noch nicht mit Blut in Berührung gekommen. Und Rebekkas Krankheit, sie hatte noch geschlafen. Die Leukämie war noch nicht ausgebrochen, aber ein Auge der Krankheit hatte sich schon einen Spalt weit geöffnet. Niemand hatte es bemerkt. Nicht einmal Rebekka selbst.

Ja, Kathrin erinnerte sich noch gut an diesen Tag. Die

B-Jugend des SC Freiburg hatte gegen die Favoritinnen des FFC Frankfurt mit 2:1 gewonnen. Kathrin hatte von der linken Außenbahn kommend eine hohe Flanke nach innen geschlagen und Rebekka hatte das Siegtor geköpft. Ein perfekter Tag. Nicht lange nach dem Spiel waren sie hierhergekommen zum Martinstor. Waren hier oben gewesen. Krähe erinnerte sich daran, wie sich die Dunkelheit über sie senkte und wie sie die Hitze ihrer Lust angenommen hatte.

Kathrin stieg über schmale Holztreppen von einer Zwischendecke zur nächsten, wie sie es mit Rebekka getan hatte. Ihre Finger glitten den staubüberzogenen Handlauf der Treppe entlang. Rebekka hatte Kathrin erzählt, im Martinstor hätte sich einige Jahrhunderte zuvor ein Kerker befunden. Von den Frauen und Männern, die hier einsaßen, wurde gesagt, man habe ihnen den Martinsmantel umgehängt. Krähe dachte daran, dass auch sie diesen Mantel nun trug.

Auf ihrem Weg nach oben ignorierte sie das gelbe Schild, das davor warnte, dass der Boden vor Jahren mit Xylamon bearbeitet worden war. Einer der Gründe, weshalb das Innere des Martinstors leer stand. Sie erreichte den Raum, in dem sich das alte Uhrwerk befand und die Glocken von den schweren Holzbalken der Decke baumelten. Dann stieß sie die Tür zum umlaufenden Wehrgang auf und befand sich im Freien. Über der Stadt.

Von hier oben war fast nichts von dem Lärm der geschäftigen Verkehrs- und Einkaufsachse zu hören. Nicht einmal eine leichte Erschütterung war zu spüren, wenn eine Trambahn das Tor durchquerte. Kathrin sog die frische Luft ein. Sie sah die geschwungene Linie der Kaiser-Joseph-Straße, den Münsterturm.

Sie ließ den Blick über Dächer gleiten.

Plötzlich sah sie es. Sie sah das Wesen, das in nicht weit von ihr auf einem der Dächer kauerte. Zuerst glaubte sie, dass es sich um ein großes schwarzes Tier handeln musste. Aber dann wurde ihr schnell bewusst: Was sie dort vor sich sah, konnte mitnichten ein Tier sein. Es war eine Kreatur, wie sie einem ansonsten nur in Albträumen begegnete. Krähes Atem setzte für einen Moment aus. Sie spürte das Weichwerden ihrer Knie. Spürte, wie das Blut aus ihrem Gesicht wich. Und wie ihre Fußsohlen in den Turnschuhen eiskalt wurden. In ihrem Klauenhänden hielt die Bestie einen leblosen Körper. Mit Entsetzen sah Kathrin, dass es sich um einen menschlichen Körper handelte. Den eines Mannes. Es schien, als habe sie ihre Beute geschlagen und fortgeschleppt – hinauf aufs Dach. Wohl um sie dort zu verschlingen. Zwar nahm Krähe nach wie vor keine Farben wahr, aber als die Bestie aufsah, bemerkte sie sehr wohl, dass ihre Augen glühten. Sie sah die Nüstern, die sich rhythmisch bewegten, sah, wie sich der Schlund des Mauls öffnete und gewaltige Zähne freigab. Kathrin hatte sogar das Gefühl, diese Kreatur riechen zu können, ein Geruch, wie er einem Moor entströmen mochte. Und in ihrem Mund hatte sie auf einmal einen Geschmack von Zimt und Blut.

Jetzt schien die Bestie sie zu bemerken. Für einige entsetzlich lange Sekunden starrte sie zu Kathrin hinüber. Ein Rauschen ertönte und kurzzeitig vernahm Kathrin eine gurgelnde Stimme und sie glaubte ein einzelnes Wort zu vernehmen: Mistilo.

Von einem Augenblick zum nächsten landete ein ungeheures Gewicht auf ihr, dass ihr die Luft wegblieb. Mehrere Meter wurde sie zurückgeschleudert in den Raum, in dem die Glocken hingen. Rücklings lag Kathrin auf dem

Boden. Krallen gruben sich in ihr Fleisch. Dann sah sie nichts mehr bis auf das entsetzliche Antlitz dieser Bestie. Den flammenden Blick der Augen.

Die geifernden Zähne, die näher kamen. Die Kiefer schlossen sich um den Arm, den Kathrin hochgerissen hatte, um ihre Kehle zu schützen. Ihr Körper bäumte sich unter der Gewalt der Kreatur auf. Aber sie spürte, wie ihre Kräfte schwanden. Sie wollte schreien, doch aus ihrer Kehle kam nur ein trockenes Rasseln.

Plötzlich bemerkten ihre Sinne etwas. Den Luftzug eines Flügelschlagens. Als es Kathrins Augen gelang, für Sekunden dem Blick der Bestie zu entweichen, sah sie den Vogel. Sie sah die Elster, die herangeflogen kam und neben ihr auf dem Holzboden landete. Für wenige Sekunden, die wie losgelöst aus dem Zeitkontinuum schienen, gab es für Kathrin nichts anderes mehr als dieses wunderschöne Tier, das aus dem Nichts aufgetaucht war. Die Elster sah sie von der Seite an, mit einem Auge, das schwarz war. Schwarz vor Empfindung. Schwarz vor Erinnerung.

Auch in Kathrin lebte diese Erinnerung. Durch ihren Kopf wirbelten jetzt die Zeilen, die sie schon lange vergessen zu haben glaubte. Die Zeilen eines Gedichts, das sie geschrieben hatte, kurz bevor Rebekka starb. Sie hatte es ihr nie vorgelesen, weil sie sich dafür geschämt und noch dazu Angst gehabt hatte, in Tränen auszubrechen.

Woher die Liebe nehmen, deine Hand loszulassen?
Wie dich gehen lassen in die ungewisse Stunde?
Und dabei wissen, dass sie nur dir schlägt
Und ich nichts tun kann, um dich zu beschützen
Woher die Liebe?

Die Elster sah Kathrin noch immer an. Aus der Trauer, die Kathrin übermannt hatte, tauchte plötzlich ein neues Gefühl auf. Das Gefühl der Wärme. Eine Wärme, die direkt zu ihrem Herzen strömte. Sie spürte, wie ihre Kraft zurückkehrte. Nun wusste sie, dass sie Rebekka niemals verlieren würde.

Dann schien sich der Körper der Elster zu verflüchtigen. Schien unsichtbar zu werden. Und vor ihr auf dem Holzboden lag ein langer Dolch, der wie die große Schwungfeder eines Vogels aussah. Sich noch immer gegen den Angriff der Bestie wehrend, gelang es Kathrin, den Dolch zu ergreifen. Sie rammte die Klinge in den schwarzen Leib des Geschöpfs.

Das war der Moment, als sich der riesenhafte klaffende Mund in Schmerz verzerrte und Kathrin freikam. Sie wurde zur Seite geschleudert. Als sie sich auf eine Hand stützend aufrichtete, sah sie, wie der Bestie aus der Wunde eine schleimige Flüssigkeit rann. Sie schien aber davon unbeeindruckt zu sein. Wirkte keineswegs geschwächt. Das Wesen starrte Kathrin mit seinen glühenden Augen an. In jedem Augenblick rechnete sie mit einem erneuten Angriff. Es senkte den Kopf beinahe bis zum Boden. Als würde es wie ein Bluthund ihren Geruch tief in sich aufnehmen wollen. Dann schwang sein grauenvoller Kopf zurück. Das Geschöpf drehte sich um und sprang mit einem gewaltigen Satz hinaus ins Freie. Kathrin folgte ihm schnell nach draußen. Sie sah, wie es über die Dächer hastete, bis sie wieder bei dem leblosen Körper des Mannes angekommen war. Dort drehte es sich nochmals nach Kathrin um. Wieder hörte sie die gurgelnde Stimme: *Mistilo weiß es. Du wirst nur ein kalter Körper sein. Bald!*

Dann jagte die Bestie mit seiner Beute von Dach zu Dach. Entzog sich ihr und schien zu schrumpfen. Bis sie nicht größer war als ein Kind, eine tanzende Flamme und dann nur noch ein dunkler Schimmer in der Ferne.

Kathrin starrte ihr entgeistert nach, auf die Dächer der Stadt, die farblos vor ihr ausgebreitet lagen. Ihre Anspannung wich allmählich, aber ihr Herz raste immer noch. Und immer noch umfasste ihre rechte Hand den Griff des langen Dolchs, der wie eine blutbesudelte Vogelfeder war. Sie atmete schnell, atmete die kühle Luft. Auf einmal schien die Sonne, die sie als weißes Strömen wahrnahm, wie mit dem Finger auf etwas zu deuten. Und plötzlich nahm Kathrin etwas wahr. Zunächst nur schwach, dann ausgeprägter. Stärker. Sie bewegte sich dort unten im Gewühl der Menschen. Stach hervor. Was Kathrin zum allerersten Mal seit vielen Monaten ins Auge fiel, war eine Farbe. Nicht Schwarz, nicht Weiß. Sondern die eines Metalls: Kupfer. Die Farbe ging von einem Menschen aus, der sich dort unten fortbewegte. Als sie genauer hinsah, entdeckte sie ihn. Es war jemand, den sie gekannt hatte, einmal. Ein junger Mann, der genauso alt war wie sie. Sie war früher mit ihm in einer Klasse gewesen. Er hieß Daniel. Sie hatte ihn gern gemocht. Hatte ihn häufig verteidigt, weil er als ein Außenseiter gewissermaßen darum bettelte, verdroschen zu werden. Sie hatte ihn genau genommen nicht deshalb gemocht. Sondern weil er etwas in sich trug, das ihr verwehrt war. Den Glauben. Den Glauben an eine höhere Macht. Den Glauben an das Gute. Kathrin hatte Daniel darum beneidet.

Das wurde ihr nun bewusst, als sie die Kupferfarbe sah,

die von ihm ausging. Daniel lief auf das Martinstor zu. Und dann bemerkte sie, dass diese Farbe von etwas ausging, das er bei sich trug. Einem Schwert. Instinktiv spürte sie, dass er ihretwegen hier war. Dass er sie brauchte. Wie er sie damals gebraucht hatte. Und dass sie ihn brauchte, um ihn wachzurufen, wieder und wieder: den Glauben.

Auf einmal konnte sie in ihrem Kopf alles miteinander in Einklang bringen: Die grässliche Kreatur und den Dolch. Die Elster, *ihre* Elster, die zurückgekehrt war, und den jungen Mann, der Daniel hieß. Jetzt bemerkte sie, wie er zu ihr hinaufblickte. Und dann sah sie, wie das Schwarz und Weiß gänzlich zurückwich. Sah, wie erst Tupfen entstanden wie bei einem Ölgemälde und wie aus diesen Tupfen eine ganze Welt hervorging. Eine Welt, die erfüllt war. Von Farben.

26

Tristan Nachtweih stand am südlichen Ufer des Flühensees. Er hatte im Wald vertrocknete Ringelblumen gesammelt, um die Wunde an seiner Schulter zu verarzten. Zwar hatte er nur wenige gefunden und im Herbst fehlte es ihnen etwas an Kraft. Dennoch taten sie ihm gut, und er spürte, dass die Heilung langsam einsetzte.

Perlgrau war der Himmel. Jedenfalls dort, wo die dichten Nadelbäume den Blick freigaben. Auf ihren feuchten Zweigen wimmelte es von Staren, die immer wieder aufstoben. Das erfüllte den Wald mit einem gleichmäßigen Rauschen, als flösse Wasser durch ein Rohr. Ansonsten war es sehr still. Winzige Wellen stießen gegen das Ufer.

An Tristans Seite war die Bestie Mistilo. Auch sie war verwundet worden. Aber gegen die dunkle Macht, von der dieses Geschöpf erfüllt war, kam diese Verletzung nicht an. Das Wichtige: Mistilo hatte seinen Auftrag erfüllt. Hatte das Opfer gebracht. Den Leichnam des Polizisten.

Dann kamen die anderen beiden. So wie er es von ihnen erwartet hatte. Tristan hatte keinen Zweifel daran gehabt, dass sie erscheinen würden.

Die beiden traten zwischen den hohen Fichten hervor: Fynn, der die Kapuze seines Hoodies über den Kopf gezogen hatte, und Henry B. Lindt, den Blick seiner kalten entschlossenen Augen auf Tristan und Mistilo gerichtet. Fynn und Henry, sie trugen ihre Waffen bei sich: Sense und Degen. Tristan wies mit einer feierlichen Geste auf die Leiche zu seinen Füßen.

»Es ist angerichtet. Unser Ritual kann beginnen. Tut jetzt, was ich euch befehle, und lasst das Fleisch in eurem Schlund verschwinden. So wie alles Lebendige früher oder später im Schlund des Todes verschwindet. Durch diese Speise wird die Kraft des Todes in euch erwachen. Seine Gier, die nicht zu bezähmen ist. Und ihr werdet das Glück dieser Gier erfahren.«

Dann blickte er seine Gefährten an. Er lächelte, als er sah, wie unerschrocken die drei waren. Er lächelte, als er sah, dass sie keinen Augenblick zögerten.

27

Tristan Nachtweih hatte recht gehabt. Es war köstlich, dieses Mahl. An einem Knöchelchen nagend, erinnerte sich Henry B. Lindt an die Zeit, als er noch ein Junge gewesen war. Und daran, wie er allein im prächtigen Speisesaal der Villa gesessen hatte, auf dem Stuhl, auf dem sich sein zierlicher Körper fast verlor. Der Stuhl war ein Sinnbild für die große edelsteinverzierte Welt, in der er unbehelligt sein Unwesen treiben konnte wie ein Schlossgespenst. Der Vater war fast nie zu Hause.

Er erinnerte sich jetzt daran, wie er es geliebt hatte, wenn seine Zunge mit dem Fett des Gulaschfleisches in Berührung kam. Dieses bisschen Fett hatte dem Jungen alles bedeutet. Es hatte ihm gewissermaßen einen Vorgeschmack auf die intensiven Freuden gegeben, die in Hülle und Fülle dort draußen vor der Villa auf ihn warteten. Nicht zuletzt auch die Freude an der Gewalt, bei der immer irgendein armer Teufel böse zu Schaden kam. *Er* würde es nicht sein. Da war er sich sicher gewesen.

Er erlebte ein Hochgefühl. Eine Art Rausch. Er spürte die Kraft, die in ihm erwachte. Nichts war vergleichbar.

Nach einer Weile hörte er Tristans Stimme: »Ich bin stolz auf euch. Ich weiß, dass ihr nun so weit seid. Der zweite Teil unseres Rituals erwartet euch. Folgt mir!«

Henry sah, wie Tristan in seinem Mantel langsam in den Flühensee hineinwatete. Mistilo, die schauerliche Bestie, leistete seinem Befehl umgehend Folge. Auch der junge Kerl namens Fynn legte die Sense beiseite und setzte sich in Bewegung.

Für wenige Sekunden überkamen Henry Zweifel. War es wirklich richtig, sich diesem Mann namens Tristan Nachtweih voll und ganz auszuliefern?

Aber dann dachte er an die Freude seines Rausches, die Freude dieser Gemeinschaft. Da waren Menschen – *Wesen* –, die sich zusammentaten. Alle von derselben Finsternis durchströmt. Einer Finsternis, die bald entfesselt werden würde.

Und Henry dachte an die Freude, die mit dem Untergang einherging. Die Freude, die ihm Tristan nahebringen konnte. Nur er. Niemand sonst.

Er rammte den Degen in die feuchte Erde und folgte den anderen. Watete in das Wasser, immer weiter. Ohne zu wissen, was ihn erwartete.

Henry sah, wie sich der Spiegel des Sees leise zu kräuseln begann, obwohl sich kein Windhauch regte. Das Kräuseln wurde stärker, bis aus kleinen zänkischen Wellen ein wildes Ausschlagen des Wassers nach allen Seiten wurde. Er sah, wie Tristan unter die Wasseroberfläche tauchte. Die anderen folgten ihm. Auch Henry folgte ihm.

Fließende Kälte umgab ihn. Kurzzeitig sah er Mistilo, der wie ein riesenhafter Raubfisch hinunterschnellte in die Tiefe. Dann hatte er das Gefühl, dass seine Sinne schwanden. Er wusste nicht, wo er sich befand und wo die anderen waren. Wusste nicht mehr, wer er war. Henry spürte eine saugende Strömung, die ihn hinunterzog in den Abgrund. Es dauerte, bis sein Name zu ihm zurückkehrte. Bis er den eigenen Körper wieder spüren konnte. Er hatte die Augen geschlossen, presste seine Lippen zusammen. Unterdrückte mit aller Kraft den Impuls zu atmen. Als er vorsichtig die Augen öffnete, sah er sie. Zuerst verschwommen, aber dann in sonderbarer Klarheit. Sie näherten sich ihm von allen Seiten. Mischwesen. Die untere Hälfte ihrer Körper erinnerte an die dunklen schlängelnden Leiber von Muränen, aber daraus hervor ging der menschenartige Oberkörper bildhübscher Frauen. Er sah ihre Haare, die weich und fließend schienen wie das Wasser selbst. Er sah die prächtigen Brüste. Die Geschöpfe hauchten ihm ihren Atem ein. Er spürte, wie ihn dieser Atem durchdrang, alle Bereiche seines Körpers erfasste. Noch nie zuvor hatten sich seine Lungen mit einer solchen Süße gefüllt.

Dann waren diese Wesen wieder verschwunden. Immer weiter zog ihn die Strömung hinab. Wirbelnd drehten sich die Wasser um ihn her in der Tiefe. Jetzt sah er die grässlichen Kreaturen, die aus diesen Wirbeln hervorzukommen schienen. Molche, Mollusken, riesige Quallen, Seespinnen, Wasserschlangen und anderes Gewürm schwammen wimmelnd durcheinander. Dazwischen schienen immer wieder Fratzen auf, die ihn aus ihren verzerrten Gesichtszügen anstarrten. Die Erscheinungen schienen nach ihm zu gieren, aber durch die Strömung, die ihn weiter abwärtszog, entkam er ihnen.

Mit einem Mal waren keine Bewegungen mehr auszumachen. Das Wasser war nun still und dunkel, aber seine Augen sahen noch immer mit dieser unnatürlichen

Klarheit. Unter sich sah er ein Gemäuer auftauchen. Das Gemäuer einer versunkenen Festung. Dann war da auf einmal kein Wasser mehr, sondern nach Fäulnis riechende Luft, nach der er gierig schnappte, während er einen schwarzen steinernen Schlund hinabstürzte.

Die Wände rasten an ihm vorüber. Er landete auf einem harten Steinboden, der ihm die Beine in den Leib zu rammen schien und ihm die Luft aus den Lungen presste. Als er sich unter heftigen Schmerzen erhob, sah er, dass er sich in einem fensterlosen Saal befand, wo Wasser von den hohen Wänden tröpfelte und über den mit schleimigen Gewächsen überzogenen Boden rann. Ansonsten kündete kaum etwas davon, dass man sich hier auf dem Grund eines Sees befand. Es gab Luft zum Atmen und man hätte genauso gut den Eindruck gewinnen können, sich im Inneren einer uralten Burg tief in den Wäldern zu befinden. An der Stirnseite des Saals saß Tristan auf einem steinernen Sitz, der wie ein verwitterter Thron aussah.

»Gefällt es euch?«, hörte er Tristan fragen, dessen Stimme von den Wänden widerhallte. Und als sich Henry umblickte, sah er, dass Mistilo und Fynn es auch bis hierher geschafft hatten.

Tristan, dessen Haare vor Feuchtigkeit trieften, erhob sich und nahm die drei in seinen Blick. Seine Augen schienen zu leuchten, als er sagte: »Dies hier ist Xanas, die dunkle Festung, nach der mein Schwert benannt ist. Diese Festung wird der Ort sein, an dem ihr es erfahren werdet. Erfahren, was es heißt zu kämpfen. Und hier werdet ihr es kennenlernen: das Grauen.«

28

Plötzlich sah er sie. Die rechteckige Öffnung, in der die herabführende Treppe mündete. Wie eine Pforte sah die Öffnung aus. Dahinter war nichts zu sehen.

Ungefähr zwei Meter hoch war sie und gut einen Meter breit. Schlicht, schmucklos. Der Eindruck ließ nichts Bedrohliches erahnen. Trotzdem wurde Fynn, dem die nassen Klamotten auf der Haut klebten, auf einmal speiübel. Er hatte das Gefühl, etwas zerrte an seinen Eingeweiden. Diese in einen schmalen Rahmen eingefasste Pforte schien das Ende zu markieren. Das Ende aller Dinge.

Auf einmal war sie verschwunden. Die rauschhafte Freude von vorhin. Als sie auf magische Weise hinabgetaucht waren in diesen See, tiefer und immer tiefer. Tristan Nachtweih hatte sie durch den Hauptsaal der Festung Xanas geführt, die am Grund des Sees lag. Durch Räume, die wie dämmrige Grotten aussahen. Bis sie zu der sehr schmalen, düsteren Treppe kamen.

»Wer will der Erste sein?«, fragte Tristan. Er blickte Mistilo fragend an, blickte Fynn an und dann Henry.

»Was ist das für ein Gebilde?«, fragte der, den Blick auf die Pforte gerichtet.

Ein maliziöses Lächeln ging über Tristans Gesicht.

»Dorthinunter führt euer Weg. Wenn ihr durch diese

Öffnung schreitet, wird das Grauen der Menschheit erlebbar für euch. Es wird einkehren in eure Seelen. Ihr werdet Bilder von Gewalt, Verzweiflung und Zerstörung erfahren. Bis ihr eins damit werdet. Bis euer Weg das Grauen sein wird und das Grauen euer Weg. Du zögerst doch nicht etwa?«

Henry hielt Tristans Blick nicht stand. Er setzte sich in Bewegung. Fynn beobachtete, dass die Farbe aus seinem Gesicht wich, als er langsam die Treppen hinabstieg und sich der Öffnung näherte. Dann setzte er einen Fuß hinein und verschwand. Mit kurzem, fieberhaftem Atem sog Fynn die Luft ein, die nach Ammoniak und Seetang roch. Er lauschte angestrengt, aber er hörte nichts. Nur die Stille war da, die zu einem spürbaren Druck auf seinem Trommelfell wurde. Und seine Augen, sie starrten auf das rätselhafte Rechteck am Fuß der Treppe, das keinen Einblick zuließ. Er wusste nicht, wie viel Zeit verstrich.

Als Henry zurückkehrte, hatte er schlohweiße Haare und trug einen ähnlichen Mantel wie Tristan.

Als er zurückkehrte, waren seine Augen hart und schimmernd wie blaue Zirkone.

Als Nächstes war Mistilo an der Reihe. Tristan Nachtweih nickte ihm zu. Schnaubend setzte Mistilo zum Sprung an und das Rechteck verschluckte die Bestie. Und sie kehrte nicht zurück. Wer zurückkam, war ein junger Mann, den Fynn aus der Schule kannte. Er hieß Balder. Auch er trug einen Mantel und in seinen Augen lag ein tiefes kaltes Blau. In seiner rechten Hand hielt er ein zweischneidiges Langschwert – schwarz wie vulkanisches Glas. Fynn spürte, dass das Geschöpf Mistilo, seine gewaltige

Kraft, seine Finsternis und Blutgier in diesem Schwert aufgegangen waren.

Tristan bedachte Fynn mit einem auffordernden Blick.

Langsam stieg er die Treppenstufen hinab, näherte sich der Öffnung.

Jetzt ist es also so weit, dachte er. Jetzt werden alle Grenzen gesprengt. Jetzt wird sein ganzes Wesen zu einem Instrument werden, das auf ein einziges Ziel ausgerichtet ist: die Vernichtung.

Doch auf einmal tauchten Bilder in ihm auf, die lange versunken waren. Bilder, die mit einem Gefühl des Glücks einhergingen. Bilder der Schönheit, die der Düsternis des Todes entgegenwirkten. Lebensbilder.

Er fühlte sich zurückversetzt in die Zeit, als er noch ein Junge gewesen war. Er sah seine Mutter vor sich, damals noch mit einem strahlenden Lächeln. Er sah, wie sie ihm half, die verletzte Taube zu füttern, der er auf der Terrasse ein kleines Krankenlager errichtet hatte. Er sah, wie fröhlich ihm die Mutter entgegensah, wenn er mit dem Kettcar die Einfahrt heruntergerast kam. Und dann sah er Zoe vor sich und spürte zum allerersten Mal, wie gern er sie hatte. Ihre ausdrucksstarke, fremdartige Stimme. Ihre ungezähmten Haare. Das würzig wütende Aroma, das von ihr ausging. Er dachte daran, wie intensiv es war, wenn er in ihr kam.

Er blickte auf das Rechteck, wusste, was es bedeutete, wenn er sich dorthinein begab. Und dann traf er seine Entscheidung. Er drängte die Bilder des Lebens, die Bilder der Schönheit zurück. Zoe war nichts wert. Sie war eine schwarze Schlampe, nichts weiter. Und das Leben war nur ein dunkler Haufen Scheiße. Er tat einen Schritt und das Rechteck, es verschlang seinen Körper. Verschlang seinen Geist.

29

Martha saß allein auf einer der Sitzbänke in der kleinen Kapelle. Sie hatte die Augen geschlossen. Sie spürte das Bedürfnis zu beten. Zu beten, wie sie es einst getan hatte, immerzu. Aber damals war sie töricht gewesen. Sie hatte es nicht gewusst. Nicht gewusst, dass kein Gebet der Welt sie jemals zurückgedrängt hatte. Die Gewalt. Es bedurfte nur eines Funkens in den verdorrten Landschaften der Seele und ein Brand war entfacht. Der sich ausbreitete, immer weiter.

Als sie ihren Gedanken nachspürte, bemerkte sie, wie sich ihre Finger um den Griff ihres Schwertes krampften. Ihre Augenlider hoben sich. Das Licht des Tages sickerte durch die Buntglasscheiben und warf Farben über ihr Gesicht. Beschwor die Farben ihrer Vergangenheit herauf. Mit geöffneten Augen träumte sie. Träume der Erinnerung.

Das Ende ihres Daseins vor dem inneren Auge, versuchte Martha die alten Bilder zu verscheuchen und sammelte ihre Gedanken, die sie aber zu dem wild strampelnden Leben in ihrem Leib führten. Das alte Leben versuchte sich eindrücklich Bahn zu brechen, jetzt und hier, wo das neue Leben so jäh zu Ende gehen sollte. Bilder und Gedankenfetzen von damals zogen heran …

Martha würde ihre schützenden Hände vor den Bauch halten, wenn sie könnte. Sie würde ihr Kind mit zärtlichen kreisenden Bewegungen zu beruhigen versuchen, das sich wie wild in ihrem Leib bewegte. Als könnte es ahnen, was bald geschehen würde. Die Geburt stand kurz bevor und die eine oder andere Wehe war schon seit zwei Tagen zu spüren gewesen. Martha hatte gehofft, dass es bald zur Welt kommen konnte, sie hatte gehofft, es retten zu können. Seit man sie vor ein paar Tagen in der St. Margareta entdeckt und wie eine Verbrecherin in die Gruft der Kapelle hinuntergestoßen und dort eingesperrt hatte, wurden ihr nur ein paar Schlucke Wasser, aber weder eine Decke noch eine Mahlzeit gereicht. Sie hatte sich zwischen zwei Sarkophagen auf den Steinboden gekauert und in die Bewegungen des Kindes in ihrem Bauch vertieft, um nicht von ihrer grauenvollen Angst überwältigt zu werden. Dann hatte man sie aus dem Verlies gezerrt und auf der Lichtung an Armen und Beinen an einen Pflock gebunden.

Unter ihren nackten Füßen stapelten sich das Reisig und die Holzscheite, sodass an manchen Stellen spitze Holzsplitter in ihre Füße drangen.

Martha hatte schon so oft in die Augen des Todes geblickt und sich fest vorgenommen, tapfer in diese letzte Schlacht zu ziehen. Nur dass sie das Kind nicht beschützen konnte, brach ihr das Herz. Das Kind, das von Tristan Nachtweih war. Sie hatte sich vorgenommen, es bis zum letzten Atemzug mit ihrer Liebe zu umfangen, ihm beizustehen und sich um nichts in der Welt davon ablenken zu lassen. Doch jetzt konnte sie nicht anders. Sie blickte auf.

Im Kreis um die Feuerstelle hatten sich Bauersleute

in ihren eintönigen graubraunen Kutten, die Frauen mit Schürzen und weißen, schmutzigen Kappen, die Kinder barfuß in Lumpen, und allerhand Gesindel aus der Umgebung versammelt. Und auch der eine oder andere Krieger aus dem niederen Adel, sie alle wollten dem seltenen Schauspiel aus der Nähe beiwohnen.

Martha überflog die Reihen der Zuschauer und ihr Blick blieb am seitlichen Eingang der Kapelle hängen. Dort im Hintergrund, weit hinter der letzten Reihe der Schaulustigen, unter dem Schutz des Kapellenvorsprungs, stand seine beeindruckende Gestalt. Er überragte alle anderen an Größe, sein türkisblauer ägyptischer Umhang stach in buntem Glanz hervor. Martha kümmerte sich nicht um die Schwäche, die ihren Körper in die Knie zwingen wollte, sie hielt seinem kalten, unbarmherzigen Blick stand, der sie durchbohrte, als könnte er damit die Flammen des Scheiterhaufens schon jetzt entfachen.

Tristan Nachtweih hatte sie verraten und jetzt wagte er es, sein Kind sterben zu sehen.

Sie hatte ihn geliebt, diesen unwiderstehlichen Krieger, den Kreuzritter, mit dem sie Seite an Seite gekämpft hatte, der sie aus den Niederungen ihres Schwarzwälder Bauernlebens in die Welt des Adels und der Ritterschaft geführt hatte. Tagsüber waren sie Kampfgefährten gewesen und nachts Geliebte.

Im Winter des Jahres 1218 war es gewesen, als Martha und Tristan in die Wirren des Fünften Kreuzzuges gezogen wurden. Sie war aus dem ärmlichen Heimatdorf geflohen, das nicht einmal einen Namen trug. Das nur eine Ansammlung kümmerlicher Hütten war. Sie war in einer

Dezembernacht geflohen, in der ein fahles Licht herrschte, als hielt die Nacht ihre Dunkelheit zurück, um Martha keinen Schutz zu gewähren. Dennoch war ihr die Flucht gelungen. Sie hatte ihre Schwester Keth und ihre kranke Mutter, die sie so sehr liebte, zurückgelassen. Mit schrecklichen Gewissensbissen, aber mit der Hoffnung jungen Überschwangs auf ein eigenständiges Leben und um Armut und Verzweiflung hinter sich zu lassen. Sie hatte sich als Knappe ausgegeben und war unerkannt bis in die vorderen Ränge der Ritterschaft vorgestoßen.

Es war der Winter, als die Kreuzfahrer Ägypten einzunehmen versuchten, um von dort aus mit der Rückeroberung Jerusalems zu beginnen, das sie schon Jahre zuvor verloren hatten und das Papst Innozenz III. so sehnlichst als Zentrum des Christentums ausgemacht hatte.

Tristan war immer an ihrer Seite. Ihn umgab eine Anziehungskraft, der sich Martha nur schwer entziehen konnte. Seine unbändige Kraft, die Schönheit und Eleganz seiner Erscheinung und sein Edelmut verliehen ihm eine Größe, der die als Mann verkleidete Martha nicht widerstehen konnte. Bei ihm fühlte sie sich zum ersten Mal so lebendig, als flössen überirdische Kräfte durch ihre Adern. Tristan erkannte den Glanz in ihren Augen, schon viele Damen vor ihr hatten ihm zu Füßen gelegen.

Früh hatte er ihr Geheimnis durchschaut, ließ sie jedoch zappeln, ritt mit ihr in die Kämpfe, die meist verloren gingen und die Erde mit Toten bedeckten, schlief Seite an Seite mit ihr im Schlamm unter den Sternen, wurde nicht müde, ihr heimlich und mit wunderschönen Worten darzulegen, was für eine mutige Kämpferin und anziehende Frau in diesem eisernen Harnisch steckte.

Tagsüber kämpften sie gemeinsam unter der sengenden Sonne und nachts liebten sie sich leidenschaftlich. Manchmal, wenn der Angriff kurz bevorstand und sie im Dunkel der Nacht ausharrten, um die gegnerischen Streitkräfte zu überraschen, erzählte er ihr leise von seiner Familie.

Er erzählte ihr von dem alten Geschlecht seiner Vorfahren, die alle Kämpfer gewesen waren, so wie er. Er erzählte ihr von der versunkenen Festung Xanas, die seine Familie über viele Jahrhunderte bewohnt hatte. Eines Tages würde er sie hinführen, würde ihr die Stelle zeigen, wo sie in einer aus den Felsen hervorbrechenden Flut untergegangen war.

Doch auf diesen Tag wartete Martha vergebens. Im Laufe der drei Jahre andauernden Kämpfe begann Tristan sich zu verändern. Die Rauschhaftigkeit, die ihn so kraftvoll durch die Schlachten führte, die ihm einen unsichtbaren Schutz verlieh und ihn nahezu unangreifbar machte, wandelte sich zunehmend. Er kämpfte nicht mehr für den Bischof Olivier, der mit seinen Reden so viele Ritter für sich eingenommen hatte. Tristan kämpfte nicht mehr für den Papst und seine Ideen und erst recht nicht für Gott. Er kämpfte nur noch, um zu töten. Er begann abseits der Schlachtfelder für weniger mutige Gesellen bezahlte Duelle zu übernehmen, ließ sich für kleine abseitige Scharmützel anheuern und verdingte sich nach dem verlorenen Kreuzzug als Söldner, um mit Martha an seiner Seite in jedes Kriegsgeschehen einzugreifen, das ihm zu Ohren kam. Die unbändige Kraft in ihm entlud sich immer mehr in Hass und Gewalt.

Der erhabene und aufrechte Edelmann verwandelte sich in ein hochmütiges und herablassendes Wesen, gnadenlos und brutal mit seinen Gegnern, herrisch und aggressiv mit Martha.

Martha, die Gottesfürchtige, erschreckte das bloße Abschlachten, der Kampf um des Kampfes willen. Sie glaubte an Gott und an ihre Wahrheit, an das Heilige Land, das es zurückzuholen galt in die Hände der Christenheit.

Mit jedem Wortwechsel, den sie über seine Veränderung ausfochten, war Tristan aggressiver geworden, er beschimpfte und schlug sie.

Manchmal, in den seltenen hellen Momenten des Tages, erklärte er ihr, dass diese Unrast, dieser unbändige Kampfeswille ein unbezwingbarer Teil von ihm sei. Ein Blutrausch, von seinem alten Geschlecht, von Generation zu Generation weitergegeben bis tief in seine Gedärme. Alle seine Vorfahren hätten angeblich diese Bösartigkeit und die Niedertracht im Blut.

Dann verfiel er wieder in eine Düsternis und Kälte, die Martha erzittern ließen.

Hatte Gott ihr diesen Mann geschickt, damit sie ihn von diesem Irrsinn erlösen würde? Das fragte sie sich in den langen frostigen Nächten ohne Schlaf, vor den grausamen Kämpfen, während sie beobachtete, wie Tristan wie ein wildes Tier in ihrem Zelt auf und ab ging.

Könnte Gott so eine Kreatur überhaupt einbeziehen, ihr gar vergeben?

Vielleicht wäre sie mit Gottes Hilfe fähig, Tristan zu bekehren, dachte sie. Aber gleichzeitig wusste sie, dass ihre Willenskraft nicht ausreichen würde, sich gegen ihn zu stellen; dass der Strudel der Gewalt sie mitziehen würde in das Dunkel, das ihn umgab.

Könnte sie ihn weiterhin so lieben wie bisher? Würde diese Liebe ihr die Kraft schenken, bei ihm zu bleiben?

Martha kämpfte einen aussichtslosen Kampf mit sich selbst. Sie rang mit ihrer Liebe zu ihm, mit ihrer Abscheu, mit ihrem Mitleid und ihrer Wut, die sie am heftigsten beschlich, wenn er sie stürmisch und hart auf der blanken Erde ihrer Unterkunft nahm.

Nach einer dieser Nächte, als sich ihr ganzer Körper wund und verwüstet anfühlte, wusste Martha, dass sie nicht mehr bleiben konnte. Kein Heer dieser Welt konnte Tristan von seiner Grausamkeit befreien.

Als sie sich einem Söldnerheer in Anatolien angeschlossen hatten, das sich monatelang in ewig wiederkehrenden Scharmützeln um Konstantinopel aufrieb, fasste Martha ihren Plan.

Das Treffen der Anführer war ihre einzige Chance. Vor drohenden Niederlagen und schwierigen Kämpfen trafen sich die wichtigsten Männer, um strategische und taktische Vorgehensweisen zu besprechen. Meist uferten diese Treffen in Saufgelage aus, die bis tief in die Nacht dauerten. Sie bedienten sich der Huren der Umgebung und schliefen sich an Ort und Stelle aus. So hätte Martha für ihre Flucht den Vorsprung von fast einem Tag. Zudem war sie sich sicher, dass Tristan nicht vor wichtigen Schlachten davonlaufen würde, um sie zu suchen, er würde sein Ansehen verlieren und seinen Stand verraten. Und das würde er nicht zulassen.

Sie packte ein paar Habseligkeiten und die letzten Essensreste vom Vorabend in einen Beutel, schlich sich in die Pferdekoppel und sattelte ihr Pferd für einen langen, entbehrungsreichen Ritt. Dahin zurück, wo sie vor langer Zeit hergekommen war. Sie würde das Kind retten, das sie seit wenigen Wochen in ihrem Bauch trug. Sie würde den langen Ritt wagen, der sie zurück in die Heimat führte.

Aber Martha wusste, Tristan würde sie suchen, früher oder später, und er würde sie finden, egal wo sie sich auch aufhielt.

Als sie hörte, dass er im Dorf nach ihr fragte, war sie voller Angst nach St. Margareta am Waldrand geflohen. Und dort hatte er sie gefunden. Natürlich hatte er sie gefunden. Er hatte sie an den Haaren herausgezogen, sie über die Wurzeln und abgebrochenen Zweige des Waldbodens geschleift, sie geschlagen und getreten. Sie und ihr gemeinsames Kind. Dann hatte er sie in die Gruft gesperrt. Und sie hatte sich nicht gewehrt. Sie wusste, dass sie keine Chance hatte, dem zu entgehen, was nun ihr Schicksal war.

»Verbrennt die Ketzerin!«, rief Tristan wieder und wieder den Leuten zu. »Sie hat mehrfach Gott gelästert. Ich sage euch, meine Ohren haben es genauestens vernommen. Zündet diese Gottlose und ihr teuflisches Balg endlich an!«

Solange sie bei Bewusstsein war und die Flammen noch nicht vollständig von ihrem Körper Besitz ergriffen hatten, ließ sie ihren Blick nicht von Tristan weichen. Doch bevor sie besinnungslos vor Schmerzen niedersank, sah sie noch, dass er beschämt seine Augen niederschlug.

30

Sie war verschwunden. Die zeitliche Weite. Verschwunden der Glaube, dass sich dort draußen unzählige Tage aneinanderreihen würden und der Tod ein fernes Ufer war. Auf einmal schien die Zeit zusammengeschrumpft auf die Dauer weniger Herzschläge.

Kathrin glaubte, zum ersten Mal nachempfinden zu können, wie sich ein sterbenskranker Mensch fühlen musste. Wie dieser versuchte das kleine bisschen Leben auszukosten, das ihm noch blieb.

In ihren Träumen hatten lange Zeit nur die Farben Schwarz und Weiß geherrscht. Nun kehrten die übrigen Farben zurück. Sie sah in ihren Träumen Freiburg mit seinen Häusern vor sich ausgebreitet, die ihr auf einmal ausgesprochen klein erschienen. Besonders klein schienen die Lichter in diesen Häusern. Die Lichter, mit denen die Menschen versuchten der Dunkelheit zu trotzen. Sie ahnten nicht, was auf sie zukam.

Kathrin kannte jetzt die Aufgabe, die zu bewältigen war. Wusste vom Kampf der Acht, der über das Schicksal der Welt entschied. Daniel und diese kraftvolle Frau namens Martha von Falkenstein, die aus einer fernen Vergangenheit zurückgekehrt war, hatten ihr davon erzählt. Obwohl sich das Ganze völlig absurd anhörte, zweifelte sie nicht an der Wahrheit ihrer Worte. Zweifelte nicht daran, dass etwas Grauenvolles bevorstand. Etwas, das abgewendet werden musste um jeden Preis. Sie spürte es. Zu eindringlich war die Erinnerung an die Attacke des grässlichen Geschöpfs auf dem Martinstor.

Daniel hatte Kathrin zu einer kleinen Lichtung geführt, die vor einer tief im Schwarzwald verborgenen Kapelle lag. St. Margareta. Im Mondlicht hatte die Landschaft ringsum in zerbrechlichem Weiß geleuchtet. Dort hatten sie gewartet. Martha und Zoe, die nur wenig jünger war als Kathrin. Vielleicht siebzehn. Sie hatte eine schwarze Hautfarbe und sah ausgesprochen athletisch aus. Schien bestens gewappnet für die Aufgabe, die ihnen bevorstand. Ihre dunklen Augen glänzten. Ihr Gesicht war ruhig und schien vor Energie zu glühen. Mit dem Säbel, den sie in der Hand hielt, sah sie wie die geborene Kämpferin aus. Und das war sie wohl auch, wie Martha berichtete. Zoe wirkte allerdings auch unnahbar. Misstrauisch. Man sah ihr an, dass ihr im Leben bereits einige Fallen gestellt worden waren. Und dass sie gelernt hatte, ihre Umgebung genauestens zu prüfen.

Daniel erzählte ihr von seiner Liebe zu der jungen Frau namens Isabell und dass er mit angesehen hatte, wie sie ermordet worden war. Und von seinem Bruder Balder erzählte er, der zu einer monströsen Kreatur geworden war. Kathrin berichtete von ihrer Begegnung mit diesem Monster. Von ihrer verstorbenen Liebe, der Elster. Und dem langen Dolch, der wie eine Vogelfeder anmutete. Der Dolch, der auf magische Weise aufgetaucht war und ihr das Leben gerettet hatte.

Sie zeigte Zoe den Dolch. Übergab ihn ihr kurzzeitig.

Staunend hielt Zoe ihn in Händen, betastete mit den Fingern die Klinge. Es war zu bemerken, dass etwas in ihr vor sich ging. Dass die Geschichten, die ihr erzählt worden waren, einen Widerhall fanden. Ihr Gesicht öffnete sich. Schließlich kam sie zögerlich aus sich heraus und erzählte den beiden, dass sie in letzter Zeit auch seltsame Erlebnisse gehabt hatte. Dunkle Gedanken. Wahrnehmungen. Und dass sie ihm begegnet war. Tristan Nachtweih. Seine Gewalt gespürt hatte. Sie erzählte, dass sie von ihm träumte. Von seinen Augen, die wie ein auf beiden Seiten durchlässiger Spiegel waren. Man spürte, dass man intensiv beobachtet wurde, aber man sah nur eines: das eigene Spiegelbild, grausam entstellt. Zoe schwieg. Blickte Krähe, dann Daniel, dann Martha an.

»Ich werde mit euch kämpfen«, sagte sie schließlich. Aber ihre Stimme klang auf einmal schwach. Klang wie trockenes Laub.

Krähe wandte sich mit einer Frage an Martha. »Schätze, die Welt ahnt nichts von den fantastischen Vier, die für sie kämpfen.«

»Nein«, antwortete sie. »Die acht auserwählten Kämpfer tragen den Kampf im Verborgenen aus. Gewinnen unsere Gegner, wird es die Welt leidvoll erfahren. Werden wir gewinnen, erfährt die Welt neue Tage. So ist es.«

Krähe empfand eine klitzekleine Freude daran, Martha zu necken: »Keinen Siegeskranz, kein Geld, keinen Pokal? Nicht mal ein Spotify-Abo?« Martha blickte sie fragend an.

»Würde dir gefallen«, fügte Krähe hinzu, »da gibt's sicher auch mittelalterliche Musik zu hören.«

»Tut mir leid«, sagte Martha schließlich. »Der Kampf wird euch keinen Preis einbringen.«

Krähe lachte. »Bestens. Das klingt nach der Welt, die ich kenne. Für die es sich jederzeit zu kämpfen lohnt.«

Recht schnell allerdings war Krähe das Lachen wieder vergangen. Angst hatte sich in ihr eingenistet. Sie hatte in ihrem bisherigen Leben die Türen immer gut vor der Angst verschlossen gehalten. Nun gelang es ihr nicht mehr. Sie zweifelte an sich. Zweifelte daran, dass sie stark genug sein würde, um in diesem Kampf zu bestehen. Auch flüsterte eine Stimme in ihr, dass sie es nicht wert war, eine der wenigen Berufenen zu sein. Selbsthass loderte in ihr auf. Sie kannte ihn bereits seit ihrer Kindheit. Sie war sich selbst gegenüber nie eine gute Freundin gewesen. Lange hatte sie geheim gehalten, dass sie auf Frauen stand. Als sie es eröffnete, waren die Reaktionen schlimm ausgefallen. All die kritischen Stimmen, all die schiefen Blicke, auch die Gewalt, die sie erfuhr, hatten angefangen, in ihr eine Wirkung zu zeigen. Hatten ihn hervorgerufen, diesen Selbsthass. Bis die Nacht kam, in der sie beinahe den jungen Kerl getötet hätte.

Beinahe?

Wie sie erfahren hatte, hatte er sich vor einiger Zeit das Leben genommen. Lenny, wie er hieß, war vor einen ICE gesprungen. Depressionen, hieß es. Er war auf dem parkähnlichen Freiburger Hauptfriedhof beerdigt worden. Genauso wie Rebekka. Genauso wie ihre Freundin. Kathrin hatte diese Tatsache mit Zorn erfüllt. Mit einem Gefühl der Ohnmacht. Dem Gefühl, dass man seinem Schicksal einfach nicht entrinnen konnte. Sosehr man es auch versuchte.

Aber dann erfuhr sie von Martha und Daniel, was zu erfahren war: Dass sie selbst wie alle übrigen Menschen schon sehr bald tot sein könnten. Dass der Untergang der Welt nahte. Kathrin konnte nicht aufhören, daran zu denken. Überlegte, welches Anliegen ihr wichtig war, in der Zeit, die ihr blieb. Auf einmal kam ein seltsames Bedürfnis in ihr auf. Sie fasste einen Plan. Es war nicht schwer. Sie fand den Namen sofort im Internet. Also setzte sie sich in die Trambahn. Linie 1. Bis in den Stadtteil Landwasser fuhr sie. Und lief zu dem dreistöckigen, mit Graffiti besprühten Haus.

Sie läutete und eine Frau öffnete die Tür der Erdgeschosswohnung. Es war die Mutter eines Teenagers, der sich vor Kurzem das Leben genommen hatte. Lennys Mutter. Kathrin stellte sich der Frau vor. Sie sagte, was sie hatte sagen wollen. Dass ihr alles entsetzlich leidtat. Das sagte sie.

31

Im Schleiermooshof, in dem kleinen Zimmer unter dem Dach, das er sich bisher mit Balder geteilt hatte, saß Daniel auf seinem Bett. Er betrachtete gedankenversunken den dunklen Fleck auf dem Boden gegenüber, wo das Bett seines Bruders gestanden hatte. Der Vater hatte es gleich nach seiner Entlassung aus dem Krankenhaus von Daniels Brüdern entfernen lassen.

Die Nachmittagssonne, die es in den Sommermonaten über die dunklen Berge durch die kleinen Fenster in ihr Kinderzimmer schaffte, hatte im Laufe der Jahre den Holzboden gebleicht, nur die Stelle unter Balders Bett war dunkel geblieben.

Wie wird es ausgehen? Werde ich ihn im Kampf besiegen können? Meinen Bruder? Das Monster?

Die Gedanken, die Daniel bedrängten, überschlugen sich. Ließen die Bilder eines grausamen Kampfes entstehen. Wenn Daniel als Sieger aus diesem Kampf hervorgehen würde – dann, ja dann würde die Welt vielleicht überleben. Eine viel zu schwere Bürde für einen Schwächling wie ihn.

Daniel stand auf und trat an die Kommode unter dem Fenster. Er öffnete eine Schublade und holte ein kleines Kästchen hervor. Er klappte den Deckel auf und nahm vorsichtig ein paar Bilder heraus, die er still betrachtete. Eine Szene zeigte Balder und ihn am Abend eines Sankt-Martins-Tages, als sie mit Laternen von Hof zu Hof gezogen waren. Sein freudestrahlendes Gesicht im Laternenschimmer. Wie aus weiter Ferne drangen ihre Gesänge zu ihm.

Ich geh' mit meiner Laterne
und meine Laterne mit mir.
Dort oben leuchten die Sterne,
hier unten leuchten wir!

Balder hatte dieses Lied geliebt. Er hatte nicht aufhören wollen, dieses Lied zu singen. Die ganze Nacht.

Daniel spürte, wie sein Mund austrocknete. Sein Blick fiel auf sein Magnifikat, das er zur ersten heiligen Kommunion geschenkt bekommen hatte. Es lag ganz hinten in der geöffneten Schublade. Er nahm es heraus und setzte sich auf sein Bett.

Er fing an zu beten. Erst zu heiligen Maria, dann zu Jesus Christus. *Bitte hilf und lass diesen Kelch vorübergehen*. Mitten im Gebet hielt er plötzlich inne und riss eine Seite nach der anderen aus dem Gebetbuch. Zerknüllte sie mit seinen Händen, bevor er das Buch mit der unbändigen Kraft des Zorns in die Ecke schleuderte.

Dann saß er minutenlang erstarrt auf der Bettkante, unfähig zu glauben, was er gerade getan hatte.

32

Sie fanden einen Weg zu ihr. Wieder und wieder. Die Zweifel. Die quälenden Gefühle der Ungewissheit. Martha konnte sich ihnen nicht entziehen. Langsam bewegte sie sich durch das mittelalterlich anmutende Freiburg. Es war Abend. Das unebene Kopfsteinpflaster unter ihren Füßen erinnerte sie an alte, vergangene Zeiten, als hinter jeder Ecke der Tod lauern konnte. Heute kamen ihr Touristen entgegen und elsässische Schulklassen lärmten durch die engen Gassen.

Waren die drei jungen Gefährten, die sie ausgewählt hatte, stark genug für das, was bevorstand? Hatte sie ihnen nicht eine Aufgabe aufgebürdet, die viel zu groß für sie war?

Was würden sie ertragen müssen? Die Schrecken des Kampfes, des Todes? Des Untergangs?

Kurzzeitig glaubte sie ihn wahrzunehmen. Den wilden Sturm des Totenheeres, das durch die Lüfte zog, um alles mit sich zu reißen …

Es war dunkel geworden. Martha tauchte in das kleine Fußgängerviertel rund um die Konviktstraße ein, in dem damals viele Handwerker ihr Zuhause hatten. Das Viertel war Wolfshöhle genannt worden. Weil man in den Nächten das Heulen der zahlreichen Wölfe hörte, das vom nahe gelegenen Schlossberg herüberdrang. Die pittoreske Gasse schien mit ihrem südlichen Flair und dem geschwungenen Verlauf heute die Wärme des Friedens auszustrahlen. Martha blieb im schwefelgelben Schein einer Laterne stehen, um sich zu sammeln. Sie wusste, wie brüchig dieser Frieden war. Noch immer bedrängten sie Gedanken an das Totenheer. Sie versuchte sich wieder auf ihre Gefährten zu konzentrieren. Auf Zoe, auf Daniel und Kathrin.

Sie öffnete ihr drittes Auge, durch das sie jeden ihrer Schritte beobachten konnte. Sie sah, wie die drei gerade auf der Lichtung vor der Kapelle zusammensaßen. Sie hatten ein Lagerfeuer entzündet und brieten Stockbrot, alberten herum. Sie machten kleine Späße über Martha. Ahmten nach, wie ernsthaft sie von der großen Bedeutung ihrer gemeinsamen Aufgabe gesprochen hatte.

Ein Lächeln ging über Marthas Gesicht. Sie war froh, dass sie sich nicht von der Furcht fortziehen ließen. Noch nicht.

Sie sah jetzt, wie Zoe Daniel ein paar Fertigkeiten beim Säbelfechten nahebrachte. Die beiden standen sich gegenüber und Zoe führte langsam fließende Bewegungen aus, die Daniel nachahmte. Nach und nach wurde deutlich, dass er seinen Rhythmus fand. Nur manchmal wies Zoe ihn darauf hin, dass sein Gewicht auf dem falschen Fuß lag oder dass er sich die Blöße für den Todesstoß gegeben hatte.

Martha berührte die Tapferkeit ihrer drei Gefährten. Sie fühlte sich mit einem Mal sicher, die Richtigen ausgesucht zu haben. Vielleicht würde es ihnen gelingen. Vielleicht würden sie im Kampf erfolgreich bestehen.

Noch immer im Schein der Laterne stehend, dachte sie weit zurück. Viele Jahrhunderte weit. Sie dachte an den Abend vor der großen Schlacht um Damiette. Sie dachte daran, wie sie in dieser Nacht mit Tristan Nachtweih geschlafen hatte. Sie hatte es danach sofort gespürt: dass sie schwanger war. Sie dachte an die Rose, die ihr Tristan in dieser Nacht geschenkt hatte. Eine besondere Rose. Sie nannte sich Kupferkönigin.

33

In dunkler Tiefe hielt er sich auf. Im großen Saal der Festung Xanas. Er saß auf dem steinernen Sitz, zu dem halb verfallene Treppenstufen hinaufführten und der wie ein Thron anmutete. Viele seiner Vorfahren hatten hier Platz genommen. Und sie waren in der Tat Herrscher gewesen. Herrscher der Finsternis. Er spürte genau, wo sich seine Gefährten in dieser Nacht befanden. Spürte, dass sie oberhalb der Wasseroberfläche herumstreunten, um ein Fest zu feiern. Ein Fest von fleischlicher Begierde, von Rausch und Blut und Gewalt. Ein letztes Fest, mit dem sie sich einstimmten. Auf den Kampf der Acht. Auf den Untergang. Es war gut, dass sie ihre Freude hatten. Ausgelassen waren. Sie zum Einsatz kommen ließen. Ihre Sinne. Ihre Zähne. Ihre Waffen.

Tristan Nachtweih wollte sich nicht zu ihnen gesellen. Er wollte für sich allein sein. Mit schweren Augen blickte er in den weiten leeren Saal, von dessen Wänden das Wasser ablief. Der Saal dünstete Fäulnis aus und war genauso versunken wie die Vergangenheit.

Sie kehrte zu ihm zurück. Die Erinnerung. An die Erlebnisse. An die Szenen, Bilder und Wahrnehmungen, die unmittelbar auf seinen Tod folgten. Vor vielen Jahrhunderten.

Nachdem das Wasser des Sees sein Leben erstickt hatte, war Tristan zu sich gekommen, als wäre er aus einem entsetzlichen Traum erwacht. Er spürte noch immer die Eiseskälte. Spürte die Verwesung in seinem Mund. Das Brennen in seiner Kehle. Und was tief in ihm brannte, war Marthas Name. So laut er konnte, schrie er ihn hinaus. Seine Schreie gellten in seinen Ohren, aber ansonsten war alles still. Niemand gab Antwort.

Er hustete und hustete.

Verzweiflung überkam ihn. Die Verzweiflung über das, was er getan hatte. Martha, die Frau, die er liebte, ins Feuer zu schicken. Was er zerstört hatte. Er spürte, dass sein ganzes Dasein von Vernichtung geprägt gewesen war. Er sehnte sich nach Martha, bettelte, flehte in die Stille hinein, ihr Gesicht möge vor ihm erscheinen. Doch es erschien nicht. Er tastete sich an steinernen Mauern entlang, fand sich in einem Labyrinth wieder, das die geschwungene Form der Zahl ***8*** besaß. Wieder und wieder folgte er den beiden Rundungen, die ineinanderliefen. Er war erschöpft. Sank auf die Knie. Dann hörte er eine Stimme, die aus der Ferne zu ihm drang, hörte seinen Namen. Genau dort, wo die beiden Bögen der Acht aufeinandertrafen, war auf einmal ein Durchgang entstanden.

Tristan schlüpfte hindurch. Dahinter tat sich eine gewaltig große Halle auf. Er hoffte, Martha dort wiederzufinden. Aber die Hoffnung war vergebens. Seine Schritte verloren sich in der Weite dieser Halle. Nichts und niemand war zu sehen. Vorsichtig bewegte er sich vorwärts. Der Saal schien aus massivem Fels gehauen zu sein. Der Boden, der aus groben Steinplatten bestand, und die hohen, stumpf glänzenden Wände waren mit Reliefs verziert. Tristan betrachtete sie. Zuerst wirkten sie fremdartig und abweisend auf ihn, aber dann geschah etwas in seinem Inneren. Er erkannte plötzlich, dass diese Symbole und Bilder Religionen und Volksstämmen angehörten, die teilweise schon lange nicht mehr existierten. Tristan schien plötzlich auf ein uraltes tiefes Wissen zurückgreifen zu können, das er zuvor nicht besessen hatte. All die Symbole, all die Bilder strömten auf ihn ein, sanken in seine Seele. Er konnte sie deuten und verstehen. Er begriff, dass sie allesamt auf etwas Bezug nahmen.

Die Zahl ***8***.

Er lernte die Achtheit des Hermopolis kennen. Eine altägyptische Götterlehre, die besagte, dass vor der Entstehung der Welt acht Gottheiten als personifizierte Urkräfte gewirkt haben sollen. Er spürte die acht Arme des hinduistischen Gottes Vishnu, mit denen er die Welt umspannte. Tauchte ein in die Bilderwelt der Etrusker, die an acht Weltzeitalter geglaubt hatten. Lernte ein wichtiges Sinnbild aus dem Mythras-Mysterium kennen. Die Leiter bestehend aus sieben Toren, die eine Seele zu durchwandern hatte. An ihrer Spitze das achte Tor, das sie befreien würde.

Mühevoll bewegte sich Tristan voran. Weiterhin drangen die Darstellungen auf den Reliefs in sein Innerstes vor. Vor seinen Augen erschienen die Wegweiser des achtteiligen Pfades, der Buddhisten aus dem Daseinskreislauf hinausführte ins Nirwana. Er sah die Gesichter der acht Menschen, die Noah auf seiner Arche gerettet hatte. Hörte das Flüstern der alten Gnostiker, die von den acht Himmelssphären sprachen. Von der Acht als Zahl des Anfangs, der Neugeburt. Seine Haut begann zu prickeln. Seine Augen wurden schwer, so schwer. Aber er schien sie nicht schließen zu können.

Weiter und weiter ging es durch die riesige steinerne Halle, die nicht zu enden schien. Er glaubte in jedem Augenblick zusammenzubrechen. Immer wieder rief er Marthas Namen, schrie aus seinem Inneren heraus, wie sehr er seine Tat verfluchte. Wie sehr er sich wünschte, bei ihr zu sein.

Dann kam er zu einer breiten Treppe, die auch aus massivem Gestein gehauen war.

Nachdem er die Treppe hinaufgestiegen war, sah er zu seinen Füßen ein mächtiges, reich verziertes Oktagon, das in den Steinboden eingearbeitet war. Erneut hörte er die Stimme. Eine weibliche Stimme. Sanft, lieblich. Aber sie gehörte nicht Martha, obwohl sie ähnlich klang. So ähnlich war sie. Als wäre sie dazu angetan, ihn zu quälen. Ihr Klang schien ihn innerlich fast zu zerreißen. Er spürte Marthas Nähe und spürte gleichzeitig, dass sie unerreichbar für ihn war. Er hatte ihrem Leben auf entsetzliche Weise ein Ende gesetzt. Und ebenso grauenhaft nahm sich ihre Abwesenheit aus.

Er ließ das Oktagon hinter sich. Sah, dass die Treppe, die hinaufgeführt hatte, auf der anderen Seite wieder hinabführte. Die Treppe schien immer enger zu werden, je weiter er nach unten kam. Sie mündete in einer geheimnisvollen rechteckigen Öffnung, die wie eine Pforte aussah. Die Haare sträubten sich ihm, als er seinen Blick darauf richtete. Die Stimme, die ihn rief, schien aus der unauslotbaren Tiefe dieser Pforte zu ihm zu dringen. Dann verstummte sie. Tristan starrte auf die Pforte, von der ein düsterer Sog ausging. Er konnte seinen Blick nicht davon abwenden. Dann ertönte die seltsam liebliche Stimme von Neuem.

»Du bist ausgewählt worden, deine Aufgabe zu erfüllen. Wenn die Zeit gekommen ist.«

»Warum sollte ich das tun?«, hörte er sich fragen.

»Weil dies der einzige Weg ist, der dich zu ihr führt. In der ältesten aller Bindungen zwischen den Menschen. Der Bindung von Opfer und Täter. Der von Leben und Tod. Du bist diesem Weg verpflichtet. Du hast deine Rolle gewählt. Es gibt kein Zurück!«

Tristan zögerte nicht länger. Stufe um Stufe stieg er hinab, bis die Pforte, die düstere Pforte, sich seiner völlig bemächtigte.

34

Ein weiterer Tag ging schon fast seinem Ende entgegen. Die Zeit lief. Der Westen glühte in hellen Farben, die nach und nach in tiefes Purpur übergingen und dann im Abendblau verloschen. Martha von Falkenstein näherte sich achtsam dem großen Bauwerk, dessen Turm in den Himmel stach. Sie blickte zu den Fenstern der kleinen Stube hinauf. Dort hatte im Mittelalter der Turmwächter ausgeharrt. Sie wusste, dass er mit einem Alarmhorn ausgestattet gewesen war. Und einer Feuerlaterne, mit deren Hilfe er die Richtung eines von ihm entdeckten Brandes in der Stadt hatte anzeigen können. Aber für manche Flammen, die den Tod brachten, blieben die Augen von jeher blind.

Martha betrat das Langhaus des Münsters. Das dunkle Kapuzengewand, in das ihr schlanker Körper gehüllt war, ließ sie wie ein Mönch erscheinen. Ein Mönch, der tagtäglich in der Kathedrale ein und aus ging. Im Inneren wurde gerade ein Gottesdienst abgehalten. Aber sie achtete nicht darauf. Langsamen Schrittes ging sie durch die dämmrige Kühle, die von Gesang und Orgelklängen erfüllt war. Bog ins Seitenschiff ab, ging an den Glasmalereien vorüber auf den südlichen Choreingang zu. Wie selbstverständlich trat sie ins Dunkel eines kleinen Gewölbes, das ihre Gestalt für die übrigen Kirchenbesucher verbarg. Dort fand sie ihr Ziel: den in den Boden eingelassenen großen Sandstein, der die Form eines Oktagons besaß. Den Stein, der eine Pforte war.

Martha beugte sich hinunter und fuhr mit den Fingern an den Kanten des Gebildes entlang.

Plötzlich spürte sie, dass Blicke ihren Rücken durchbohrten. Und eine Stimme drang an ihr Ohr.

»Du weißt, was sich dahinter befindet.« Martha zuckte zusammen. Sie erkannte die Stimme sofort. Sie gehörte Tristan Nachtweih. Ohne sich umzudrehen, sagte sie: »Was sich dahinter verbirgt, wird immer dort bleiben.«

Tristan ließ ein Lachen in dem dunklen Gewölbe hören.

»Und da bist du dir wirklich sicher?«, fragte er. »Deine Gefährten hätten nicht einmal als Lastenträger getaugt. In der Zeit, die wir einst kannten.«

Martha erhob sich. Drehte sich langsam zu ihm um. Blickte ihm fest in die Augen.

»Die Zeit, die wir einst kannten, die gibt es nicht mehr.«

Das Grinsen in Tristans Gesicht wich in diesem Moment einer hasserfüllten Mimik, die sein schmales, in Halbschatten gehülltes Gesicht zur Fratze verzerrte.

»Ja, aber du hast es bemerkt, habe ich recht? Hast es genauso bemerkt wie ich. Wie wenig sich letztlich verändert hat. Noch immer gibt es sie. Die Schwächlinge. Und noch immer gibt es die Mutigen, Starken, Unerbittlichen, die zu stolzieren wissen. Sie stolzieren auf den Gebeinen der Unterlegenen. Wie wenig sich geändert hat in all der Zeit. Jetzt werden wir endlich unserer Bestimmung folgen, nach achthundert Jahren.«

Noch immer stand sie ihm gegenüber. Unbeweglich. Noch immer hielten ihre Augen seinem harten Blick stand.

»Du bist eine große Kämpferin«, sagte er. »So viel ist sicher. Doch deine Mitstreiter haben nicht die geringste Chance gegen meine blutdürstenden Gefährten. Ich habe ihren Hass entfesselt. Du alleine wirst uns nicht besiegen. Du wirst allein damit zu tun haben, dass deinen Schützlingen kein Haar gekrümmt wird.«

»Was du Schützlinge nennst«, sagte sie, »sind Kämpfer, die sich zu helfen wissen. Du wirst es erfahren.«

»Oh ja – erfahren werde ich es«, entgegnete er. »Ist es nicht schön zu erleben, was man ohnehin schon weiß, meine Liebe?«

Er deutete mit seinem langen Zeigefinger auf den achteckigen Stein, der die Pforte darstellte. Die Pforte, die das Reich des Todes vom Reich der Lebenden trennte. In diesem Augenblick erschienen auf dem Stein auf geheimnisvolle Weise die Umrisse von vier Bestien. Als wären sie von einer unsichtbaren Hand dorthin gemalt worden.

Martha erkannte in den Kreaturen Tristan und die drei Kämpfer, die er hinter sich versammelt hatte. Schon oft hatte sie diese Kämpfer durch ihr drittes Auge beobachtet. Vier Boten des Untergangs, einer nach dem anderen auf kalte, kluge Weise rekrutiert, um das Leben im entscheidenden Kampf zu vernichten.

Auch Martha führte jetzt ihren Zeigefinger in die Richtung des Steines und es erschienen im gleichen Moment, direkt gegenüber den dunklen Boten, vier Figuren in menschlicher Gestalt.

Die Bestien und die Menschen schienen sich kampfesbereit gegenüberzustehen. Ebenso wie sich Tristan Nachtweih und Martha von Falkenstein hier im Gewölbe des Chors gegenüberstanden.

»Die acht Kämpfer stehen also fest«, sagte Tristan. »Morgen Nacht, wenn die Mesner die Tore schließen, werden wir uns hier zusammenfinden. Und dann wird er beginnen. Der Kampf im Zeichen der Acht. Der alles entscheiden wird.«

Sein Lächeln besaß jetzt eine Spur von Wärme, ja Zärtlichkeit. So, als würde er bei dem Gedanken an den bevorstehenden Kampf eine innige Freude verspüren. Er machte Anstalten, sich zurückzuziehen, aber kurz vor dem Chorausgang drehte er sich noch mal um und der alte Hass schimmerte wieder in seinem Blick.

Er raunte ihr zu: »Eine deiner Kämpferinnen hat allerdings Potenzial, das muss ich zugeben. Bin gespannt darauf, ob sie es auch zu nutzen weiß!«

Noch einmal deutete sein langer Zeigefinger auf den achteckigen Sandstein.

Was jetzt geschah, ließ Martha erschaudern. Auf einmal waren auf der Darstellung aus den vier Bestien fünf geworden und aus den vier Menschen nur mehr drei. Sie war erschüttert. Schnell versuchte sie, wieder Kontrolle über sich zu gewinnen. Ich werde keineswegs aufgeben, dachte sie. Was immer auch geschehen wird, ich werde kämpfen.

Sie zog ihr Gewand etwas zur Seite, sodass Tristan den Schimmer ihres Kampfanzugs wahrnahm. Er sah, dass dieser Anzug aus den Blüten einer Blume gefertigt war. Verstand rasch, um welche Blumenart es sich handelte: die Kupferkönigin.

Martha bemerkte, wie sich der Ausdruck in seinem Gesicht abermals veränderte. Noch kurz zuvor fest und unnachgiebig, schienen seine Gesichtszüge auf einmal weich zu werden. Tristan wirkte verletzlich. Er blickte sie an. Kurzzeitig hob er die Hand, schien sie berühren zu wollen. Aber dann verharrten seine Finger in der Luft, als stießen sie auf eine unsichtbare Barriere. Er sah sie an – mit einem Blick wie aus weiter Ferne. Er sah sie an wie ein Toter, der aus der Grube, die ihm geschaufelt worden war, in den offenen Himmel starrte.

»Du weißt, warum ich zurückgekehrt bin«, sagte er. »Du weißt, dass ich keine Wahl habe.«

»Es macht keinen Unterschied«, sagte sie. »Die Menschen kehren immer nur irgendwohin zurück, um etwas zu finden, das unwiederbringlich verloren ist. Niemand will zurückkehren, um etwas Neues zu finden. Habe ich recht?«

Die beiden sahen einander an. Sahen einander an durch die Weite der Zeit.

»Bis morgen«, sagte Tristan.

Dann zog er sich zurück. Verschwand im düsteren Licht des Gotteshauses.

Martha schlenderte, noch immer in Gedanken an Tristan und die Bilder auf dem Sandstein, zum Hauptausgang. Der Gottesdienst war inzwischen zu Ende gegangen. Die letzten Orgelklänge hatten sich verloren und das allgemeine Stimmengewirr der Menschen, die sich ebenfalls auf den Ausgang zubewegten, war zu vernehmen. Ihr gellten die Ohren vom Dröhnen der alten Glocke, die von den Freiburgern nur Hosanna-Glocke genannt wurde. Martha wusste genau, wie alt die Glocke war: achthundert Jahre.

35

Weder Mond noch Sterne zeigten sich am Himmel über dem Gemäuer von St. Margareta. Milchigweiße Nebelschwaden zogen über die feuchte Erde, umwallten die Körper der Vier, die sich hier auf der Lichtung zusammengefunden hatten. Was sich vor ihnen erhob, sah jetzt wie ein riesenhaftes Geschöpf aus, das in ein düsteres, in Fetzen herabhängendes Gewand gehüllt war. Die alte Hängebuche, unter deren geheimnisvollen Ästen Martha nach ihrer Rückkehr ins Leben wieder ihre frühere Gestalt – die einer jungen Frau – angenommen hatte.

Kathrin spürte die harten Schläge ihres Herzens. Sie war aufgeregt. Sie spürte, dass etwas Außergewöhnliches bevorstand. Martha von Falkenstein hatte Daniel, Zoe und sie darauf eingestimmt. Hatte gesagt, dass sie sich in dieser Nacht vor dem Baum treffen sollten. Es war die letzte Nacht, bevor sich die Acht gegenüberstehen würden. Martha hatte gesagt, dass in dieser Nacht aus ihnen Kämpfer hervorgehen würden.

Sie war gemeinsam mit Daniel hergekommen. Den gesamten Weg durch den Wald hatten sie wenig gesprochen. Daniel sah blass aus. Als hätte Einsamkeit die Farbe aus seinem Gesicht gezogen. Kathrin wusste, was Daniel bevorstand. Der Kampf gegen das Monster. Das Monster, das einmal sein Bruder gewesen war. Lebendig waren nur Daniels Augen, wenngleich sie umwölkt schienen.

Tiefer und tiefer waren sie gemeinsam in den Wald hineingegangen, durch undurchdringliche Baumschatten, wo alles still war. Durch Gestrüpp, so dicht, dass Kathrin vorausgegangen war, um einen Pfad zu weisen.

Plötzlich hörte sie seine Stimme hinter sich. »Es tut mir leid, Kathrin. Es tut mir leid, dass ich dich nie besucht habe, als …«

»Als ich in der Klapse saß«, beendete sie den Satz.

»Nicht so schlimm«, fuhr sie fort. »In Wahrheit ist es nämlich so: Ich selbst hätte mich auch nicht besucht. Noch heute verschiebe ich die Besuche bei mir selbst gern auf einen anderen Tag –«

Sie hatte noch etwas sagen wollen. Um ihm Mut zu machen. Aber hatte nicht gewusst, was. Schließlich sagte sie: »Erinnerst du dich an den Taxifahrer, den ich abgezogen habe? Niemals hätte ich das geschafft. Ohne dich.«

Ein klitzekleines Lachen entfuhr ihm.

»Eine zweifelhafte Ehre«, erwiderte er.

Schließlich hatten die beiden die Lichtung erreicht. Martha wartete bereits. Kathrin war immer wie gebannt, wenn sie ihr Auge in Auge gegenüberstand. Sie hatte das Gefühl, als würde das Licht einer versunkenen Zeit durch sie hindurchscheinen. Ein Gefühl, das Kathrin ansonsten nur von Museumsbesuchen kannte, wenn sie uralte Exponate aus der Menschheitsgeschichte betrachtete.

Dann stieß auch Zoe zu ihnen. Sie war so schön mit ihren wilden schwarzen Haaren. Der stolzen Nase, den dichten Brauen, den heftigen Lippen. Zoe strahlte Kraft und Entschlossenheit aus. Aber ein sonderbares Misstrauen ihr gegenüber war in Kathrin entstanden. Ohne dass sie hätte sagen können, weshalb. Da war eine Unruhe in Zoe. Wie das Kribbeln eines Fingers am Abzug einer Pistole.

»Es ist so weit«, sagte Martha. Sie stand mit dem Rücken zum Baum und richtete ihren Blick auf die drei Gefährten, die vor ihr standen. Auf Zoe, auf Daniel und auf Kathrin. Sie hatten alle ihre Waffen mitgebracht. Senufu-Säbel, Schwert und Langdolch. Wie es Martha von ihnen gefordert hatte.

»Die acht Kämpfer sind gefunden worden«, fuhr sie fort, »morgen Nacht wird der Kampf der Acht ausgetragen. Im Freiburger Münster. Ein Morgen- und ein Abendrot trennen uns noch davon. Wir werden zu viert sein und zu viert werden unsere Gegner sein.

Was unsere Gegner ausmacht, das wissen wir. Es ist der Tod. Wofür wir stehen, das wissen wir auch. Es ist das Leben.

Jetzt und hier werdet ihr mit beiden Mächten in Fühlung gehen. Ihr werdet erfahren, was es heißt, zu sterben, und was es bedeutet, geboren zu werden.«

Dann bemerkte Kathrin etwas. Die kahlen Äste der Hängebuche, die wie ein starrer schwarzer Regen zur Erde herabsanken, schienen plötzlich von einem Licht erfüllt zu sein, das an die Glut eines Feuers erinnerte. Etwas geschah dort unter dem Vorhang der Zweige. Als hätte sich eine unsichtbare Pforte geöffnet, durch die dieses Licht strömte.

Sie blickte zu Zoe und Daniel hinüber. Sah ihre weit aufgerissenen Augen.

Martha sagte: »Was euch hinter diesen Zweigen erwartet, erfordert Mut. Aber ich weiß, dass ihr drei diesen Mut aufbringen werdet. Wer will es als Erstes wagen?«

Kathrin tastete nach dem Dolch, den sie in einer Lederscheide am Gürtel trug. Sie wusste: Der Dolch würde ihr Kraft geben. Das Klappmesser, das sie früher bei sich getragen hatte, war letztlich dazu bestimmt gewesen, eines Tages jemandes Blut zu vergießen. Sie wusste, mit dem Dolch verhielt es sich genauso. Und trotzdem gab es einen entscheidenden Unterschied. Sie würde den Dolch einsetzen, um etwas zu bewahren. Etwas zu erretten. Sie hatte den Dolch *Rebekka* genannt. Sie zog ihn aus der Scheide.

Rebekka in der rechten Hand haltend, setzte sie sich in Bewegung. Ängstlich näherte sie sich dem Baum. Sie wandte sich noch einmal nach Zoe und Daniel um. Wie um in ihren Augen Halt zu finden. Dann nahm sie einen tiefen Atemzug und schlüpfte zwischen den herabhängenden Zweigen des Baumes hindurch.

Das glutähnliche Licht schien sie zu durchdringen. Sie musste die Augen schließen. Als sie die Lider wieder öffnete, sah sie ein schmales Haus vor sich, das ausgebrannt zu sein schien. Mit schwarz umränderten Fenstern, die keine Glasscheiben besaßen und wie klaffende Wunden aussahen. Risse durchzogen die Fassade, an Krampfadern erinnernd. Die Tür hing lose in den Angeln. Über der Tür war ein Wort in das alte Mauerwerk eingemeißelt: *Dukkha*. Weiter nichts war zu sehen bis auf dieses Haus, das in einer dämmrigen Leere stand. Kein Windhauch regte sich. Kein Ton ließ sich hören. Stille herrschte. Nicht mal ihre eigenen Schritte konnte Kathrin hören, als sie sich langsam auf das gruselige Gemäuer zubewegte. Sie hatte das Gefühl, dass dieses Haus eine Aura des Bösen besaß und dass seine Mauern von Gefühlen wie Rachedurst und Hass durchsetzt waren. Kathrin musste sich dazu überwinden, einen Fuß vor den anderen zu setzen. Als sie in die offenen Fenster hineinsah, kehrten sie auf einmal zurück. Die Klänge. Ohrenbetäubend waren sie. Sie gingen ihr durch Mark und Bein. Sie hörte ein Durcheinander von Stimmen. Schreie, die keine Schreie mehr waren. Sondern wie ein Heulen klangen. Als würden Menschen mit Benzin übergossen und bei lebendigem Leib verbrannt werden. Was Kathrin in den Fenstern sah, waren die Kriege und Kämpfe, die über die Jahrhunderte hinweg stattgefunden hatten. Die Bilder und Klänge strömten auf sie ein. Sie ereilte ein tiefes Wissen über die Belange und Empfindungen, die zu solchen Grausamkeiten führten. Sie erfuhr Kenntnisse über das Kämpfen selbst. Über Techniken, Fertigkeiten, die von Generation zu Generation weitergegeben und immer weiter perfektioniert worden waren. Spürte die Fähigkeit der Menschen. Ihre herausragende Fähigkeit zu töten. Ihr wurde übel und sie sank auf den Boden. Alles drehte sich vor ihren Augen. Mühsam erhob sie sich wieder. Sie spürte den Drang wegzulaufen. Aber sie wusste, dass sie es nicht konnte. Sie wusste genau, dass er nicht ausbleiben konnte. Der Weg ins Innere des Hauses. Auf das Schlimmste gefasst, ging sie durch die Öffnung der Tür. Im Haus befand sich … nichts. Es war vollkommen leer. Keine Anzeichen der schrecklichen Geschehnisse, die Kathrin von außen gesehen hatte. Innen schien das Haus sogar größer, geräumiger zu sein. Die Luft darin war mild, angenehm, beinahe süßlich. Die schummrige Stille erschien friedlich und wie ein Blätterschatten im sommerlichen Wald. Und als Kathrin jetzt durch die Öffnungen nach draußen blickte, nahm sie die umgekehrten Bilder von zuvor wahr. Sie sah, was aus Kämpfen und Kriegen der Jahrhunderte hervorgegangen war. Sah, wie die Menschen Trümmer beseitigten, Wege freisetzten. Sah, wie sie einander halfen und gegen alle Widerstände, gegen Verzweiflung und Ohnmacht immer wieder versuchten eine neue, eine bessere Welt zu gestalten. Sie spürte die Hoffnung, die sie einander schenken konnten. Tief im Herzen.

Als sie das verfallene Gemäuer verließ, fand sie sich im Wald wieder. Zoe und Daniel tauchten vor ihren Augen auf. Immer noch standen sie vor der Hängebuche, hatten voller Ungeduld auf Kathrins Rückkehr gewartet. Ein Staunen zeichnete sich auf ihren Gesichtern ab. Kathrin bemerkte plötzlich, dass sie jetzt einen Kampfanzug anhatte, der eng an ihrem Körper anlag und kupferfarben schimmerte. Sie spürte, wie großartig es sich anfühlte, ihn zu tragen. Als hätte ihr Körper eine Heimat gefunden. Sie lächelte. Sie wusste, sie war bereit. Bereit zu kämpfen. Für ihre drei Gefährten. Für sich selbst. Bereit zu kämpfen für alle Menschen.

Martha umarmte Kathrin. Dann richtete sie ihre strahlenden Augen auf Daniel und Zoe: »Wer will als Nächstes?«

36

Zoe schlief. Sie spürte die harte Kälte des Bodens. Die Kälte ihrer Träume.

Sie hatten beschlossen, die letzte Nacht vor dem Kampf gemeinsam in der Kapelle zu verbringen. Martha hatte eine große Wolldecke ausgebreitet. Und auf der lagen sie nun. Die vier Gefährten. Die morgen dem Tod ins Angesicht schauen würden. Daniel, Krähe, Martha und sie. Sie lagen alle vier nahe beieinander vor dem Altar unter der Figur der heiligen Margareta von Antiocha. Dunkelheit umgab sie. Die schmalen Buntglasscheiben zitterten leicht. Der Wind scheuerte seinen unsichtbaren Leib gegen das Gemäuer.

Zoe glaubte wach zu sein, doch in Wahrheit schlief sie bereits.

Im Traum war sie nicht mehr in der Kapelle. Sie öffnete eine Tür, trat ein in Fynns helles WG-Zimmer. Manchmal schlich sie in dieses Zimmer, um mit ihm Sex zu haben. Aber oft betrat sie es auch allein, wenn Fynn nicht da war. Sie wollte ihm nah sein. Legte sich in sein Bett, um seinen Duft einzuatmen, der am Laken haftete. Er war aber nur dort wahrzunehmen, dieser Duft. Ansonsten roch sein Zimmer nach gar nichts, was Zoe immer als ein bisschen unheimlich empfand. Es war immer ordentlich hier. Blitzblank geputzt. Nie lag etwas herum. Die Wände waren von einem Weiß, das einem in die Seele stach. Keine Bilder, keine Poster waren aufgehängt. Es gab eine kleine Schreibecke, immer mit einem aufgeschlagenen Notizbuch, das in Leder eingebunden war. Ein nobler Füller lag auf einer leeren weißen Seite. Nie war auch nur ein einziges Wort darauf geschrieben. Über dem Bett hing ein Regalbrett mit ein paar Büchern darauf. Nie kam ein neues Buch hinzu. Es waren immer dieselben: ein Weltatlas, zwei Kochbücher, *Fleisch: Warenkunde & Techniken* in einer neuen und *Die herrschaftliche Küche – kulinarische Blätter* in einer uralten Ausgabe, ein Buch über deutsche Naturforscher, Ernst Jüngers Roman *In Stahlgewittern*, die Geschichte des Ku-Klux-Klans, die *Reise nach Ixtlan* und das *Buch des Gesetzes* von Aleister Crowley.

Zoe war sich nicht sicher, ob er diese Bücher gelesen hatte, aber es machte den Anschein. Es gab nichts Unbedachtes in Fynns Leben.

Auch jetzt in ihrem Traum fand sie die Bücher wieder vor. Sie lag auf seinem Bett. Das Weiß der Wände verdunkelte sich und aus ihrem Frösteln entstand auf einmal das Gefühl von Hitze. Der Schweiß perlte auf ihrer Stirn. Fynns Gesicht tauchte über ihr auf. Er neigte sich zu ihr herab. Seine Lippen öffneten sich: *Du weißt, dass du zu mir gehörst. Du kennst unseren Weg. Wir gehören zusammen. Und die Menschen, sie werden bestraft. Sie haben es nicht anders verdient.*

Sein Blick schien sie zu durchdringen. Sie dachte an den Keim des Lebens, der in ihrem Bauch war. Sie wollte ihn beschützen. Aber dann ließ Fynn sie die Beeren kosten. Weiße Schneebeeren. Eine nach der anderen ließ er in ihrem Mund verschwinden. Sie konnte sich nicht satt essen daran. Und plötzlich tauchte ein Gefühl auf. Stark. Unaufhaltsam. Sie war nicht verstört, nicht entsetzt über das Gefühl, diesen Keim des Lebens verschwenden zu wollen. Herzugeben. Wie sie sich selbst auch verschwenden und hergeben wollte. Vergessen wollte sie sich. Vergessen und verlieren. Wie das ganze elende Leben.

Auf einmal tauchte eine Erinnerung an ihren Vater auf. Bevor er mit ihrer Mutter zusammenkam, hatte der Vater eine andere Familie gehabt. Ein anderes Kind. Einen Sohn. Er war mit zweiundzwanzig auf einer Autobahn tödlich verunglückt. Mit seinem Motorrad. Zoe erinnerte sich an den Dezembermorgen, als ihr Vater davon erfuhr.

Sie war dabei gewesen, als der Anruf kam. Nachdem er Zoes Mutter erzählte, was zu erzählen war, hatte er seine Tochter angesehen. Sein Gesicht sah wie immer aus. Ohne die leiseste Regung. Dann hatte er wieder die Mutter angesehen und gesagt: »Ich wünschte, *sie* wäre gestorben und nicht er.«

In ihrem Traum lag Zoe immer noch auf Fynns Bett. Sein Gesicht war noch immer über ihr. Doch dann verwandelte es sich. Wurde zum Gesicht des Mannes, der aus dem Flühensee aufgetaucht war.

Und sie hörte seine Stimme: *Komm zu mir!*

Zoe stand in der Kälte der Nacht. Die Schlafenden schienen nicht mitbekommen zu haben, dass sie aufgewacht war. Geräuschlos war sie aufgestanden, hatte die Kapelle verlassen. Nicht einmal Martha schien es gemerkt zu haben. Nicht einmal sie. Zoe konnte nicht anders. Sie folgte der Stimme. Folgte ihr durch den schwarzen Wald. Auf einer Lichtung blieb sie stehen, weil sie kurzzeitig das Gefühl hatte, dass ihr jemand folgte …

Sie erreichte das Ufer des Flühensees. Dort warteten sie auf Zoe. Vier Gestalten in Mänteln. Einer von ihnen war Tristan Nachtweih, einer von ihnen war Fynn. Die beiden näherten sich ihr, nahmen ihr den Säbel ab.

»Fabelhaft, dass du gekommen bist«, hörte sie Tristan Nachtweihs Stimme. »Ich habe gewusst, dass du dich für uns entscheiden würdest. Habe gewusst, dass du ein gutes Mädchen bist. Ein gutes, gutes, böses Mädchen.«

Mit geschickten Fingern zogen sie ihr gemeinsam den kupferfarbenen Anzug vom Leib. Sie ließ es geschehen. Der Anzug sank auf die Erde. Wie aus einer alten Haut geschält stand sie nackt im Schein des Mondes, der so weiß war wie die Wände in Fynns Zimmer. Das weiße Licht glitt über ihren straffen, sportlichen Körper, rann ihren Rücken hinab bis zu den festen Pobacken.

»Komm!«, sagte Fynn, ging voraus und watete ins Wasser. Zoe folgte ihm. Es war nicht kalt. Das Wasser umfing sie weich wie Seide. Als sie schließlich hinabtauchte in die Tiefe.

DRITTER TEIL

DER KAMPF DER ACHT

37

Es war kein guter Tag gewesen. Für den Mesner des Münsters. Ausgerechnet heute, als er etwas Außergewöhnliches geplant hatte.

Die Gladiolen, die er an diesem Herbstmorgen für den Frühgottesdienst gekauft hatte, waren ihm aus dem Arm gerutscht und in eine Pfütze gefallen. Weil er zu spät dran war und keine anderen Blumen mehr besorgen konnte, hatte er sie aufgehoben und in der Sakristei versucht, sie sauber zu bekommen. Er hatte sich damit getröstet, dass das Licht Gottes den Schmutz des Lebens mühelos überwand. Aber der Erzbischof, der höchstpersönlich den Frühgottesdienst abhielt, hatte ihn heftig zusammengeschissen. Dann hatte der Mesner auch noch vergessen, die Lesezeichen in der Bibel des Erzbischofs zu platzieren.

Dann, am Nachmittag, hatten sich zwei französische Schüler im Münster übergeben. Der Mesner hatte das Erbrochene, das rotweingefärbt war, aufgewischt und die Klasse mitsamt der hysterischen Lehrerin nach draußen befördern müssen. Er war Mitte dreißig, kein autoritärer Mensch und die Rolle eines »Platzwarts«, die er hier immer wieder einnehmen musste, missfiel ihm besonders und überforderte ihn zeitweilig. Kurz darauf war ausgerechnet noch der alte Kerl wieder aufgetaucht, der durch die klaffende Zahnlücke seine Worte durch das Mittelschiff schrie: *Gott ist ein Scheißkerl! Und ihr seid ein Pack von Vergewaltigern und Arschlöchern!*

Manchmal fragte sich der Mesner, ob Gott ihn überhaupt sah. Ob er erkannte, wie sehr er sich für ihn einsetzte. Wie er versuchte mitzuhelfen, seine Würde zu bewahren. Das kleine Team der Kollegen, die sich in den Schichten abwechselten, hatte viel zu tun. In dem gewaltigen Strom aus jährlich über einer Million Touristen. Dreimal täglich musste die Messe vorbereitet werden, an manchen Tagen sogar viermal. Hinzu kamen die Orgelkonzerte und Chorgesänge. Die Mesner mussten Fragen beantworten, Führungen halten. Sich um die Gewänder der Priester kümmern, Gebetsbücher und Kerzen bereitstellen. Sie mussten Requisiten, Monstranzen und Kelche oben in der Schatzkammer säubern. Kurzum: Mädchen für alles sein. Und immer wieder aufs Neue Menschen zurechtweisen, die sich an diesem geweihten Ort nicht zu benehmen wussten.

Eigentlich hätte er an diesem Tag keinen Dienst gehabt. Aber Krankheitsfälle hatten es nötig gemacht, hier zu erscheinen und noch dazu allein die komplette Tagesschicht zu übernehmen.

Deshalb hatte der Mesner beschlossen, heute etwas Verwegenes zu tun. Wenn er es genau bedachte: zum allerersten Mal in seinem Leben.

Er hatte den Plan gefasst, heimlich auch die Nacht im Münster zu verbringen. Er war der Gespräche mit den Menschen müde geworden. Darum wollte er zur Abwechslung mal ein Gespräch mit sich allein führen. Der liebe Gott dürfte natürlich auch daran teilnehmen. Vorausgesetzt: Er wollte es.

Der Mesner wollte hinabsteigen in die Krypta zu den Grabstätten der einstigen Bischöfe. Nachdenken, ein bisschen beten, den Atem der Jahrhunderte spüren.

Viertel vor zehn endete sein Arbeitstag. Jetzt mussten nur noch die Türen zugesperrt und die Opferkerzen gelöscht werden. Es tat ihm immer ein bisschen in der Seele weh. Er dachte an die vielen Menschen, die sie im Verlauf des Tages angezündet und mit Münzgeld dafür bezahlt hatten. An ihre stummen Wünsche und Gebete dachte er.

Er war gerade dabei, das südliche Lammportal zuzusperren, als er plötzlich in der Kathedrale ein lautes Geräusch hörte und erstarrte. Ein heftiges Pochen, sodass die Steinplatten des Bodens vibrierten. Wieder und wieder spürte der Mesner diese Erschütterung. Das Pochen. Das wie ein Ansturm aus der Tiefe wirkte. Das Geräusch schien aus der Richtung des südlichen Choreingangs zu kommen.

Selten einmal gab es kleine Erdbeben in dieser Gegend. Der Mesner hatte mal eins erlebt. In seiner kleinen Wohnung im Stadtteil Stühlinger hatte der Schrank, den er vom Großvater geerbt hatte, gezittert.

Aber jetzt, in der dunklen Weite des Münsters, spürte der Mesner sehr schnell, dass es sich bei diesen Erschütterungen nicht um ein Erdbeben handelte. Es hatte mit etwas anderem zu tun. Etwas Bedrohlichem. Ihm kam sogleich der Gedanke, schnellstmöglich das Gotteshaus zu verlassen. Abzuhauen.

Er hätte ja sowieso nicht länger hier sein dürfen. Aber der Mesner verließ das Münster nicht. Er fühlte sich in der Pflicht. Insbesondere dem Herrn gegenüber. Er musste dem Geschehen auf den Grund gehen.

Sein Blick streifte den blassen Schimmer des Märtyerfensters, als er sich langsam dem südlichen Choreingang näherte. Er bildete sich ein, die Schwerkraft der Erde besonders stark wahrzunehmen. Er hörte, dass das Pochen lauter und lauter wurde, und er spürte dessen zunehmende Kraft. Er trat durch den Eingang des Chors und erreichte die Stelle, von der die Erschütterungen auszugehen schienen. Den in den Boden eingelassenen Stein in Form eines Oktagons. Der Mesner kannte sich hier ausgezeichnet aus. Wusste um jede Säulenfigur und ihre kleinen Mängel, kannte jede noch so winzige Wölbung in der Wand. Konnte mittlerweile sogar die Uhrzeit genau bestimmen, allein wenn er sah, auf welche Weise das bei Tag durch die Fenster flutende Licht die Steinplatten des Bodens zum Glänzen brachte. Aber noch nie hatte er jene sonderbare Darstellung wahrgenommen, die jetzt auf dem Oktagon zu erkennen war. Sie zeigte fünf Kreaturen mit grässlichen Fratzen, die drauf und dran waren, sich auf drei Menschen zu stürzen. Die Erschütterungen wurden stärker und stärker. Ohne Zweifel verbarg sich etwas unter diesem Stein, das mit aller Macht nach draußen gelangen wollte. Es folgte ein heftiger Stoß, der den Stein erbeben ließ.

Plötzlich hörte der Mesner hinter sich eine Stimme.

»Hinter diesem Stein wartet eine nette Gesellschaft auf die Menschheit. Freue dich schon auf sie! Freue dich auf das Heer der Toten!«

Der Mesner hatte plötzlich ein Gefühl, als würde eisig kaltes Wasser durch seine Adern strömen. Langsam drehte er sich um. Schemenhaft sah er eine Gestalt, die sich die Kapuze eines Hoodies tief ins Gesicht gezogen hatte. Als Nächstes sah er das aufblitzende Sensenblatt, das auf ihn herabzischte.

38

Sie hatte das mächtige Gemäuer des Münsters mit Leichtigkeit durchdrungen und es eingenommen: das Lang- und das Querhaus. Das Mittelschiff und die Seitenschiffe. Die rautenförmigen Gewölberippen des Chors mit seinem Kranz aus dreizehn Kapellen. Sie hatte Heiligenfiguren, die Jahrhunderte überdauert hatten, in ihrer Dunkelheit versenkt. Nur vor dem zarten Licht der Opferkerzen wich sie zurück. Die Nacht.

Das Flackern dieser Kerzen bemerkte Daniel, als er im Inneren des hohen, weitläufigen Bauwerks stand und darauf harrte, dass er beginnen würde. Der entscheidende Kampf. Der Kampf der Acht.

Die drei hatten das Münster durch das Schöpfungsportal auf der Nordseite betreten. Martha, die vorausgegangen war, hatte mit *Aurins* Klingenspitze die Tür berührt. Ohne den leisesten Laut von sich zu geben, hatte diese Tür den Weg freigegeben. Als wäre sie von unsichtbarer Hand geöffnet worden. Bevor sie ins Innere getreten war, hatte Martha ihre beiden Gefährten über die Schulter hinweg angesehen. Als wollte sie sich vergewissern, dass sie noch an ihrer Seite waren. Dann hatte sie zum Himmel hinaufgeblickt, wo der Mond war. Ein rötlicher Mond wie ein Blutfleck auf schwarzem Tuch. Kurz war Einsamkeit in ihren Augen aufgeschimmert. Verängstigung. Aber dann hatte sie mit ruhiger, entschlossener Stimme zu den beiden Jugendlichen gesagt: »Folgt mir.«

Daniel hatte gesehen, wie sich ihr anmutiger Körper straffte, als sie eintrat in die Dunkelheit der Kathedrale. Krähe war ihr gefolgt. Daniel blieb alleine zurück. Für einen kurzen Augenblick.

Er hatte starr auf die Pforte geblickt, durch die er gehen sollte. Plötzlich waren ihm verschiedene Türen in den Sinn gekommen, durch die er im Verlauf seines Lebens schon gegangen war. Türen, hinter denen Böses lauerte, und solche, die glücksverheißend waren. Er dachte an das große Schiebetor des Kuhstalls. Wie oft hatte er es als kleiner Bub aufgezogen, um im Heu zu toben und sich von den Kühen abschlecken zu lassen. Mit ihren Zungen, die beinahe so lang waren wie sein Arm.

Und vor seinem inneren Auge war – vielleicht zum allerletzten Mal, wie er dachte – die grüne Tür aus Fichtenholz aufgetaucht. Mit ihren vielen Kratzern. Die Tür, hinter der das Zimmer lag, das sich Daniel über so viele Jahre mit Balder geteilt hatte. Das Zimmer, in dem die Laternen gebastelt worden waren. Die leuchtenden Laternen ihrer Kindheit.

Als Daniel dann durch das Schöpfungsportal des Münsters getreten war, hatte er das Gefühl gehabt, alle Türen seines Lebens noch einmal zu durchschreiten.

Im Inneren der Kirche wurden Martha, Krähe und Daniel sofort von den Schatten eingehüllt. Rücken an Rücken bewegten sie sich langsam auf das Mittelschiff zu. Martha hatte ihren verbliebenen Gefährten eingeschärft: So lange wie möglich sollten sie dicht zusammenbleiben. Sie hatte erklärt: »Es lässt unsere Angriffsfläche schrumpfen. Auf den schmalen Bereich, wo unsere drei Körper zu einem einzigen werden.«

Gleichzeitig, meinte sie, sollten sich die drei von den Wänden wegbewegen, um nicht so leicht in die Enge getrieben werden zu können. Schwach schimmerten ihre gezückten Waffen – *Aurin, Rebekka, Bruderherz.* Schwach leuchteten die kupferfarbenen Kampfanzüge. In der Finsternis.

Daniel konnte sie nicht sehen, aber er spürte, dass sie bereits hier waren. Dass sie in der Weite der Kirche lauerten. Die Gegner. Die ihnen überlegen waren. Nicht nur zahlenmäßig.

Er hatte das Gefühl, keinen Sauerstoff mehr zu atmen, sondern pure Dunkelheit. Der Kampfanzug klebte an seiner Haut. Der Schwertgriff fühlte sich feucht an. Er lauschte angestrengt, aber hörte nur das Pulsieren seines Blutes, das schwächer klang als das Rauschen in einer Muschel.

Krähes Unruhe spürte er genauso wie seine eigene. Die Unruhe schien sie beinahe zu verzehren. Krähe konnte nicht länger ausharren. Wollte unbedingt in Aktion treten. Aber genau das wollte Martha vermeiden. Sie wollte ihre Gegner zum ersten Schlag verleiten. Sie hatte ihnen eingebläut, sich so lange wie möglich zurückzuhalten und Tristans Angriff und den seiner Verbündeten abzuwarten.

»Wir selbst werden der Köder sein«, hatte sie gesagt. »Erst wenn die zähnefletschenden Mäuler herankommen, werden wir angreifen. Wir müssen wachsam bleiben. Die Wachsamkeit des Geistes ist die Wachsamkeit der Waffe. Die Fähigkeit zu warten ist die Fähigkeit zuzuschlagen.«

Daniel festigte seinen Griff um das Schwert. Sie hatten das Mittelschiff erreicht, als plötzlich ein Wispern die Wände entlanglief. Dann strömte Licht durch die Glasfenster ins Innere. Auf der Nordseite war es ein warmes Strömen, das Daniel an die Glut der aufgehenden Sonne denken ließ. Auf der Südseite drang ein kühles Blau durch die Fenster. Die beiden Farben vermischten sich miteinander. Und die Kathedrale, sie wirkte mit einem Mal wie in ein seltsam schimmerndes Wasser getaucht.

Der Angriff erfolgte mit dem überfallartigen Auftauchen von fünf Gestalten.

Daniel sah, dass die Klinge von Tristan Nachtweihs Schwert namens *Xanas* wie ein sardonisches Lächeln in der Luft gleißte. Der schmale Bereich des Steinbodens, auf dem Krähe, Martha und er dicht zusammenstanden, wurde zu einer wirbelnden Schlachtlinie.

Die drei bildeten den Mittelpunkt eines Orkans aus blitzenden Schwertern, aus Schlägen, Hieben und Stichen. Noch bewegten sich die drei gut. Blieben eng beieinander. Parierten die Angriffe. Manche Schwerthiebe glitten an ihren Kampfanzügen ab. Immer wieder zischten Klingen wirkungslos durch die Luft. Aber Daniel spürte schnell, dass seine Kräfte nachließen. Spürte, dass es für die drei immer schwerer wurde, dem Ansturm standzuhalten. Die Lücken zwischen ihnen wurden größer.

Dann war plötzlich jeder auf sich allein gestellt. Er wusste nicht mehr, was um ihn herum geschah. Er hörte, wie die Klingen krachend ineinanderfielen. Aber fern und dumpf. Wie hinter einer Glasscheibe.

Eine junge Frau näherte sich ihm. Mit langsamen Schritten, die Überlegenheit zum Ausdruck brachten. Zoe. Ihr Gesicht war fahl, wie mit Puder bestäubt. Sie trug einen langen, unheimlich aussehenden Mantel. Wie die vier anderen Kämpfer, die sich formiert hatten, um die Welt in den Tod zu reißen.

»Hallo, Daniel!«, sagte sie. Ihre Stimme zu hören war, wie eine tiefe Einsamkeit zu fühlen.

Daniel sah, wie ihre Schläfenadern anschwollen, als sie ihm entgegenstierte. Dann hechtete sie auf ihn zu. Die Klinge ihres Senufu-Säbels blitzte vor seinen Augen auf. Er riss das kupferne Schwert hoch und konnte den Angriff abwehren.

»Hast wohl noch ein bisschen geübt«, hörte er Zoe sagen. »Es wird dir nichts nützen.«

Sie stieß ihn heftig von sich und ließ ein Lachen hören, das wie splitterndes Glas klang.

»Du hast uns verraten!«, rief er. »Du warst unsere beste Kämpferin. Und du hast uns verraten!«

Die zurückliegende Nacht kam ihm wieder ins Bewusstsein. Die letzte Nacht vor dem Kampf. Die sie auf der Decke liegend gemeinsam in St. Margareta verbracht hatten. Er dachte daran, wie er plötzlich aufgewacht war und sofort gemerkt hatte, dass etwas nicht stimmte. Dass etwas Schlimmes vor sich ging. Dann hatte er bemerkt, dass Zoe nicht bei ihnen lag und war hinausgerannt in die Nacht. Der Himmel über ihm war wie der Faltenwurf eines dunklen Ozeans gewesen. Daniel hatte geahnt, was Zoe vorhatte. Wenn er es genau bedachte, hatte er es die ganze Zeit über geahnt und befürchtet. Dann hatte er tatsächlich ihre Schritte gehört. Nicht weit entfernt von der Kapelle. Auf einer Lichtung hatte er sie schließlich eingeholt. Wollte sie zurückhalten.

»Es gibt kein Zurück«, hatte Zoe gesagt. »Wenn es morgen so weit ist, kannst du nur eines tun: Du kannst gegen mich kämpfen. Kämpfe gut, lieber Daniel!«

Er hatte nichts tun können. Zoe rannte weiter und Daniel blieb zurück. Mit einem Gefühl der Verzweiflung.

Er hatte es von Martha erfahren. Dass es in Zoes Leben etwas gab. Etwas, das einen Abgrund darstellte. Etwas wie Liebe. Daniel verstand nicht, wie Zoe so etwas tun konnte. Ihm war die Liebe immer als etwas Strahlendes, Heilendes erschienen. Er verstand nicht, dass es eine Liebe gab, die so dunkel war, dass sie nur im Tod ihre Erfüllung fand.

Ja, er hatte Zoe gehen lassen. Aber er war ihr dennoch heimlich gefolgt. Bis zum Flühensee. Er hatte dort in sicherer Distanz gesehen, was vor sich ging. Die vier Gestalten, die Zoe in Empfang genommen hatten. Einer davon war sein Bruder gewesen. Balder. Oder vielmehr das, was aus ihm geworden war.

Sie hatten Zoe in dieser Nacht verloren. Sie kämpfte nun für die gegnerische Seite. Sie war unerbittlich und wusste das zu nutzen. Die wenigen Sekunden, in denen die Erinnerungen in Daniel aufgestiegen waren und ihn abgelenkt hatten, schlug sie ihm das Schwert aus der Hand, das scheppernd zu Boden fiel.

»Habe ich dich etwa enttäuscht?«, hörte er sie sagen. »Ist diese Welt nicht ungerecht? Warum kämpfst du dann für sie?«

Zoe packte Daniel an der Gurgel und schlug ihm zweimal ins Gesicht, dass er das Gefühl hatte, der Schädel würde ihm platzen. Sie schleuderte ihn über den Steinboden. Er krachte gegen das harte Holz der vorderen Sitzbank. Es kam ihm so vor, als würde die gesamte Kathedrale unter diesem Aufprall erzittern. Er krümmte sich vor Schmerz, als Zoe näher kam und auf ihn herabsah. Doch bevor ihn ihr Säbel *Bougeotte* durchbohren konnte, machte Daniel eine Rolle und entging der scharfen Klingenspitze, die nur den Boden traf. Er schaffte es, auf die Beine zu kommen und sein Schwert zu ergreifen. Sein Herz jagte und er spürte jeden Pulsschlag in seinem Körper.

Er versuchte Zoe zu attackieren. Aber was immer er auch tat: Es gelang ihm nicht, ihre Deckung zu durchbrechen. Jede Finte durchschaute sie – sobald er versuchte, eine Richtung anzutäuschen, erwartete sie ihn schon. Der Schweiß rann ihm über Gesicht und Körper. Sie standen jetzt zwischen den Holzbänken. Jeder war in Reichweite der Waffe des anderen. Wieder und wieder kreuzten sich die Klingen. Dann machte er eine unbedachte Bewegung und sie stieß ihm den Säbel eine Daumenlänge unterhalb des Schlüsselbeins ins Fleisch. Er schrie auf. Als sie ihre Waffe mit einem hässlichen Geräusch wieder herauszog, hatte er das Gefühl, seine Eingeweide würden mit herausgezogen werden. Er sah die blutüberzogene Klinge des Senufu-Säbels. Ihm wurde schwarz vor Augen. Er war kurz davor, in Ohnmacht zu fallen. Er wehrte sich dagegen. Wollte fliehen, aber sein Verstand bot ihm keine Richtung, keine Lösung mehr an. Wie in einem Rausch des Schmerzes versuchte er über die Holzbank zu klettern. Aber er kam nicht weit, brach zusammen. Er ließ sein Schwert fallen, das polternd auf der Kniebank landete. Auf dem Rücken liegend starrte er auf die ferne Vierungskuppel des Münsters, die in einem seltsamen Farbenschimmer erstrahlte. Dann tauchte Zoes Gesicht vor ihm auf. Er war sich sicher: Nun würde er sterben. Aber dann traf ihr Säbel auf Stahl. Er erkannte Marthas Schwert *Aurin*. Mühevoll hob Daniel den Kopf und sah, dass Zoe jetzt von ihm abließ, um sich auf Martha zu stürzen. Sie nahm es mit Zoe auf. Aber nicht nur gegen sie kämpfte Martha im langen Mittelschiff des Münsters.

Martha kämpfte gegen drei Gegner gleichzeitig. Gegen Zoe. Gegen den Kerl namens Fynn. Und gegen Tristan. Nie bot Marthas Körper ein ruhiges Ziel. *Aurin* in beiden Händen haltend schlug sie in Rundumschlägen auf ihre Gegner ein. Sie wirbelte elegant im Kreis und traf jeden, der sich näher heranwagte. Ihre Klinge pfiff und sang.

Wo Krähe war, wusste Daniel nicht. Es war ihm, als könnte er von fern in der Weite der Kathedrale ihre Stimme hören. Angestrengte Kampflaute. Aber er war sich nicht sicher, ob er sie wirklich hörte. Er sah zu, wie seine Welt, jene Welt, um die er erbittert kämpfte, von scharf zu unscharf und wieder zurück wechselte. Und dann war es ihm, als würde er über seinem eigenen Körper schweben und auf sich selbst herabblicken.

Mit einem Mal sah er ihn. Den jungen Mann, der sich seinem zwischen den Holzbänken zusammengesackten Körper näherte. Furcht einflößend, mit tiefblauen Augen. Er trug einen langen Mantel. Sein Bruder. Balder. Wie in einem fieberartigen Traum blickte Daniel auf sie beide hinab. Sah, was aus ihnen geworden war. Und sah, was ihnen drohte. Er dachte daran, wie das Schicksal die Menschen – trotz tiefer Verbundenheit – immer wieder auseinanderriss. Zu Gegnern machte. Und dass häufig die einzige ihnen noch mögliche Begegnung der Kampf war. Er sah das gewaltige schwarze Schwert, das Balder in der rechten Hand hielt. Daniel wusste: Jetzt war die Stunde gekommen, in der er gegen seinen Bruder kämpfen musste. Dieses Bewusstsein um seine Pflicht holte ihn zurück in seinen Körper. Verlieh ihm die Kraft, die vonnöten war, um es mit ihm aufzunehmen. Lebenskraft. Als er seine Augen öffnete, verspürte er sie kaum noch, seine Stichverletzung. Er tastete nach seinem Schwert. Als er die Augen öffnete, war er bereit für die letzte Begegnung mit seinem Bruder.

39

Henry B. Lindt näherte sich der jungen Frau, die Krähe genannt wurde. Ihm fiel sofort auf, dass sie sportlich wirkte. Muskulös. Beweglich. Sie strahlte Willensstärke aus. Mit Augen, die genauso zu blitzen schienen wie der lange Dolch, den sie in der Hand hielt. Er erkannte, dass sie diesen Kampf nicht scheute. Dass sie keine Sekunde lang zögern würde, ihn zu töten.

Die beiden trafen im südlichen Seitenschiff aufeinander. Henrys Augen sahen schärfer als jemals zuvor. So gut sahen sie, dass er das Zirkulieren ihres Blutes unter dem kupferfarbenen Kampfanzug wahrzunehmen glaubte. Die Verletzlichkeit ihres Körpers wie die ihrer Seele. Er glaubte, dass er ihr – was Physis und kämpferische Fähigkeiten betraf – überlegen war. Hinzu kam noch die Kälte, die in seiner Seele herrschte und die er sich sicher zunutze machen konnte. Dennoch spürte Henry B. Lindt, dass etwas nicht stimmte. In seinen Fingern, die den Griff seines Rapiers namens *Feldherr* umschlossen, war ein Pochen. Und in seinem Mund: ein Vorgeschmack auf Blut.

Die beiden ließen sich nicht aus den Augen. Jeder lauerte auf seine Gelegenheit. Blitzartig stieß er zu, aber Krähe wehrte seinen Angriff ab.

Ja, zweifelsohne war das Böse in ihm vollends erwacht. Das Gefühl für alles Schlechte, Nichtige, Erbärmliche in der Welt. Aber was damit einherging, war das Gefühl für das Erbärmliche in ihm selbst. Er fühlte sich plötzlich zurückerinnert an den Jungen, der er früher einmal gewesen war. Reich, hübsch, vom Schicksal begünstigt. Von anderen beneidet. Aber er hatte das Gefühl gehabt, diesen Neid nicht zu verdienen. Er hatte bemerkt, dass die Mitschüler weiter waren als er. Zugänglicher. Anteilnehmender. Dass sie vieles miteinander teilten, was ihm vorenthalten worden war. Sie schienen ein talentiertes Herz zu haben. Das eine entscheidende Fähigkeit besaß: zu lieben.

Deshalb hatte er sich selbst immer ausgeschlossen gefühlt, war schwächlich, verloren gewesen. Dieses Gefühl war tief nach innen gewachsen und hatte ihn heraufbeschworen: den Hass. Den Hass gegen die Menschen. Den Wunsch, ihnen wehzutun. Das Verlangen nach Grausamkeit.

Aber in diesen Moment, als er der jungen Frau namens Kathrin in der Kathedrale gegenüberstand, spürte er mit einem Mal nur noch den kleinen Jungen in sich. Den kleinen, schlechten Jungen. Unfähig. Hoffnungslos. Einsam.

Einsam – es war das letzte Wort, das Henry B. Lindt durch den Kopf ging. Bevor Kathrin ihm den Dolch in den Bauch stieß. Bevor sein Schrei in einem Gurgeln erstickte und er wie eine leere Hülle zusammenfiel.

40

Als Balder sich – das schwarze Schwert namens *Mistilo* schwingend – auf Daniel zubewegte, spürte er das Lied. Wie aus weiter Ferne drang es an sein Ohr. Einer Ferne, die so lieblich und hoffnungsvoll schien wie das Lied selbst. Das Lied war ihm vertraut, aber er konnte sich nicht daran erinnern, um welches es sich handelte. Er hörte keinen Text. Noch nicht. Nur die Melodie als ein Summen. Es rief Sehnsucht hervor. Sehnsucht und Traurigkeit. Er drängte diese Gefühle zurück. Er wollte das Lied nicht hören. Er versuchte taub zu sein, obwohl er in diesem Moment wachsam sein musste. Für den Kampf.

Er sah seinen Gegner vor sich. Er wusste, dass der junge Mann, der ihm entgegentrat, sein Bruder war. Aber das schreckte ihn nicht zurück. Das war alles, was zählte: Er war Balder und er trug *Mistilo* bei sich. Mistilos Kraft gebündelt in seinem Schwert. Einer vernichtenden Waffe. Er war jetzt Herr über Mistilo. Ihr nicht mehr ausgeliefert. Er konnte sie gezielt einsetzen. Und er wusste genau, wozu. Ja, der Gegner mochte sein Bruder sein. Aber dieser Bruder hatte keine Chance gegen ihn. Noch dazu war Daniel von Zoes Säbel verletzt worden.

Balder war kein Idiot. Wie sie es alle immer behauptet hatten. Der Vater. Die Brüder. Die Mitschüler. Die Mitschülerinnen hatte er lachen hören mit ihren Stimmen wie Silberglöckchen und ihren Herzen wie Granit: *Vielleicht solltest du es mal mit dem treiben! Dumm fickt gut!*

Balder wusste es jetzt. Keinen Zweifel gab es mehr. Er war etwas Besonderes. Stark. Er würde mithelfen, sie zu vernichten. Die Mädchen, die Herzen. All die Geschöpfe dort draußen, die sich Väter nannten. Brüder. Einerlei, welche Namen sie trugen. Sie würden ihnen entrissen werden. Sterben würden sie …

Wenn nur dieses Gesicht nicht wäre, das er nun immer deutlicher vor sich erkannte in dem geheimnisvollen Licht. Daniels Gesicht. Mit seinen sanften Augen. Die sie ihm so nah erscheinen ließ, die Welt. Diese Welt, in der alles seinen Platz hatte. Die Verzweiflung genauso wie die Liebe. Die Liebe, ja. Eine Welt, der man sich zugehörig fühlte. Eine, für die es lohnte zu kämpfen?

Nein, Balder würde stark sein. Mit *Mistilos* schwarzer Klinge würde er dieses Trugbild zerschlagen. Genauso wie er seinen Bruder töten würde.

Balder sah, wie schwer es Daniel fiel, sich auf den Beinen zu halten. Er würde leichtes Spiel mit ihm haben.

Und so war es.

Am Anfang hielt sich die schwarze scharfe Klinge noch zurück. War beinahe sanft. Sie streifte Daniels Kopf seitlich und nahm nur ein Stück des rechten Ohres mit sich. Aber dann, dann wollte es sich nicht mehr zurückhalten. Es zerfleischte seinen Bruder, riss ihn in Fetzen. Das Schwert. Der schwarze Dämon Mistilo.

Balder wollte nah dran sein. Ganz nah. Wollte zusehen, wie Daniel sein Leben aushauchte. Er zog seinen schwer verwundeten Bruder hoch. Sodass Daniel halb gegen ihn saß, halb gegen ihn lag.

Als sich Daniels blutverschmierte Lippen ein letztes Mal öffneten, kam es hervor. Schwach, zittrig, kaum wahrnehmbar. Und trotzdem drang es tiefer in Balders Körper ein, als es jede Klinge gekonnt hätte. Drang bis in die verborgensten Winkel vor, verzweigte sich und floss zu seinem Herzen zurück. Das Lied. Als Balder die mühsam gehauchten Worte seines Bruders hörte, hatte er es endlich wiedererkannt. Und das Lied, es erkannte ihn. Erkannte den Menschen, der er einmal gewesen war:

Ich geh' mit meiner Laterne
und meine Laterne mit mir.
Dort oben leuchten die Sterne,
hier unten leuchten wir!

Balder stieß einen Schrei von unendlichem Schmerz aus. Er hob *Mistilo* auf und hackte sich die rechte Hand ab, die in einem Blutschwall auf den Boden fiel. Die rechte Hand, die seinen Bruder getötet hatte. Dann richtete er sich auf und stieß die Klinge tief in seinen eigenen Leib. Um es auszulöschen. Das Lied. Um ihn zu vernichten. Den Dämon Mistilo.

Dann sackte Balders Körper tot zusammen. Das Schwert begann sich zu verflüchtigen. Unsichtbar zu werden. *Mistilo* verschwand in seinem toten Körper, als wollte es einen letzten Ruheort finden. Wie in einer Höhle.

41

Henry B. Lindt lag tot zu ihren Füßen. Es war das erste Mal. Das erste Mal, dass Krähe einen Menschen getötet hatte. Es gefiel ihr nicht, das Gefühl. Nein, es war ein Gefühl von Glück. Von *großem* Glück.

Krähe wollte losstürmen. Weiterkämpfen. Martha und Daniel helfen. Aber sie konnte es nicht. Sie spürte Erschöpfung. Schwer atmete sie und blickte sich um. Sie hatte das seltsame Empfinden, dass es gar nicht mehr wirklich existierte. Dieses Münster. Die Wände waren zurückgewichen. Sie hatte das Gefühl, sich im Freien zu befinden. In einer diesigen Weite, in der die Gesetze von Raum und Zeit aufgehoben schienen. Ja, schon während des Duells mit Henry B. Lindt hatte Krähe merkwürdige Dinge vernommen. Sie hatte das Gefühl gehabt, Sirenengeheul zu hören. Zu hören, wie Fliegerbomben herabstürzten. Detonationen zu spüren. Immer wieder hatte sie geglaubt, schemenhafte Gestalten wahrzunehmen. Soldaten versunkener Jahrhunderte, die sich in ihrer Nähe brüllend in den Kampf stürzten.

Auch Henrys toter Körper schien ihr kurzzeitig eine im Dreck eines Schlachtfelds liegende Leiche zu sein. Verzweiflung überkam Krähe. Sie erinnerte sich, wie sie sich am Morgen gefühlt hatte. Als sie von Daniel und Martha erfahren hatte, dass Zoe nicht an ihrer Seite kämpfen würde. Sondern eine Gegnerin war. In der Kapelle hatte Krähe das morsche Taufbecken umgestoßen, das krachend in Stücke zerfiel. Sie war entsetzlich zornig gewesen. Enttäuscht. Aber vor allem war ihr der Mut abhandengekommen. Den sie vorher so mühsam zum Leben erweckt hatte. Sie hatte das Gefühl gehabt, der Boden unter ihren Füßen wäre ihr entglitten. Hatte dieses Ungleichgewicht körperlich gespürt: Drei gegen fünf – eine Herausforderung, die nicht zu meistern war. Kathrin hatte nun nicht mehr an das Team geglaubt. Nicht an sich selbst. Nicht mehr daran, ein weiteres Morgenrot heraufziehen zu sehen. So wie sie auch jetzt nicht mehr daran glaubte.

Aber nun kamen ihr Marthas Worte in den Sinn. Martha hatte auf Daniel und Kathrin eingeredet. Diese Worte gaben ihr Halt. Sie brachten ihn zurück. Den Raum, in dem sie sich gerade befand. In dem sie sich orientieren konnte. Zurück kehrte jedes einzelne ihrer Worte. Drang in Kathrins Ohr, als würde es leise von den Wänden des monumentalen Bauwerks widerhallen.

Ja, es ist möglich, dass wir von diesen fünf Gegnern besiegt werden. Aber lasst euch nicht vorher schon von euren Gedanken besiegen. Es sind manchmal nicht die Ereignisse selbst, die schrecklich sind. Schrecklich sind unsere Vorstellungen darüber. Ich verstehe, dass ihr denkt: Wir sind nur zu dritt. Aber mit diesem Gedanken setzt ihr herab, was wir eigentlich stärken könnten: uns selbst. Wie viele wir sind, kann nicht Einfluss darauf nehmen, mit welcher Haltung wir unseren Gegnern gegenübertreten. Außer wir lassen es zu. Es steht uns frei, das

Wort nur *durch das Wort* vollzählig *zu ersetzen.*
Ja, wir kennen das Schicksal nicht, das uns erwartet. Ja, wir haben Menschen, wir haben Mitstreiter, wir haben Hoffnungen verloren. Aber als die drei, die wir hier zusammengefunden haben, sind wir eines: vollzählig. An nichts fehlt es uns, um Mut zu schöpfen. An nichts fehlt es uns, um für die Sache zu kämpfen, die so eine große Bedeutung hat.

Krähe spürte, wie sie erneut Kraft sammelte. Sie festigte ihren Griff um den langen Dolch, dessen Klinge blutverschmiert war. So schnell sie konnte, rannte sie los, um Martha in ihrem Kampf gegen Tristan, Zoe und Fynn beizustehen. Ihr gelang es, sich zwischen die Kontrahenten zu drängen. Und zumindest Fynn von Martha fernzuhalten, indem sie es selbst mit ihm aufnahm. Wieder und wieder versuchte er, mit seiner Sense auf Kathrin einzuschlagen. Aber sie wich rechtzeitig aus. Dann schaffte sie es, mit einer blitzschnellen Aufwärtsbewegung ihm die Waffe aus der Hand zu schlagen. Sie versuchte zuzustechen, doch Fynn zog reflexartig den Bauch ein und die Klinge durchschnitt nur die Luft. Er reagierte sofort, riss sie zu Boden. Warf sich auf sie. Wollte den Dolch zu fassen kriegen. Er erwischte ihren Arm, während sie weiterhin vergeblich versuchte auf ihn einzustechen. Kathrin wusste nicht, wie lange sie miteinander rangen. Fynn war um einiges stärker als sie. Es wurde immer schwieriger, den schweißnassen Griff des Dolches festzuhalten.

Er klemmte ihre Hand unter einem Arm fest, während er mit der freien Faust auf ihr Gesicht eindrosch. Sie spürte, dass sie langsam in eine Dunkelheit sank. Spürte, wie sich ihr Griff um den Dolch lockerte, bis dieser mit einem scheppernden Geräusch auf dem Boden landete.

Fynn richtete sich auf und riss Kathrin an den Haaren hoch. Wieder und wieder schlug er mit der Faust auf ihr Gesicht ein, bis sie nicht mehr die geringste Körperspannung besaß und sich nur noch auf den Knien halten konnte. In aller Ruhe hob er seine Sense *Vergissmeinnicht* vom Boden auf. Hinter ihren geschwollenen Augen, tief in ihrem Unterbewusstsein glaubte sie, für einen Augenblick die Bewegung von Vogelschwingen wahrzunehmen. Und einen Himmel, der sich öffnete. Dann schlug er ihr den Kopf ab.

42

Sie war eine ausgezeichnete Schwertkämpferin. Noch immer. Oder aufs Neue. Wie immer man es bezeichnen wollte. Martha von Falkenstein war schwer zu besiegen. Tristan Nachtweih verstand es recht schnell. Mit einem Gefühl der Bewunderung.

Manche Fähigkeiten hatte sie einst von ihm gelernt. Aber Einführungen in die Kampfeskunst waren bei ihr kaum nötig gewesen. Schon bevor sie sich das erste Mal begegnet waren, hatte Martha sich vorwärtsgekämpft, durch Nacht und Tag.

Nacht und Tag, mit beiden hatte sie es aufgenommen. Wieder und wieder. Obwohl sie kaum zu bezwingende Gegner waren für die Tochter einer ärmlichen, kränklichen Magd. Davongelaufen war Martha. Auf eigene Gefahr. War in die Schlachten gezogen mit ihm.

Erst viele Jahre später sollte sie zurückkehren in ihr Heimatdorf, das inzwischen niedergebrannt worden war. Zurück kehrte sie, gezeichnet von den Schlachten. Aber in ihrem Inneren mit dem Keim. Dem Keim des Lebens. Ihre Mutter war schon lange von der Seuche dahingerafft worden. Nur ihre kleine Schwester Keth hatte sie vorgefunden. Aber auch ihr sollte es schlecht ergehen nach Marthas Tod. Tristan hatte davon erfahren, als er selbst noch am Leben gewesen war. Keth war von Vagabunden, die Raubzüge in das Dorf geführt hatten, geschändet und aufgeknüpft worden.

Jetzt standen sie sich gegenüber. Martha und er. In einer völlig anderen Zeit als jener, in der sie sich geliebt hatten. Längst dahingeschieden und nun wieder zum Leben erwacht. Martha hatte zuerst Fynn, dann Zoe auf den Boden befördert. Beide lagen sie auf den Steinplatten und krümmten sich. Ächzend. Gezeichnet. Aus ihren Wunden sickerte es hellrot. Sie waren fürs Erste keine Gegner mehr für sie.

Tristan spürte den Schimmer von Marthas Kampfanzug. Wie eine Sehnsucht. Eine Sehnsucht, die es zu bezwingen galt. Er blickte in Marthas Gesicht. Er sah das Blut, das ihr Gesicht hinabrann. Von ihrer Stirn ausgehend, über die rechte Braue und Wange bis zum Kinn, wo die Tropfen abperlten. Er sah ihre entschlossenen Augen. Er dachte daran, was für ein großartiges Gefühl es einst gewesen war, Seite an Seite mit dieser Frau zu kämpfen. Unerschrocken hatte sie sich in jedes Schlachtengetümmel gestürzt. Jetzt waren sie verfeindet. Jetzt musste er es mit ihr aufnehmen. Er wusste, dass es für sie beide der letzte Kampf sein würde. Sie hatte *Aurin* hochgerissen, war bereit zuzuschlagen. Er hatte das Gefühl, dass von Marthas Klinge eine lautlose Vibration ausging, die sich auf *Xanas* übertrug. Er spürte, dass die beiden Schwerter zueinandergehörten. Dass sie einander riefen, wie zwei Stimmen in der tiefen Dunkelheit.

Xanas blitzte auf und zeichnete einen tödlichen Bogen, aber sie konnte den Angriff parieren. Funken sprühten auf, als die Klingen gegeneinanderprallten. Dann spürte er eine Stille, die sie beide umschloss. Eine Stille wie die des kalten Universums, in der Sonnen seit Ewigkeiten verloschen. Sie umkreisten einander. Dann löste sich aus der Stille das Surren. Das Surren von *Aurins* Klinge. Er hörte es, noch bevor ihr Angriff kam.

Er fing ihren Schlag ab. Schlug zurück. Ohne ihre Abwehr zu durchbrechen. Weiter und immer weiter kämpften sie. Trieben sich gegenseitig durch das Mittelschiff. Beständig ruhte ihr Blick auf seinem, als sie vor- und zurücksprangen und die Angriffe hin- und herwogten. Dann nahm Tristan wahr, wie aus ihrem Kampf ein Tanz hervorging. Schritt, Angriff, Abwehr, Schritt. Er spürte die Nähe ihres Körpers. Spürte ihren immer schneller werdenden Atem, dem seiner wie ein Echo nachfolgte, bis er sie nicht mehr voneinander unterscheiden konnte. Immer schneller wurde ihr Atem. Immer schneller und heftiger kamen die Schläge, während sich der Rhythmus ihrer Schritte wie von selbst vollzog. Bis eine Erinnerung kam.

Seit Wochen hatten die Kreuzritter vergeblich versucht, das Hauptheer des Sultans al-Adil zu stellen, das sich ihnen immer wieder geschickt entzog. Das Heer der Kreuzritter, dem Martha und er angehörten, hatte sich langsam aufgerieben. Demoralisiert und ermattet, hatten die Männer auf einer Anhöhe unweit des Sees Genezareth ihr Lager aufgeschlagen. Tristan war nicht so müde wie die anderen. Denn ganz egal, wie hart und trostlos sich jene Tage unter der fremdartigen Sonne ausnahmen, das Glück blieb beständig bei ihm. Wich nicht von seiner Seite. Und es trug den Namen Martha. Tristan konnte sich gut an den Anblick des Sees erinnern, als es allmählich Nacht wurde. Und er erinnerte sich an den ungewöhnlich kalten Wind, der übers Wasser strich. Vor dem Zelt hatten sie ein kärgliches Lagerfeuer entzündet. Und mit dicht aneinandergeschmiegten Körpern waren Tristan und Martha um das Feuer herumgetanzt zu den Klängen des Windes. Und zu Klängen, die nur in ihrer Fantasie zu hören gewesen waren. Über ihnen ein rosenfarbener Himmel, der langsam von Dunkelheit verzehrt wurde. Und die Funken des Feuers stoben hinauf in die nächtliche Luft.

Als die Erinnerung verblasste und er wieder merkte, wo er sich befand, hatte Martha ihm *Xanas* aus der Hand geschlagen. Sie kamen zum Stehen und Martha setzte *Aurins* Klingenspitze auf seine Brust.

»Hier verlasse ich dich endgültig, Tristan«, raunte sie ihm zu.

Als Martha das Schwert in sein Herz rammte, hatte Tristan das Gefühl, als würde die Klinge aus Flammen bestehen. Und die Flammen, sie schienen sich tief in sein Innerstes zu fressen. Bis da nur noch ein loderndes Zischen war, das zu einem Gebrüll anschwoll. Das Gebrüll des Feuers, das ihn vernichtete.

43

Martha von Falkenstein war die Letzte. Die letzte Überlebende der Verbündeten, die sich gegen den Untergang der Welt stemmten. Sie spürte, wie sich der Schmerz in ihr Bahn brach. Sie hatte es in ihren Träumen gesehen. Wieder und wieder. Aber in all ihren Träumen war sie nicht die Letzte gewesen. Sondern jemand anders. Sie hatte nie ausmachen können, um welchen der acht Kämpfer es sich handelte. Nur schemenhaft war die Gestalt in ihrem Traum. Das Gesicht umflutet von Licht. Das Gesicht, das sich nie gezeigt hatte. Aber immer war Martha mit einem tiefen Gefühl des Glücks aufgewacht. Denn sie hatte deutlich gespürt, dass diese Gestalt in ihren Träumen den Untergang der Welt verhindern würde.

Jetzt wusste sie, dass die Wahrheit eine andere war. Der Schmerz in ihrem Inneren verwandelte sich in Verzweiflung. Sie waren gewaltsam zu Tode gekommen. Alle, die ihr seit der Rückkehr in dieses Leben Beistand geleistet hatten. Zunächst der alte Mann namens Christian Albert, die Hündin Nina, dann Isabell, Daniel und zuletzt Kathrin. Sie alle waren tot. Keinen Einzigen von ihnen hatte sie retten können. Nur ihretwegen waren sie gestorben. Sie empfand Scham. Glaubte es nicht zu verdienen, die einzige Überlebende zu sein. Glaubte, versagt zu haben. Schwer fiel es ihr jetzt, *Aurin* weiterhin in ihrer Hand zu halten.

Das Schwert schien plötzlich ein enormes Gewicht zu haben. Zum ersten Mal spürte sie auch die Verletzungen, die ihr Körper erlitten hatte. Im Kampf der Acht. Sie spürte, dass ihr Kampfanzug an einer Seite in Fetzen herabhing. Was von ihm übrig war, war durchtränkt von Schweiß. Und von Blut.

Martha hörte ein Pochen, das mit einer Erschütterung des Bodens einherging. Das anstürmende Totenheer, das sich formiert hatte und kurz vor seiner Befreiung stand. Alles Leben vernichten würde. Falls … ja falls Martha es nicht verhinderte.

Plötzlich bemerkte sie die in einen dunklen Mantel gekleidete Gestalt. Näher und näher kam sie. Eine Sense in der rechten Hand haltend. Im Gegensatz zu Zoe, die noch gekrümmt auf dem Boden lag, war Fynn wieder auf die Beine gekommen. Auch er war blutüberströmt. Trotzdem konnte sie seine Kraft spüren. Seine angespannten Muskelstränge, die die Haut seines Körpers beinahe zu sprengen schienen.

In seinem Gesicht war keine Regung eines Gefühls zu erkennen. Keine Angst. Und auch nicht die Grausamkeit, die jeden Augenblick aus ihm hervorbrechen würde. Die Sense namens *Vergissmeinnicht* sah wie eine gefrorene Höllenflamme aus. Martha spürte ihre Kälte. Spürte plötzlich eine Furcht, die ihre Glieder zu lähmen schien. Die Furcht zu versagen. Nach wie vor sickerte ihr Blut in die Augen und schien ihr stärker denn je die Welt zu zeigen, wie sie wirklich war. Die Welt, durch die ihre Seele gestreift war weit über den Tod hinaus. Was hatte ihr diese Welt gegeben, für die sie kämpfte? Schmerz, Gewalt, Raserei. Heimatlosigkeit hatte sie ihr gegeben. Das ewige Lied des Hungers, das die Tage durchzog. Kriege. Schlachten. Und ein Hauch von Liebe, der durch nichts zu retten war.

Wirklich durch nichts?

Martha versuchte all ihre Kräfte zu bündeln. *Du musst stark sein*, dachte sie. *Ein letztes Mal. Du weißt nicht, was zu retten ist. Aber du weißt, was sich zu retten lohnt.*

Schwerfällig bewegten sich die beiden aufeinander zu. Als müssten sie über ein Trümmerfeld steigen, um sich dieser Auseinandersetzung zu stellen. Mit beiden Händen schwang sie *Aurin*. Als ihre Waffen aufeinanderkrachten, funkelten Sterne vor Marthas Augen. Dann spürte sie, wie beim nächsten Hieb das Sensenblatt tief in das Fleisch ihrer linken Schulter eindrang. Roter Lebenssaft rann hervor und Schwärze drang in ihr Sichtfeld. Eine entsetzliche Schwäche überkam sie und Martha spürte den Drang, sich auf den Boden sinken zu lassen. Aber sie setzte sich dagegen zur Wehr, blieb auf den Beinen. Als sie ihren Blick hob, um ihren Gegner aufs Neue ins Auge zu fassen, sah sie, dass Fynn inzwischen zwei Waffen in Händen hielt. In der rechten hielt er die Sense. Und seine linke Hand hatte das Schwert ergriffen. *Xanas.* Sie sah, wie sich sein Mund zu einem gefühllosen Lächeln verzog. Sie spürte, wie stark dieser Gegner war. Spürte, was für eine zerstörerische Kraft von seinem erkalteten Herzen ausging. Aber Martha wusste, dass sie es mit ihm aufnehmen würde. Noch war sie hier. Noch stand sie. Sie reckte *Aurin* in die Höhe, war bereit zuzuschlagen.

Ihr Schlag wurde abgefangen. Fynn erwiderte ihn und *Xanas'* Klinge traf zischend ihr linkes Knie. Martha stürzte zu Boden und Fynn warf sich auf sie. Wieder sah sie das eiskalte Lächeln in seinem Gesicht.

»Ist es nicht wunderbar?«, hörte sie seine Stimme. »Mein Gesicht wird das Letzte sein, was sie zu sehen kriegt. Deine kleine, kleine Welt.«

Dann setzte er *Xanas'* Klinge an Marthas Hals. Und schlitzte ihr die Kehle auf.

44

Zoe lag noch immer rücklings auf dem kalten Boden. Im südlichen Seitenschiff.

Schmerz tobte wie ein Lärm in ihrem Kopf. Drang bis in ihre Eingeweide vor. Wie Marthas Klinge. Die während des Kampfes zwischen ihren Rippen eingedrungen war.

Zoe spürte den Schmerz und die Lache ihres Blutes, in der sie lag.

Als sie die Augen öffnete, sah sie ein Sonnengleißen, das sie nur aus Mali kannte. Dem Land ihrer Vorfahren, das auf der Landkarte wie ein schräg fliegender Schmetterling aussah. Ihre Mutter war in Sikasso, einer Stadt im Süden, geboren. Später war sie schwer krank dorthin zurückgekehrt, um zu sterben. Das war ihr letzter Lebenswunsch gewesen. Zoes Familie kam von dort. Nach dem Tod der Mutter hatte sie das Land einige Wochen lang bereist. War in der Halbwüste der Sahelzone gewesen. Im flirrenden Sonnenglast hatte sie aus der Ferne die Salzgruben von Taoudenni gesehen. War sogar Nomaden begegnet, die mit ihren Kamelen große Salzplatten durch die Wüste transportierten. Im Norden hatte sie Ausflüge in die Sahara unternommen. Und hatte die Moschee von Djenné unter dem stahlblauen Himmel aufragen gesehen. Die größte Lehmmoschee der Welt. Zoe liebte dieses Land. Als sie noch ein Mädchen war, hatte die Mutter zu ihr gesagt: »Es wird nicht zu eng für dich sein dort draußen in der Welt. Denn unter deiner Haut wird immer die Weite der Wüste sein.« Aber nicht selten passierte es, dass Zoe sie vergaß: die Weite unter ihrer Haut.

Doch jetzt, verwundet auf dem kalten Kirchenboden liegend, drang das sonderbare Lichtgleißen in ihre Augen und die Wüste kehrte kurzzeitig wieder zurück. Dann verschwand das Licht plötzlich.

Als Zoe aus ihrem Dämmerzustand auftauchte, war alles grau um sie in der riesigen Kathedrale. Es machte den Anschein, als würden Nebelschwaden über den Boden kriechen und ihren Körper einhüllen. Dann tauchte ein Gesicht auf, das auf sie herabblickte. Es war mit Blut besudelt, dieses Gesicht. Sie kannte es gut. Und es zeigte ein triumphierendes Lächeln.

»Wir haben es geschafft«, sagte Fynn. »Pik-Ass und ich, nur wir zwei. Niemand sonst.«

Er griff unter ihre Achseln und half ihr auf die Beine. Hob *Bougeotte* auf und reichte ihn ihr.

»Sie sind tot«, sagte er. »Jeder Einzelne von ihnen. Und die anderen werden folgen. Komm!«

Fynn zog sie mit sich durch die wallenden Nebelschwaden. In Richtung des südlichen Choreingangs. Als ihre Schritte von den Wänden widerhallten, bemerkte Zoe zum ersten Mal die Stille, die um sie herrschte. Eine Stille, in der noch alle Schreie des Kampfes lagen. Und obwohl die Nebelschleier sie nicht zu erkennen gaben, spürte Zoe in dieser Stille die blutgetränkten Leichen.

Sie spürte den zerschlitzten Mantel, den sie am Leib trug. Und an ihrer Hand spürte sie das schmierige Blut, das am Griff ihres Senufu-Säbels haftete. Und dann hörte sie es. Das unheimliche, das mächtige Poltern des Totenheeres, das lauter wurde. Immer lauter.

Die beiden traten durch den Choreingang und erreichten das sich auf dem Boden abzeichnende Oktagon. Zoe hatte es zuvor noch nie gesehen. Als sie auf das Achteck herabblickte, erkannte sie eine Darstellung, in der sich zwei monströse Kreaturen gegenüberstanden. Sie starrten einander an mit ihren hässlichen Fratzen. Zoe blickte Fynn an. Sie bemerkte jetzt, dass er die beiden Schwerter in Händen hielt. *Aurin* und *Xanas*. Die Schwerter, die vereinigt werden sollten.

»Jetzt werden wir unseren Schwur endlich in die Tat umsetzen«, sagte er. »In der Dunkelheit finden wir zusammen. Du und ich. Wie diese beiden Klingen.«

Er führte die Klingen aneinander. Als sie exakt aufeinanderlagen, wirkte es mit einem Mal, als würden zwei körperlose Seelen miteinander ringen. Fynns Hände begannen zu zittern. Zischend verschmolzen die beiden Schwerter miteinander, schrumpften zusammen. Und was aus ihnen hervorging, war ein schlichter, leicht glänzender Schlüssel, von dem etwas Ehrfurchtgebietendes ausging. Fynn lächelte.

Den Schlüssel in den Fingern haltend, kniete er sich vor das Oktagon. Wie ein flüchtiger Schatten zeichnete sich dort jetzt die Wölbung eines Schlüssellochs ab. Sich Tristan Nachtweihs Anweisungen in Erinnerung rufend flüsterte Fynn zu sich selbst:

»Im Uhrzeigersinn wird die Pforte für immer verschlossen. Gegen den Uhrzeigersinn wird sie geöffnet.«

Fynn blickte noch einmal zu Zoe auf, die – *Bougeotte* in der Hand haltend – aufrecht neben ihm stand. Er sagte: »Wir werden gemeinsam tanzen, Pik-Ass. Den Walzer des Todes werden wir tanzen. Alles, was da draußen ist hinter diesem Gemäuer – die ganze Welt –, wird mit uns tanzen. Wenn wir es jetzt befreien. Das fliegende Heer des Untergangs. Spürst du es schon? Spürst du, wie er beginnt? Der Walzer?«

Der achteckige Sandstein begann immer heftiger zu zittern. Zoe spürte das beängstigende Pochen, das den Boden der Kathedrale erbeben ließ. Immer lauter dröhnte es, immer stärker wurden die Erschütterungen. Zoe hatte das Gefühl, dass sie sich plötzlich in Musik verwandelten.

Und dann glaubte sie ihn zu hören. Den Walzer. Seinen fremdartigen dahingleitenden Rhythmus. Sie spürte jetzt das Bedürfnis, sich diesem Rhythmus hinzugeben. Ganz und gar. Sie spürte den Tod. Seine Erhabenheit. Seine Macht, alles an sich zu reißen. Und in ihr entstand das Glücksgefühl, an dieser Macht teilhaben zu können. Mehr noch. Ein Teil derer zu sein, die ihn entfesselten. All ihre Gedanken, all ihre Empfindungen schienen sich zu verflüchtigen. Bis nur noch ein starrer finsterer Wille in ihr herrschte und auf ein einziges Ziel ausgerichtet war: die Vernichtung.

Doch dann nahm Zoe etwas wahr. Eine Bewegung, kaum mehr als ein Zittern. Aus dem Augenwinkel sah sie die kleine Gestalt, die im Schatten des alten Mauerwerks kauerte. Als sich die Gestalt plötzlich ein wenig nach vorn bewegte, erkannte Zoe das Gesicht. Es war ein Kindergesicht. Das traurige Gesicht des geheimnisvollen Kindes, dem sie auf der menschenleeren Straße in Günterstal begegnet war. Dann tauchte ein zweites Kindergesicht auf und ein drittes zeigte sich. Bis in jeder Nische, jedem Winkel, hinter jeder Säule des Münsters ein Kind hervortrat. Zoe glaubte, nun all diese Gesichter auf einmal zu betrachten. Und sie hörte die Stimmen der Kinder. Jede das Echo der anderen. All diese Stimmen riefen wie in einem Chor ein und denselben Satz:

Wo können wir Kinder spielen?

Zoe spürte, wie sich etwas in ihrem Inneren regte. Auf den Chor der Stimmen reagierte. Mit aller Kraft einstimmen wollte. Wie ein kleiner Mund, der noch keine Worte besitzt. Sie spürte, wie sich etwas in ihr veränderte.

Fynn versenkte in diesem Augenblick den Schlüssel in dem Schlüsselloch des Oktagons. Gerade wollte er ihn umdrehen, als er erstaunt innehielt. Die Darstellung auf dem Stein hatte sich plötzlich verändert. Es waren keine zwei monströsen Kreaturen mehr darauf zu erkennen. Was er jetzt stattdessen sah, waren zarte Umrisse. Die zarten Umrisse eines einzigen Menschen.

Verwirrt blickte er zu Zoe auf, sah *Bougeottes* Klinge, die nun auf ihn gerichtet war. Dann hörte er ihre Stimme. Hart und entschieden.

»Weißt du«, sagte sie. »Das Pik-Ass ist heute die Trumpfkarte. Die letzte Trumpfkarte, die für das Leben steht.«

Fynn starrte sie an. Wie oft hatte er den Menschen

Schreie entlockt. Wie oft war er derjenige gewesen, der Schmerz verursacht hatte. Es schien nun, als wäre für ihn selbst kein einziger Schrei mehr verblieben. Seine Lippen öffneten sich. Aber es war kein Laut zu hören, als Zoe die Klinge ihres Säbels tief in seinen Leib rammte. Seine Augen erloschen. Sein Gesicht, es stürzte ein. Der Tod kam schnell. Fynns schwerer Körper, der im Leben von immenser Härte geprägt gewesen war, fiel zu Boden. Und das Oktagon sah mit einem Mal wie eine gestochen scharfe Bleistiftzeichnung aus, über die rote Tinte vergossen worden war.

Zoe hatte sie verschlossen. Die Pforte des Untergangs. Als sie den Schlüssel behutsam im Uhrzeigersinn drehte, war das Tosen dahinter erstorben und die Pforte war daraufhin in die Tiefe eingesunken wie in Treibsand. Danach verschwand das Achteck selbst. Verschwand. Als wäre es nie da gewesen.

Sie atmete. Atmete. Auf ihren Säbel gestützt kniete sie, allein in der Weite der Kathedrale, den Kopf gesenkt. Zoe spürte sie. Die weite Welt dort draußen. Spürte, wie sich die Morgen auf die Schwelle setzten und wie sich die Abende in den Zweigen verloren. Zoe hörte Gewitter, die sich an wilden Felsenschultern rieben. Und Stimmen, die Lieder sangen. Sie sah die Menschen, ihre flüchtigen Blumen. Ihre Straßen. Eine jede war ein Heimweg. Für irgendeine Frau, irgendeinen Mann. Irgendein Kind.

Und als sie nach einer Weile, die ihr unendlich lang erschien, den Blick hob, strömte das Licht durch die bunten Fenster des Münsters. Eine leuchtende Flut.

Mein Dank gilt:

Knut Reinoss und dem gesamten Team des Arctis/Atrium-Verlages.

Ulrich Störiko-Blume für das Öffnen von Türen.

Meinen Eltern Jutta und Andreas sowie meiner tapferen Schwester Lilly für die Unterstützung von nah und fern.

Der Großfamilie Koch, immerzu – Fixsterne von Menz und Hossingen.

Steffi und Burak, die im Leben noch bedeutsamer sind als Maxe, Belle und Soacher.

Der wunderbaren Familie Marohn (freilich inklusive Daniel) in ihrer durch und durch zurückhaltenden Zauberhaftigkeit.

Sowie vielen Freunden und Gefährten, die mich im Funkloch des tiefen Schwarzwalds viel zu lange nicht erreichen konnten.

ZITATNACHWEIS

Robert Frost, Feuer und Eis, aus: Promises to keep: Poems. Gedichte (textura), C. H. Beck 2016 (Übersetzung und Nachwort von Lars Vollert)

Der Abdruck erfolgt mit freundlicher Genehmigung des Rechteinhabers.

Benjamin Lebert, 1982 geboren, hat sieben Romane veröffentlicht, darunter seinen Erstling »Crazy«, der über 1,2 Millionen Mal verkauft, in 33 Sprachen übersetzt und fürs Kino erfolgreich verfilmt wurde. Der Autor ist Gründungsmitglied des von Günter Grass initiierten Lübecker Literaturtreffens. In Freiburg im Breisgau aufgewachsen, ist er seit seiner Kindheit mit den Mythen und Legenden des Schwarzwalds vertraut. Benjamin Lebert lebt mit seiner Familie in Hamburg.

INTERVIEW MIT BENJAMIN LEBERT

Zwanzig Jahre nach »Crazy«: Woher kam die Idee, wieder einen Roman über und für Jugendliche zu schreiben?

Vor einer Weile bin ich in Norwegen unterwegs gewesen. Auf einer kleinen Lesereise. Unter anderem habe ich in einer Schule in einem kleinen schneeverhüllten Ort namens Ski gelesen und habe mit Schülerinnen und Schülern im Alter von fünfzehn bis siebzehn über Literatur gesprochen. Und darüber, wie es möglich ist, unter all den Stimmen, die in jedem Einzelnen von uns wispern, eine ureigene Erzählstimme zu entdecken. Um an die mutige Aufgabe heranzugehen, einen Prosatext zu schreiben. Aber es ging in unseren Gesprächen auch um Sehnsüchte und Wünsche. Ich bat sie, manche dieser Wünsche in der Gruppe zu teilen, sofern ihnen danach war. Eine Schülerin sagte: »Ehrlich gesagt habe ich nur einen einzigen Wunsch. Bevor ich tot bin, will ich diese Welt verdammt noch mal spüren lassen, dass es mich gibt.«

Diese Worte – so einfach und klar, wie sie waren – berührten mich. Weil sie so vieles aufschimmern ließen: Traum und Wirklichkeit. Den Enthusiasmus des Aufbruchs. Die Furcht, eine Sternschnuppe zu sein, die ungesehen im Dunkel verglüht. Die Worte der Schülerin brachten mir in diesem vom weißen Licht des Schnees erhellten Klassenzimmer die Ohnmächte, die Verzweiflungen, die Einsamkeiten des Teenagerlebens zurück. In diesem Moment kam in mir das Bedürfnis auf, beinahe zwei Jahrzehnte nach dem Erscheinen von »Crazy«, wieder ein Buch für Jugendliche zu schreiben. Zwar diesmal aus dem Blickwinkel des über dreißigjährigen – also uralten! – Mannes, aber mit dem Wunsch, den Jugendlichen dennoch so nah wie möglich zu kommen. Ich wollte ein Buch schreiben, das Jugendliche ernst nimmt und im besten Falle ein kleines Licht für sie entzünden soll, falls irgendwelche meiner Sätze überhaupt dazu in der Lage sind. Darum kommt zu Beginn des Romans, der im Verlauf der Zeit in mir Gestalt annahm, eine Szene vor, in der eine kleine Kerze in einer düsteren Kapelle angezündet wird. Aber schon hier ist der Abgrund spürbar. Es gibt bereits einen ersten Hinweis darauf, welches Schicksal der jungen Frau zuteilwerden wird.

Was hat dich am fantastischen Genre gereizt?
Meinem Empfinden nach ist das Hinwegträumen in andere Sphären und Räume und die Sehnsucht danach in Jugendlichen vehementer ausgeprägt als bei Erwachsenen. Und auch der Drang nach Grenzüberschreitung – gerade vom Realen ins Irreale – und eine gewisse Empfindsamkeit für Dinge, die sich in den Schatten vollziehen, die mit dem bloßen Auge nicht zu erkennen sind. Darum war es mir sehr wichtig, fantastische Elemente in meinen neuen Roman einfließen zu lassen. Die Figuren in der Geschichte sind diesen fantastischen Geschehnissen ausgesetzt, müssen sich zu ihnen positionieren, verzweifeln und wachsen

an ihnen. Da ich selbst in Freiburg geboren und mit den Sagen und Legenden des Schwarzwalds aufgewachsen bin, hatte ich gleich ein Gefühl dafür, woraus diese Begebenheiten des Romans erwachsen würden. Zudem bin ich selbst ein hoffnungsloser Träumer, der aber leider, leider bald wieder seine Steuererklärung abgeben muss … Was die Genre-Frage betrifft: Ich weiß, dass sie in Kunst und Unterhaltung eine enorme Bedeutung hat. Sicherlich auch zu Recht. Sie hilft dabei, sich zu orientieren, man weiß umgehend, woran man ist. Aber ehrlich gesagt: Mich interessiert diese Frage beim Schreiben kein bisschen. Unser Leben lässt sich schließlich auch nicht einem Genre zuordnen. Drama, Komödie, Märchen. Unser Leben vereinigt alle Erzählformen. Im besten Falle sollte das Schreiben es ebenso tun.

»Im Zeichen der Acht« handelt vom Kampf zwischen Gut und Böse, der auch Paare und Familien entzweit. Welche Rolle spielen diese Kategorien deiner Meinung nach für heutige Jugendliche?
Die Frage nach Gut und Böse ist meistens eine Frage der Nuancen. Minimale Regungen – Verschiebungen gewissermaßen – können den Unterschied machen, der etwas Grässliches, Gewaltsames hervorruft. In meinem vorherigen Roman »Die Dunkelheit zwischen den Sternen«, der in Nepal spielt, habe ich über das Leben von Kindern geschrieben. Diesmal über das Leben von Jugendlichen. Was sie gemeinsam haben, ist, wie leidenschaftlich sie sich den großen Fragen des Lebens hingeben. Wie sie ihnen nicht ausweichen wollen. Im Gegenteil. Im Innersten wollen sie diese Fragen erspüren. *Auf*spüren, gewissermaßen. Des-

halb sind sie vielleicht besonders gefährdet für Einflüsterungen jedweder Art. Nehmen in ihrer Empfindsamkeit permanent die Kräfte wahr, die sie hierhin und dorthin zerren wollen. Wie junge Menschen mit diesen Kräften umgehen, sich ihnen widersetzen oder sie für etwas Gutes nutzen und dabei allmählich anfangen, fester an die eigene Kraft zu glauben, davon handelt »Im Zeichen der Acht«.

Du hast über deinen neuen Roman einmal gesagt: *»Als ich selbst ein Jugendlicher war, hätte ich mir einen Roman wie diesen gewünscht.«* Wie hast du das gemeint?
Als ich selbst Jugendlicher war, galten Bücher der Phantastik in meinem Umfeld als verpönt und von zweifelhafter Qualität. Die »Harry Potter«-Romane waren noch nicht erschienen und selbst »Der Herr der Ringe«, der Elfenbeinturm der Fantasy-Literatur, hatte noch nicht Peter Jacksons Verfilmung erfahren, die die ganze Welt eroberte. Die sogenannten realistischen Jugendbücher, die wir im Gymnasium gelesen haben, waren sonderbar bieder und wirkten bevormundend, da sie das wahre Grauen der Jugend angestrengt ausklammerten. Ich fand mich kein bisschen darin wieder. Eine kleine Ausnahme bildete »Rumble Fish« von Susan E. Hinton. Wunderbare Jugendbücher wie »Tschick« sollten erst Jahre später geschrieben werden. Genauso wie »Die Mitte der Welt« und die großartigen Erzählungen und Romane von Joyce Carol Oates. Bücher für Erwachsene, die das Jungsein ausleuchteten, wie zum Beispiel »Brandstifter« von William Faulkner, »Das rote Pony«« von John Steinbeck, »Paddy Clarke Ha Ha Ha« und »The Commitments« von Roddy Doyle oder auch »Dshamilja« von Tschingis Aitmatow fanden erst Jahre später zu

mir. Darum fühlte ich mich selbst ziemlich verloren in der traurigen Ödnis der Buchstaben, die meine generell wahrgenommene Einsamkeit eher noch verstärkte. Ich sehnte mich nach einem Buch, das vieles miteinander verbindet. Realistische Geschehnisse, unerklärliche Phänomene, Träume, Ahnungen, Wünsche nach Flucht. Ich wollte keinesfalls Verzweiflungen und Abgründe der Jugend aussparen und ebenso wenig mächtige Naturerscheinungen. Man darf sie nicht ignorieren. Muss sie wahrnehmen. Erfahren. Man kann ihnen nur mit der Kraft begegnen, die einem zur Verfügung steht. Mehr ist nicht möglich. Die eigene Kraft, das ist vielleicht im besten Falle: die Liebe.

Gibt es auch reale Ereignisse und Hintergründe, die in dein Buch hineinspielen?

Mein Großvater fällt mir ein, der mich als kleiner Bub in die Tiefen und Höhen des Schwarzwalds geführt hat. Zum Beispiel zum Mummelsee, einem der alten Karseen, die noch aus der Eiszeit stammen. Er liegt am Abhang der Hornisgrinde und starrt wie ein geheimnisvoll schimmerndes Auge in den Himmel. Er ist Gegenstand vieler Sagen und Legenden. Eine Sage zum Beispiel hat mich besonders gefesselt. Sie handelt von einem Förstersohn, der achtzehn Jahre alt war und Berwin hieß. Berwin sah eines Juliabends, als er allein am Ufer des Mummelsees saß, ein mysteriöses Wesen in Form einer zauberhaft schönen Frau aus den Tiefen des Wassers hervorkommen. Sie kam dicht zu ihm hin und schaute ihn mit ihren geheimnisdunklen Augen an. Aber bevor er ein Wort mit ihr wechseln konnte, verschwand sie wieder im See. Alles, was von ihr zurückblieb, war ein feiner, hauchdünner Schleier, den Berwin an sich nahm und hütete wie eine Kostbarkeit. Fortan saß er immerzu unter funkelnder Sonne, unter funkelndem Mond am Ufer des Wassers und wartete darauf, dass das Wesen zurückkommen würde. Während die Sehnsucht seine Tage fraß, wurde er dünner und dünner, seine Wangen bleichten und fielen ein. Seine Eltern, seine Verwandten und Freunde sprachen von einem bösen Geist, der ihn befallen habe. Aber er kümmerte sich nicht darum. Er kümmerte sich um gar nichts mehr. Seine Augen harrten aus. Harrten aus und starrten aufs schimmernde Wasser. Schließlich warf er in einem Anflug von Zorn und Verzweiflung den Schleier ins Wasser. Doch schnell bereute er es zutiefst und watete in den See, um ihn wiederzufinden. Aber er fand ihn natürlich nicht. Er fand nur den Tod … Geschichten dieser Art wirken bis heute auf mich ein und beeinflussten stark die Arbeit an diesem Buch. Aber ich drifte schon wieder ab ins Träumerische. Es gibt sehr wohl auch Alltagsgeschehnisse, die ihren Weg in diese Geschichte fanden. Zum Beispiel habe ich einmal erlebt, wie in einer Freiburger Trambahn ein alter ausländischer Mann beinahe von zwei Jugendlichen verprügelt worden wäre. Als sie ausstiegen, sah ich die hellen Augen von einem der beiden und hörte seine Stimme, die dem alten Mann noch zu verstehen gab: »Du hast Glück gehabt, verdammtes Glück, sag' ich dir!« Diese Augen und diese Stimme waren mir gegenwärtig, als die Figur namens Fynn in meinem Roman auftrat.

Einige Schilderungen im Roman entsprechen tatsächlich wahren Begebenheiten. So ist in den dreißiger Jahren des vergangenen Jahrhunderts wirklich eine Gruppe englischer Jugendlicher am Schauinsland in einen Schneesturm geraten – was für manche von ihnen den Tod bedeutete. Auch entspricht es der Wahrheit, dass es im Mittelalter in Zeiten der Not häufig vorkam, dass hungrige Erwachsene kleine Kinder angelockt und dann gefressen haben. Überhaupt möchte ich deutlich machen, dass das, was man in der Welt »das Böse« nennen könnte, sehr gefräßig ist. Und nur aufleben kann, wenn schwache, nicht wehrhafte Wesen vertilgt werden. Bei anderen Schilderungen – gewisse Orte, Figuren, Geschehnisse – habe ich mir erzählerische Freiheiten erlaubt. Falls sich jemand aufmachen sollte, im Mittleren Schwarzwald den Flühensee zu finden, dann wird er oder sie ihn vermutlich nicht finden. Ebenso die Kapelle St. Margareta. Aber wer weiß? Vielleicht werden sie ja auch überrascht? Ich glaube, dass wir unsere Augen schulen sollten. Für das Unsichtbare. Sagen und Legenden, auch die des Schwarzwalds, beruhen bekanntlich oft auf einem wahren Kern. Da sie in dieser Geschichte anklingen, war es mir wichtig, ihnen insofern zu entsprechen, als ich von einem wahren Ereignis, einem tatsächlich existierenden Ort etc. ausgehend, meiner Fantasie freien Lauf ließ.

Gibt es in deinen Romanen, trotz aller Unterschiede, auch Parallelen?

Was alle meine Bücher gemeinsam haben, ist der Blick zum Himmel. In meinen Geschichten schauen die Menschen immer wieder nach dort oben. Denn für mich ist es so: Die Menschen wissen vor allem deshalb nicht, was der Himmel für sie bereithält, weil sie ihn viel zu selten ansehen.

Wie hat sich dein Schreibprozess in über zwei Jahrzehnten entwickelt?

Ich mag den Begriff Entwicklung nicht besonders gerne. Weil er suggeriert, dass eine Distanz zurückgelegt werden muss. Mir geht es aber im Leben weniger um Distanzen als um Nähe. Ich möchte den Menschen nahekommen. Auch wenn es manchmal schwerfällt, ist es ein wichtiges Unterfangen. Auch im Schreiben möchte ich Nähe schaffen. Zu Figuren, aber auch zu einer unbekannten Person, die irgendwo sitzt und eine Buchseite aufschlägt.